# 천이두 다시 읽기

한을 넘어, 비평을 넘어

김병용·문신 엮음

모악

# 존재의 침묵에 귀 기울이기

1929년부터 2017년까지는 천이두 선생의 숨결이 이 세상의 한 자리를 차지했던 시기였다. 그 시절은 선생의 체온만큼 세상이 조금 따듯했을 것이다. 그러나 일제 강점기와 해방정국, 한국전쟁과 군부독재의 시대적 굴곡을 건너는 동안 선생에게는 인간으로 살아가기 위한 실존적 고뇌가 그림자처럼 함께했다. 선생의 개인사 대부분이 민족사와 겹쳤던 까닭이다. 그 가운데 1959년부터는 문학평론가로서 천이두의 문장이 한국 현대문학의 현장을 눈 밝게 살펴온 시기였다. 이때 선생은 『한국현대소설론』(1969), 『종합에의 의지』(1974), 『한국소설의 관점』(1980), 『문학과 시대』(1982), 『한국문학과 한』(1985), 『한의 구조 연구』(1993), 『우리시대의 문학』(1998) 등을 통해 동시대의 삶과 문학의 존재 이유를 끊임없이 제기했다. 선생의 비평적 지평이 우리 현대문학사와 긴밀해지는 시기였다.

그러나 2017년 이후 천이두 선생의 시간과 비평은 멈추었다. 선생의 자리는 텅 비었고, 빈자리는 숨결도 문장도 없이 침묵했다. 고뇌해야 할 시대적 소명이나 삶과 문학을 향한 존재론적 질문을 거두는 사람도 없었다. 그렇게 문학평론가 천이두의 시대가 막을 내리는 것 같았다. 하지만 존재의 침묵에 귀 기울이는 후학들이 있었다. 그의 제자와 후배, 후학들이 그의 글을 다시 읽기 시작한 것이다. 그가 남긴 글을 다시 읽는 일은 침묵하는 존재의 숨결을 새겨듣는 과정이었다. 후학들은 선생의 숨죽인 문장을 살려내고자 했고, 그 문장에서 그의 문학적 감성을 읽어내고자 했다. 그것은 존재의 빈자리에 대한 기억을 넘어 침묵하는 존재를 기록하는 것이었다. 이 책은 천이두 선생의 침묵을 자세히 듣는 과정에서 나온 결과물이다.

최동현은 『판소리 명창 임방울』의 판소리 연구사적 가치를 다루었다. 천이두 선생의 임방울 사랑은 널리 알려진 사실이다. 선생은 임방울 소리를 즐겨 들었고, 「쑥대머리」나 「추억」, 「군사설움타령」 같은 대목을 자주 불렀다. 최동현은 '임방울에 홀린 사람' 천이두가 「판소리 명창 임방울」과 「명창 임방울」, 그리고 창극 대본 「명창 임방울전」을 통해 피력하는 판소리론을 밀도 있게 읽어냈다. 그리하여 "현장 밀착형 용어 사용, 현장성·즉흥성·다층성이라는 판소리의 속성 규정, 음악적 연구와 문학적 연구의 통합, 명창론의 개척"으로 천이두 판소리론의 판소리 연구사적 위치를 정리해놓았다.

임명진은 「'K-비평'에의 의지」라는 글을 통해 천이두 선생의 비평적 지향성을 살펴주었다. 1950-1960년대에 등단하여 활동한 이른바 제2세대 비평가 그룹 가운데 현장 비평에 누구보다 열성을 보였던 천이두 선생의 비평 방법으로 "1960년대부터 한국문학의 '전래적 요소'를 꾸준히 천착하면서 외래 사조의 유입·수용도 유심히 관찰하여 이 양자를 종합하려 한 점"을 들고 있다. 이러한 방법론을 최근 유행하고 있는 K-담론으로 접근하면서 천이두 선생의 비평적 안목을 세세하게 짚어주었다. 특히 천이두 선생의 비평에서 "한국의 문학 풍토 속에서 발아 육성된 자생적 비평"의 가능성을 발견한 것은 뜻깊은 일이다.

김병용은 천이두 선생의 삶과 비평 세계의 유기적 관계를 약전 형식으로 담아냈다. 이 글을 통해 알 수 있는 것은 천이두 비평 세계에 어른거리는 그의 삶이다. 격변의 시대를 위태롭게 건너온 사람에게서 감지할 수 있는 서늘한 시선과 견결한 자기 믿음의 비평론은 천이두 삶의 문학적 형상 자체라고 할 수 있다. 천이두 선생의 일기를 통해 당대의 삶과 문학적 고민의 흔적을 섬세하게 짚어내는 부분은 주목할 만하다.

문신은 천이두 선생의 역작 『한의 구조 연구』를 꼼꼼하게 읽어냈다. 이 글에서 눈길을 끄는 것은 천이두가 비평적 방법론으로 삼은 한과 삭임을 이천 년대의 혐오 정동과 연계하여 읽어낸 부분이다. 문신은 "혐오 정동이 우리 사회를 유동하고 있는 시점에서 천이두가 제시한 삭임의 윤리와 미학은 혐오 정동을 발전적으로 승화시킬 수 있는 방법"이 될 수 있다고 보았다.

박태건은 천이두의 소월론을 다각도로 분석했다. 이 글에서 천이두 선생은 소월 시의 주제를 "동경과 구원"으로 파악하고 있으며, 소월을 "역사적으로 면면히 흘러온 감정의 개울을 건넌 '최초의 근대 시인'"으로 평가하고 있다는 것을 강조한다. 천이두 선생이 소월의 시를 반복적으로 언급하고 있다는 점에서 소월론은 천이두 비평의 중요한 영역임에 틀림없다.

서철원의 황순원론은 천이두 선생과 황순원 소설가의 사적 인연으로 시작하고 있지만, 최종적으로 그러한 지점 너머의 내밀한 문학 세계를 짚어낸 글이다. "황순원의 소설은 천이두의 문학적 이상과 유연한 매듭을 형성한다."는 필자의 견해가 믿음직하다. 독자들도 "천이두의 문학정신은 세상에 대한 끈기 있는 서사력을 바탕으로 하고 있다."는 데 동의하게 될 것이다.

현순영은 천이두 선생의 박경리론을 정밀하게 읽고 재해석했다. 현순영은 천이두 선생이 "'한의 삭임' 또는 '서정성'을 좋은 예술의 속성이자 조건으로 간주"할 경우, 그러한 조건들이 "박경리 작품론에 시간을 이겨내고 남아 있는 틈새이며 균열이고 징후"가 될 것이라고 보았다. 이러한 박경리 소설 읽기는 소설 일반과 예술에 대한 깊이 있는 이해를 제시한다.

김미영은 천이두 선생의 하근찬론을 기억으로 재현되는 상실에 초점을 맞추어 읽어냈다. 이 글에 따르면, 천이두 선생은 하근찬 소설의 "밑바닥에는 사회적·정치적 현실에의 강력한 고발적 자세가 깔려 있다."라고 평가하면서도 이러한 현실적 조건을 폭로하는 방식으로 민족적 전통문화를 통해 형상화하고 있다는 낙관주의적 태도를 경계한다. 천이두 선생의 눈으로 하근찬 소설을 정독하는 기회가 될 것이다.

존재의 소멸은, 존재의 사라짐이 아니라 존재를 향한 기억이 부재할 때이다. 그런 의미에서 천이두 선생의 비평을 다시 읽는 일은 선생과 그의 문학을 향해 우리의 기억을 새겨 넣는 일이다. 이 책은 천이두 선생의 비평 세계를 기억하기 위한 첫걸음이다. 선생이 반세기 넘게 비평 활동을 해왔다는 사실을 감안하면 빈약하기 이를 데 없지만, 후학들의 천이두 비평 읽기가 계속된다면 조만간 우리 문학이 기대고 비빌만한 언덕 하나가 우뚝 솟아날 것이라고 믿는다.

2022년 1월
김병용·문신

1부

천이두의 시대

천이두 약전

# '한'서린 삶, '한'을 평생의 화두로 삼다

김병용


## 1. 1976년 1월에서 2월 사이

1976년 1월 1일, 잔뜩 찌푸린 날씨였다. 이 날 천이두는 자신의 일기장에 이렇게 적었다.

> "새해가 밝았다. 내 나이 이제 48(만 47)세로 접어드는 해다. 올해에는 선희가 대학 입시를 연초에 치러야 하고, 연희는 대학 4년의 마무리를, 그리고 相黙, 相潤이 각각 고등학교와 중학교의 3년을 마무리하는 해. 나로서는 아이들 지도에 각별히 신경을 써야 할 해이다."

대학 입시를 치러야 하는 둘째딸과 각각 대학, 고등학교, 중학교 졸업반에 이른 큰딸, 큰아들, 막내의 일을 염려하고 관심을 두는 모습에서 성장기 자녀를 둔 전형적인 아버지의 상을 발견할 수 있다. 1954년 전북 고창 출신 이옥순 여사와 혼인한 뒤 만 22년. 부부는 2남 2녀의 자녀를 두고 있었다.

앞일을 미리 알 수 없는 게 인간의 운명.

1976년은 미국 독립 200주년이고, 중국에서는 주은래와 모택동이 차례차례 사망하고 강청 등 이른바 4인방이 전격 몰락하게 되면서 등소평의 시대가 열릴 조짐을 보이고 있었으며, 1975년 사이공 함락 이후 잠시 과도정부 체제를 유지하던 남베트남과 북베트남은 결국 통일을 하게 되고, 이스라

10

엘 특공대의 엔테베공항 인질 구출 사건이 세계적 주목을 끈 해였다.

우리나라에서는 유신체제가 더욱 공고화되면서 그에 대한 저항으로 3.1 명동성당 '민주구국선언'이 터지고 신민당 각목 전당대회와 '사쿠라' 논쟁이 이어졌고 판문점에서는 도끼 만행사건이 발생한다. 미국 조야에서는 이른바 '코리아게이트' 사건이 일어나고 그해 하계 몬트리올 올림픽 레슬링 자유형 62kg에서는 해방 후 처음으로 양정모 선수가 금메달을 획득하기도 한다.

앞으로 1년 동안 국내외에서 이런 일들이 벌어질 줄 새해 첫날 누구도 예견할 수 없었던 것처럼, 천이두 본인도 불과 한 달 뒤 자신에게 닥칠 일을 전혀 예상치 못하고 있었다. 평온하게 네 자녀의 미래 설계를 하고 있던 집안에 예상치도 못했던 풍파가 밀어닥친 것은 2월 초. 천이두와 그의 집안의 앞날은 바람 앞의 등불처럼 위태롭게 흔들리게 된다.


　2월 5일 목요일 맑음

　초조하고 지루한 하루가 그냥 넘어 갔다.

　아이들이 다 눈치를 채고 걱정들이다. 밥들도 먹지 않는다. 가슴이 찢어지는 느낌이지만 나는 태연을 가장해야 하였다. 각오는 하고 있어야 한다. 시대의 흐름이 불가항력이어서 아빠도 그리 되었었다. 그러나 이제 생각할 때 그게 그다지 큰 부끄러움은 아닌 듯하다. 너희들도 그렇게 생각하여라. 그리고 만일의 경우 먹고 살 수는 있다. 걱정 말아라. 대충 그런 이야기를 하였다. 아내의 낙심하는 모양은 볼 수가 없다.


끼니조차 넘기지 못하고 근심에 빠져 자신의 눈치를 살피는 자녀들과 그 앞에서 '태연을 가장'해야만 하는 가장 천이두의 모습. '아내의 낙심하는 모양'을 볼 수 없는 건 아내의 모습에 자신의 본마음이 그대로 투영된 까닭일 것이다.

1976년 2월초, 천이두에게는 재직하던 전북대학교로부터 재임용 탈락 대상이란 통고가 날아든다. 본인과 가족들에겐 청천벽력과 같은 소식이 아닐 수 없었다.

1962년 전임강사로 임용된 이래 14년째 근무하고 있던 전북대는 천이두의 모교이기도 했다. 천이두는 한국전쟁 와중인 1950년 전북대학교에 입학해 1955년 졸업을 했으며, 모교에서 문학석사 학위를 받았고 교수가 되어 문리과대학 국어국문학과 교수를 하다가 새롭게 문을 연 사범대학 국어교육과의 창설 준비를 한 뒤 국어교육과 교수로 근무하던 중이었다.

잠시 시선을 돌려 1976년 2월, 천이두가 '시대의 흐름이 불가항력이어서 어쩔 수 없다'고 되뇌이던 그 시절의 문화계 풍경을 살펴보자.

1961년 5월 16일. 군사 쿠데타로 권력을 잡은 박정희 정권만큼 노골적으로 문화계·학계와 충돌을 많이 일으킨 정권은 이전에도 이후에도 없었다.

1965년 남정현의 『분지』 필화 사건, 1967년 '동백림 사건', 1969년 신석정 시인 중앙정보부 연행 사건, 1970년 김지하 『오적』 필화 사건, 1974년 이호철·임헌영 등에게 실형을 선고한 '문인간첩단' 사건 등 군부 정권은 유독 문화예술인의 활동을 감시하고 사소한 꼬투리라도 잡으면 침소봉대해 문화계 탄압의 빌미로 삼던 시절이었다.

긴급조치 시대가 시작된 1974년 젊은 문학인들이 주축이 되어 '자유실천문인협의회'(한국작가회의의 전신)를 결성한 것도 정권의 탄압이 그만큼 거셌고 야만적이었기 때문이었다.

오피니언 리더 역할을 하던 학계의 비판적 지식인들에 대한 탄압도 폭력적으로 진행되었다. 1974년 진보적 문학평론가로 활동하던 백낙청과 김병걸이 '정치교수'라는 명목으로 소속 대학에서 해직되었고, 1976년 벽두부터 한양대 리영희, 이화여대 김윤수, 덕성여대 염무웅 교수 등이 재임용에서 탈락되는 일이 벌어지기 시작하더니, 그예 전주의 천이두에게도 그 순서가 찾아온 것이었다.

1975년 박정희 정권은 저항과 비판 세력의 요람인 대학가를 통제하기 위해 총학생회를 없애고 학도호국단이란 군사적 명칭을 가진 어용 학생 조직을 만들어 대학생 통제를 시작했고, 심사를 통해 교수 재임용을 하겠다며 '교육법' 개정을 해놓은 상태. 위에 언급한 리영희·염무웅 등과 천이두는 교수 재임용제의 첫 희생자로 겨냥된 셈이었다.

이때 재임용 탈락 사유는 고교 졸업장을 구비하지 않았다는 것.

## 2. 해방부터 한국전쟁 직전까지, 소년에서 청년으로

1929년 9월 24일(음력, 호적에는 1930년 1월 5일) 전라북도 남원 운봉 덕산리에서 천장문과 김영순 부부의 4남 2녀 중 막내로 태어난 천이두는 1932년 네 살 무렵부터 남원시 조산동으로 이주해 성장한다.

천이두가 세상에 나온 1929년은 미국 대공황이 일어난 해이고, 인도 시인 타고르가 쓴 「동방의 등불」이란 시가 우리 언론에 소개되던 때였다. 또, 최현배의 『우리 말본』의 첫 장인 '소리갈'이 이때 발표되었으며, 이때 광주에서 일어난 '광주학생의거'는 1930년까지 전국 학원가에 영향을 미치게 된다.

개인의 삶은 독자적인 듯하지만, 훗날 뒤돌아보면 세계사와 한국사의 거대한 흐름 속에 속해 있다는 것을 깨닫게 되는 때가 있다. 천이두의 삶 또한 탄생 직후부터 시대의 격랑 속에 있었는지 모른다. 천이두의 가족사가 그렇다.

남매 중 맏이였던 천봉두는 천이두보다 12살 연상이었는데, 해방 직후인 1946년 부친이 사망한 이후에는 천이두에게 그야말로 부형(父兄)의 역할을 했다. 유족들의 증언에 의하면, 일제의 강제징용에 끌려갔다가 천신만고 끝에 돌아온 천봉두는 한학에 조예가 깊었고 덕망이 있어 마을에 갈등이 있을 때마다 조정하고 해결하는 역할을 했다고 한다. 이러한 장형 천봉두의 역할은 한국전쟁 전후 좌우대립이 극심한 시기에 그 진가를 드러냈고, 막내 동생 천이두를 생사지간에서 구해내는 힘이 되기도 한다. 천이두는 장형으로부터 한문을 익혔는데, 후일 중국 관련 뉴스나 명승지를 보게되면 자신의 일기 말미에 그에 어울리는 한시를 적어 놓으며 이 시는 어릴 적 장형에게 배운 연주시(聯珠詩)라고 명기해두는 것으로 장형에 대한 추모와 감사의 마음을 표했다. 부모와 동기간의 귀여움과 기대를 받았던 막내 천이두는 남매 중 유일하게 근대 교육의 세례를 받게 된다. 장형인 천봉두가 앞장서 막내 동생의 소학교 진학을 강하게 주장했고 남매들도 모두 성원해 성사된 일이었다. 한시에 조예가 깊은 장형부터 갓 소학교에 다니는 막내 동생으로 이뤄진 남매들은 강제징용과 해방과 한국전쟁의 시간을 운명공동체로 함께 통과하게 된다.

　현 남원 용성초등학교에 진학한 천이두는 해방 직전인 1944년에 졸업, 1945년에 현재 기준으로 하면 중고 통합 과정인 5년제 남원농업중학교(이하, '남농')에 입학, 중학생으로 조국의 해방을 맞이한다.

　이 무렵부터 천이두는 일기를 쓰기 시작한다. 광복을 맞아 이제 검열이나 발각될 염려 없이 자신의 속내를 한국어로 기록해도 되는 환경의 변화는, 조국의 현실에 대해 막 눈을 뜬 소년 천이두로 하여금 일기를 쓰지 않을 수 없게 했을 것이다.

　중학생 천이두가 처음 마주치게 된 부조리한 현실은 유능하고 똑똑한 교사들과 무능하고 관료적인 교장을 비롯한 학교 관리진이 해방된 교육 기관인 '남농'에 공존하고 있다는 것.

천이두의 일기 속에 K와 W 등의 영문 이니셜로 표기가 되어 있는 '남농'의 젊은 교사들은, 해방된 조국의 미래 동량을 키운다는 교육적 사명감과 함께 새로운 조국에 대한 희망 섞인 기대가 많았던 열혈 청년 교사들로 보인다. 한창 향학열에 불타던 천이두는 이 젊은 교사들로부터 마른 솜이 물을 빨아들이듯 새로운 학문과 정보를 무섭게 빠른 속도로 익혀나간다. 1949년 8월 18일자 일기는 여러모로 궁금증을 불러일으키는 내용을 담고 있다.

> 1949년 8월 18일 목요일 구름
>
> 오전 중에 영어 공부.
>
> 12시경에 동네에서 간 야간부(夜間部) 입학생(入學生)들의 발표를 보러 가다. 도중(途中)에 소위 월남(越南) 인민군(人民軍) 환영(歡迎)에 참가(參加)했다. 매우 의미심장(意味深長)하다. 20세기에서 볼 수 있는 변증법적(辨證法的)인 현상(現象)!
>
> 불가불(不可不) R 문제로 티처(Teacher) K에게 가봐야 했다. 나는 거기서 두 가지 것으로 실망(失望)했다. 하나는 R이 입학(入學)할 가망(可望)이 희박(稀薄)하다는 것. 다음에 술을 좋아하시는 선생님이고, 사제지간(師弟之間)이라 할지라도 남다른 통혼(通魂)이 있으니 나는 이것을 자인(自認)하고 티처(Teacher) K야 어찌 아시던 약소(若少)한 것을 받아서 같이 먹기로 했는데 이에 대해서 너무나 엉뚱한 오해(誤解)를 하셨다는 것. 처음 일이야 최선(最善)을 다해야 하지만 그래도 안 된다면 별수 없는 것이다. 그러나 그다음의 것. 이것은 아무래도 나로서 해야 할 말을 하지 않으면 못 견디겠기에 몇 마디 하려는 게다.

부패(腐敗)한 사회(社會)에서 볼 수 있는 추악(醜惡)한 이면(裏面), 그것은 수뢰(收賂)의 형식(形式)으로 나타난 것이 구체적(具體的)인 표현(表現)의 하나이다. 그것은 뭇 고관(高官)에게로부터 심지어(甚至於)는 교육계(敎育界)에까지 각종(各種)의 형식(形式)으로 나타난 것이다. 그러나 그것이 또한 모든 인간이 그러는 건 절대(絕對)로 아니다.

20세기를 정당(正當)히 파악(把握)한 진보적(進步的) 인텔리겐차(Intelligentsia)들은 그러나 이 호화(豪華)로운 허위(虛僞)를 관조(觀照)하고 숨 막히도록 괴로운 권태(倦怠) 속에서도 그러나 내일(來日)이 있기 때문에 서슴치 않고 조소(嘲笑)할 수 있는 것이다.

그러나 어제 우리가 행(行)한 허사(虛事)가 티처(Teacher) K가 말한 바 처세술(處世術)에 능통(能通)한 속세(俗世)의 인간(人間)이 범(犯)하는 행위(行爲)라고는 공격(攻擊)받고 싶지 않을뿐더러 그와 정반대(正反對)라는 것을 말하려 한다.

우리가 티처(Teacher) K에게 간 동기(動機)는 물론(勿論) R 문제(問題)로였다. 그러나 전혀 그것만이 나로 하여금 티처(Teacher) K의 댁(宅)에 가게 했던가? 아니다. 오늘날의 진보적(進步的)인 인텔리겐차(Intelligentsia)가 여하(如何)히 지루한 권태(倦怠) 속에 있는가를 나는 알고 있다. 내가 오랫동안 하지 못했던 이야기를 해보려던 것도 그리로 가게 한 커다란 동기(動機)인 것이다. 그래서 이야기를 R문제부터 꺼냈던 것이다. 티처(Teacher) K는 매우 곤란(困難)한 입장(立場)에 처(處)해 있다는 걸 티처(Teacher) K의 간결(簡潔)한 말 몇 마디로 짐작할 수 있었던 것이다. 그러나 그다음으로 술을 받아드리게 한 것이 너무나 흔해 빠진 소위(所謂) 교제술(交際術)이란 겔가?

티처(Teacher) K와 천이두(千二斗)란 인간(人間)과의 사이에 4년 가까이나 서로 믿고 존경(尊敬)하던 그보다도 영혼(靈魂)과 영혼(靈魂)이 통했다고

자인(自認)하는 그 사이에 대체 교제술이란 게 필요할가? 내가 오늘 20세기에 있어서의 티처(Teacher) K의 불행(不幸)을 잘 알고 있다고 자만(自慢)하고 싶은 내가 물론 티처(Teacher) K의 모든 생활내용(生活內容)을 안다는 게아니라 적어도 南農(남원농업중학교)이란 분위기(雰圍氣) 내에서 겪는 권태(倦怠)만이라도…….[1]

스스럼없이 한밤중에도 교사들의 자취방을 찾아가서, 함께 술자리를 갖는 모습 등은 지금 시각으로는 좀 당혹스러울 정도이다. 1949년 천이두의 나이가 만 20세라는 것을 감안해도 그렇다. 일기의 주된 내용은 동급생의 복학 문제를 상의하고 K 교사를 찾아간 천이두가 K로부터 왜 술을 들고 왔느냐고 타박을 들은 뒤, 답답한 마음을 적어놓은 것이다.

주목할 만한 대목이 몇 군데 있다.

우선, 학생 천이두가 교사 K를 자신과 통혼(通魂)하는 사이, 즉, 영혼의 단짝 '소울 메이트'라고 칭하는 대목이다. '남농'에 입학한 이래 4년째 긴밀하게 영혼으로 대화한 사이라는 언술에서 보여지듯 이 둘의 관계는 이미 사제지간을 뛰어넘어 이념적 동지 관계로 발전한 것으로 추정된다.

두 번째 주목할 부분은 교사 K가 자신을 위해 술을 받아온 천이두를 나무라며, 너도 어른들처럼 벌써 사회적 교제술을 익히려 하느냐 질타한 대목이다. 학생 천이두가 믿고 따르던 K 교사의 염결성(廉潔性)이 두드러지는데, 천이두는 이 대목이 억울하다고 일기 속에서 항변하고 있는 것. 서로 알고 지낸 지가 얼마이며 자신은 오랫동안 마음에 담고 있었던 이야기를 하기 위해, 그리고 선생의 곤고한 처지를 생각하는 마음에서 술병을 들고 간

---

1    원문에는 한자로 적혀 있는 내용을 읽기 수월하게 괄호 안에 넣었음.

것인데 그걸 교제술이라고 폄하할 수 있냐, 억울하고 섭섭했던 것이다. 이렇게 티격태격하는 모습은 마치 동네 청년구락부의 친밀한 선후배 사이에서 벌어지는 사소한 오해와 투정, 푸념을 연상케 한다.

하지만, 이내 천이두는 교사 K를 이해하겠다는 언술을 남긴다. K가 요즘 곤란한 입장에 처해 있는 20세기 진보적 인텔리겐차가 얼마나 힘들게 지내고 있는지 짐작이 된다는 것. 아마 그렇게 천이두는 교사 K로 인한 섭섭함을 스스로 달랜 듯하다.

이 일기 내용 중 천이두가 복교를 원한 친구 R은 누구이고, 무슨 까닭으로 학교 밖으로 나가게 되었는지, 그리고 일기 속에서 이야기하는 전날의 '허사'는 또 무엇이었는지, 월남 인민군이라고 칭해진 이들은 누구였는지 등은 지금으로선 알 수 없다. 천이두가 진보적 인텔리겐차라 칭하며 영혼의 통하는 사이라고 생각한 교사 K의 고통이 무엇이었는지도 쉽게 예단하기 힘들다.

다만 '요즘 학교의 분위기를 보면 그럴 만도 하겠다.'는 진술을 통해 당시 이 학교 분위기가 심상치 않았음은 짐작할 수 있다. 비슷한 시기에 쓰여진 천이두의 일기에 P라는 이니셜로 표기되어 있는 교장에 대해 천이두는 매우 부정적으로 평가를 하고 있는데, 이 교장에 대항해 '남농'의 학생과 젊은 교사들이 동맹 휴학 등을 벌인 것으로 보인다. 혹 친구 R은 그 과정에서 학교 밖으로 내쳐진 것인지도 모르겠다. 맥락상 일제 강점기 군국주의 교육의 관리자 습성 그대로 해방 이후에도 학교를 운영하려는 교장 P의 세력과, 새로운 조국의 새로운 교육에 목말라 있던 학생과 젊은 교사들이 이 무렵 심각하게 대립하고 있었던 것으로 보인다.

1948년에서 1950년 사이 천이두의 일기에는 '변증법'이나 '프롤레타리아', '부르조아'와 같은 단어들이 곧잘 등장하며 해방이 되었음에도 해방이 된 것 같지 않은 학교 현실에 대한 울분이 자주 나타난다. 결국 교장 P는 이 학교를 떠나게 되는데, 문책성 인사가 아니라 오히려 더 큰 학교로 영전하는 모양을 보면서 천이두는 분노하고 또 세상살이의 부조리에 대해 생각하게 된다.[2]

이렇게 천이두가 자신을 둘러싼 세계에 대한 비판적 문제의식을 품게 된 것은 그가 유난히 예민하다거나 교사 K 등과의 교류를 통해 의식의 각성이 빨리 일어난 것이라고만 할 수도 없다.

'남농' 5학년 천이두가 맞이한 1949년은 남북한에 각각 정부가 수립된 뒤 분단이 공고화되면서 일촉즉발의 충돌 조짐이 본격화되고, 1948년에 있었던 제주 4.3항쟁과 여순민중항쟁의 여파가 전라도 일원을 강타하고 있었던 때였다. 아무리 통신과 교통이 낙후된 시절이라고 해도 시시각각 험악해지는 조국의 현실을 남원의 젊은 교사와 학생들이 모를 리가 없었다.

이때 천이두가 거주하고 있던 남원이란 지역의 위치는 예로부터 묘했다. 삼국시대부터 덕유산에서 지리산으로 이어지는 백두대간 남단지역은 영토분쟁의 최전선으로 접경지역의 특성을 지니고 있었다. 깊은 계곡과 높은 봉우리들이 많아 속진을 피하고 싶은 도인이나 승려와 같은 방외일사(方外逸士)들의 거처도 곳곳에 자리 잡고 있었는가 하면, 화전민을 비롯하여 마

---

**2** 여기서 몇 가지 천이두의 학창 시절에 대해 논외로 첨언하고 싶은 것이 있다. 먼저 일기 첫 머리에 '오전 중에 영어 공부'라는 진술. 당시 혼란스러운 와중에도 천이두는 학업을 놓지 않았는데, 특히 영어 공부에 진력했던 것으로 보인다. 천이두가 영어 공부를 하며 단어장으로 썼던 몇 권의 노트가 지금까지 유족들에게 남아 있는데, 노트를 삼등분해 철자·발음·뜻을 각각 적어가며 영어 공부에 매진하였고 고학년이 되면 영어 소설 전체를 필사하는 방식으로 발전해나간 걸 볼 수 있다. 이때 쌓아둔 어학 실력은 이후 천이두가 세계문학의 흐름을 이해하고 수용하는데 있어 큰 자산이 된다. 또, 중학 시절 누구에게 처음 배웠는지는 모르나 천이두는 바둑에 깊이 매료된다. 예습과 복습을 철저히 하는 모범생이었음에도 바둑을 둘 때면 숙제마저 잊곤 해서 이 무렵 천이두의 일기에는 '바둑을 끊어야겠다. 그렇지 않으면 공부를 못하겠다.'는 진술이 반복적으로 등장한다. 하지만 끝내 바둑돌을 내던지지 못했는데 바둑은 평생 천이두가 가장 즐긴 도락이었다. 충남대 김병욱 교수와는 철야를 해가며 바둑을 둘 만큼 호적수였고, 전북대 제자인 형문창과도 즐겨 바둑을 둔 기록이 남아 있고, 박재삼 시인이 언제 바둑 한 번 두길 희망한다는 편지를 보내기도 했다.

지막 삶의 터전을 찾아 온 유민(流民)과 도망자들의 땅이기도 했다. 당취(黨聚)와 같은 비밀 결사도 지리산에서 숱하게 조직되었을 것이다. 『삼국사기』나 『삼국유사』에는 지리산에 산적이 들끓었다는 기록이 많은데, 영재가 지은 「우적가(遇賊歌)」나 통일신라 말 경주 입구까지 진군한 대규모 민중 저항 세력이었던 붉은바지부대[赤袴軍]에 대한 기록 등이 그것이다.

19세기 이후, 세도정치가 본격화되면서 전국적으로 민란이 끊이지 않았고 관군에게 쫓긴 유랑민들은 계속해서 깊은 산속으로 숨어들 수밖에 없었다. 그중에서도 깊은 계곡과 봉우리가 여럿이고 군데군데 사람들이 개간해 먹고 살만한 땅뙈기가 많은 지리산은 가장 궁벽한 곳이어서 사람들이 모여드는 곳이 되었다. 사람이 모여 들면 소문과 정보도 모여드는 법. 남원과 지리산 일대는 해방 전부터 공식적인 뉴스를 통해서는 들을 수 없었던 소식들이 모여드는 성시가 되고 있었다.

이처럼 한반도 남쪽의 가장 큰 산인 지리산은 도망자들의 절망과 울분, 그리고 혁명의 기상을 모두 담아내는 산이 되어가고 있었다. 지리산은 당시 사람들에게 희망의 남쪽을 상징하는 크고 넓은 공간이 될 수밖에 없는 상징적이면서 현실적인 장소였다. 근대 이전에도 기록에 남지 않은 숱한 이들이 이곳에 모여 살다가 뼈를 묻기도 했겠지만, 1929년생으로 십대 후반에서 이십대 초반에 해방 공간을 통과해야 했던 천이두의 시간으로 범위를 좁혀 당시 지리산의 풍경을 살펴보면 이는 더욱 명료해진다.

일제 강점기 말 강제 징용과 학병 징집을 거부하고 이곳저곳을 전전하다가 지리산 자락으로 숨어든 젊은이들이 있었다. 반일 독립의 의지로 험난한 도주 생활을 선택한 열혈 청년들은, 이병주의 대하소설 『지리산』에 등장하는 하준수 등의 보광당(普光黨)과 같은 청년 결사체를 이루고 살면서 스스로 교육하고 단련하는 삶을 꾸렸다. 아무리 산중에 살고 있어도 생필품은 필요했기에 이들에게는 협조자나 동조자가 절실했다. 이러한 시대적 정황과 여건은 자연스럽게 산속의 젊은이들과 산 바깥 젊은이들을 이어주는 고리가 되었을 것이다.

해방과 더불어 지리산에 숨어 있던 젊은이들은 잠시 부푼 기대를 안고 신석정 시인이 노래한 「산에서 온 사나이」가 되어 자신의 근거지로 돌아갔으나, 이내 지리산으로 돌아올 수밖에 없는 시대의 현실과 조우하게 된다.

우리에겐 광복이었지만, 2차 세계대전의 종전은 새로운 냉전 체제로의 돌입을 몰고 왔고 한반도는 가장 극심한 세계사적 이념 투쟁의 공간이 되고 만다.

해방과 동시에 시작된 미군정 체제와 여기에 영합한 정치 지도자들의 모습에 실망한 민중들의 항거가 이어지고 폭력적인 탄압이 전개되자 혁신적인 사상을 갖고 있던 젊은이들은 결국 다시 지리산으로 모여들었다. 이른바 야산대(野山隊)가 조직되던 시절이었다.

남북한 분리 단독정부가 수립되던 1948년 발생한 제주 4.3항쟁과 이와 긴밀히 연관된 여순민중항쟁으로 인해 발생한 수많은 반체제 젊은이들은 지리산에 몰려들었다. 이와 같은 혼란기에 남한 이곳저곳에서 발생한 친북 계열의 빨치산들은 북한과의 긴밀한 연락 끝에 1949년 '조선인민유격대'를 조직하고, 태백산·오대산·지리산에 각각 병단(兵團)을 조직할 정도로 세력이 커지고 체계화되었다. 지리산 지구 2병단장은 전설적인 빨치산 이현상이 맡았다. 이들이 이른바 '구빨치'들이다. 이후 한국전쟁 기간에 북으로 귀환하지 못한 북한 정규군들이 산으로 들어가 합류해서 '신빨치' 시대가 열린다, 이중 가장 유명한 것은 역시 이현상이 이끌던 '남부군'이었다. 이때의 사정은 이병주의 『지리산』, 조정래의 『태백산맥』, 이태의 『남부군』과 빨치산 출신의 수기류를 통해 잘 증언되고 있다.

지리산을 가득 메운 불온하면서도 혁명적인 기운은 주변 마을에 자연스럽게 영향을 끼칠 수밖에 없었다. 산사람들은 은밀하지만 주기적으로 산 아래로 내려와 자신들의 생존에 필요한 물품들을 구했고, 자신들의 이념과 세력의 확장을 위해 산 아래 젊은이들과 지속적으로 접촉을 시도했다. 지리산 산사람들의 수가 늘어날수록 지역민과의 접촉면은 넓어지고 그 횟수도 늘게 되어, 1차 접촉자-2차 접촉자 순으로 N차 접촉자의 수는 기하급수적으로 늘어났다. 한창 새로운 소식에 목말라 있던 천이두를 비롯한 당시 남원지역 소년과 청년들에게, 현실에 대한 불만으로 가득하지만 미래에 대한 희망 또한 가득했던 산사람들의 존재는 강력한 자극이 될 수밖에 없었을 것이다.

정황상 천이두가 자주 만나는 젊은 교사 K나 W는 산속 젊은이들과 어떤 식으로든 연락을 주고받고 있었으며, 여기서 취득된 새로운 정보는 천이두 등 열혈 학생들에게 전달된 것으로 보인다. 천이두를 비롯한 열혈 학생들은 새롭게 취득된 정보나 지식을 갈무리하기 위해 일종의 독서회를 조직하여 조국의 현실과 눈앞의 사회적 현상을 냉철하게 분석하고 친우들과 토론하며 당대의 변화를 이해하려 애쓴다.

이 무렵부터 천이두는 문학에 흥미를 느끼기 시작한 것으로 보인다. 「길」이란 습작시를 들고 교사 W를 찾아갔으나, W는 천이두에게 시보다 산문을 써야 하는 시대라며 '문학을 하기 위해서 문학을 해서는 문학을 얻을 수 없다. 현실에 뛰어들어야 한다.'는 충고를 해준다. 미사여구로 점철된 문학적 관습을 버리고 현실 생활의 모순과 이를 이겨내기 위한 투쟁적이고 낙관적인 미래 전망을 담아야 한다는 뜻이었다.

길에 나서겠다는 의지와 열정은 넘치나 어떤 길에 서 있는지 모르겠다는 교사의 평, 어쩌면 그때 천이두는 물론 당대의 민중들 모두 그런 처지였는지 모른다.

길에 나섰으나 이 길이 자신의 삶을 어디로 인도할지 몰라 두렵고 궁금한 마음!

## 3. 1950년, 죽음을 겪은 뒤에 선택한 문학의 길

1950년 6월 25일. 한국전쟁 발발했을 때 천이두는 전주형무소에 사상범으로 수감되어 있었다.

1948년 남과 북이 각각 단독정부를 수립하고, 남한에서 4.3과 여순항쟁이 이어지면서 체제 단속, 사상 검열은 갈수록 심해졌다. 해방 후 잠시 합법 공간에서 활동했던 남로당 등 좌익 계열 활동이 일제히 금지되고, 좌익 성향 단체에 관련된 이들은 모두 불온한 사상을 지닌 위험분자로 취급되었다. 1948년 12월 '국가보안법'이 발효되면서 이와 같은 예비 검속은 더욱 강화되었다. 1949년 6월에는 반공 교화를 목적으로 한다는 '국민보도(保導)연맹'이란 관변단체가 설립되어 사상 의심자들을 강제 입맹 시켜 감시하다가, 한국전쟁이 일어나자 이 명단을 근거로 대규모 학살이 벌어지기도 했다. 이때 보도연맹에 강제로 가입된 인원만 30만 명이었고, 지방의 경우에는 할당제가 있어 관리들에게 밉보인 이들이 자신도 모르게 보도연맹 맹원으로 가입된 사례도 많았다고 한다. 한국전쟁 때 퇴각하는 군경들에게 학살된 인원은 4천 내지 2만여 명으로 추정될 뿐 지금도 정확하게 밝혀지지 않고 있다.

'국가보안법' 발효 이후 한층 엄중하고 촘촘하게 진행된 예비 검속은 지리산을 끼고 있는 지역에서 더욱 심하게 진행됐다. 국가의 체계가 덜 잡힌 때여서 군·경·행정부서가 서로 뒤섞여 지리산 산사람들로부터 영향을 받을 만한 잠재적 위험분자들을 솎아내는 과정에서 천이두도 학교 내 비밀

독서회를 이끌고 있다는 혐의를 받아 육군 특무대에 끌려가게 되었고, 남원을 거쳐 전주형무소로 이관된 상태였다.

고문과 폭행이 이어지곤 있었지만 학생 신분이고 무슨 일을 벌인 것도 아니고 몇몇이 모여 독서와 토론을 했을 뿐이니 곧 방면되리라, 조금은 낙관적으로 예상하고 있던 천이두와 형제들에게 한국전쟁의 발발은 그야말로 날벼락이 아닐 수 없었다.

서울이 사흘 만에 함락되고 이승만 정부는 대전에서 대구로 다시 부산으로 계속 피난하기에 급급한 와중에 국가 운영 체계가 마비되어 지방에서는 대혼란이 일어났다. 북한은 파죽지세로 남하를 거듭하고 정부는 어디에 있는지조차 알 수 없는 상황이 되자, 각 지방 경찰서나 형무소와 같은 곳에서는 정보 부재와 명령 체계의 붕괴, 임박한 북한군의 진격이 부른 공포 등이 복합적으로 작용하면서 전시가 아니라면 상상조차 할 수 없는 끔찍한 일들이 벌어졌다. 그동안 거동 수상자로 여겨졌던 보도연맹 맹원이나 수감자들을 즉결재판으로 학살하고 관공서 서류는 모두 불태운 채 도주하는 일들이 발생한 것이다.

전주의 경우 6월 26일부터 사상 의심자와 거동 수상자를 모두 잡아들이기 시작했고, 6월 28일엔 3년 이상 장기 복역 중이던 좌익 계열 사상범들 158명을 총살해버렸다. 이들을 총살하고 시체를 묻는 일에 일반 복역자들이 동원된 탓에 형무소 내에는 임박한 죽음에 대한 공포가 아비규환의 상황을 만들었다. 실제로 7월 4일부터 14일 사이, 인후동 야산과 황방산 등지에서는 지속적으로 학살이 자행되었다. 이 과정에서 보도연맹 관련자들이나 제주 4.3 관련자 중 전주형무소로 이감된 여성 죄수들도 모두 희생된 것으로 보인다.

막내의 목숨이 경각에 달했다는 것을 알게 된 남원의 형제들은 급히 처분 가능한 전답을 모두 헐값에 팔아 현금을 마련한 뒤, 그 사이 알아낸 남원 출신 특무대 상사 집으로 달려갔다고 한다. 전쟁으로 인해 살인적인 인플레이션이 거듭 되던 때라 형제들의 지게에는 몇 궤짝 분의 현금 다발이 담겨져 있었다고 한다. 권 상사 집 앞마당에 현금 궤짝을 부린 삼형제는 권 상사에게 막내가 호기심에 친구들과 책 좀 읽었을 뿐인데 죽는 건 너무 억울한 일 아니냐고 피눈물을 흘리며 하소연을 했다. 마침 권 상사는 다음날 즉결심판의 심판장이었다고 한다.

천이두는 생전에 당시 일에 대해 극도로 말을 아꼈는데, 간헐적인 회고와 다른 형제들의 증언을 종합해 즉결심판 당일 일을 재구성해보면 이러하다.

끌려 나간 수형자들이 다시 돌아오지 않고, 형무관이나 형무소를 오가는 군인들의 눈에 살기어린 핏발이 곤두선 것을 보면서 천이두는 나도 곧 죽게 되는 모양이다, 라고 생각할 수밖에 없었다. 꽃도 피워보지 못하고 지게 된 자신의 청춘이 아깝기도 하고, 남은 가족들이 빨갱이의 가족이라고 손가락질 받으며 살 것이 걱정이기도 하고, 함께 잡혀 들어왔다가 뿔뿔이 흩어진 친구들은 어찌 되었는지 궁금하기도 하고, 무엇보다 이제 곧 죽는다는 불안과 공포에 잠을 이룰 수 없어 천이두는 매일 밤을 뜬눈으로 지샜다. 이렇게 사람 목숨의 무게가 가벼운 것인가, 생각하면 산다는 게 그야말로 허망하고 억울한 일이었으나 어느 누구에게도 이런 마음을 하소연할 수 없으니 더욱 답답했다.

거의 날마다 죽지 않을 만큼 두들겨 패던 형무관들의 폭행은 줄어들었으나 급식은 이미 며칠 전부터 제대로 이뤄지지 않았고, 오가는 군인과 형무관들이 주고받는 말을 되새겨보면 북한군은 이미 대전을 통과해 전주로 남하하고 있는 게 분명했다. 군산 항만과 이리의 철도를 지키기 위해 해병대

가 출동했으나 중과부적, 이제 곧 전주에 북한군이 들어설 거라는 이야기
…….

북한군이 전주에 들어오는 순간이 자신들이 죽을 시간이었다.

해가 뜨자, 형무관들이 재소자들을 모두 형무소 운동장으로 내몰았다. 오랜 폭행과 굶주림에 시달려 쇠약해질 대로 쇠약해진 천이두의 육신은 사지가 제각각 제멋대로 움직이는 것 같았다. 자신의 것이 아닌 두 다리가 자신을 죽음의 판결장으로 끌고 간다는 느낌이 들었다.

오늘이 그날이구나, 오늘이 내가 죽는 날이구나!

7월 햇살은 오전부터 달아오를 대로 달아오르고 있었다. 이런 날씨에 구덩이에 파묻히면 금세 썩어 들어가 나중에 가족들이 시신을 찾아도 제대로 얼굴 분간도 못할 거란 생각을 하니 처참하기 그지없었다. 이제 옆의 사람도 저 하늘도 저 땅도 더는 보지 못하는 건가, 천이두는 비감어린 시선으로 주변을 둘러보다가 형무소 철조망 건너편에서 누군가 자기를 부르고 있는 것 같은 느낌이 들었다. 거기 누군가 손을 크게 흔들며 '이두야! 이두야!'라고 부르는 듯 했으나, 그게 누군지 정확히 알 수 없었다. 이때 형제들은 철조망 밖에서 끌려가는 천이두를 보며 "이두야! 이두야! 너는 살았다!"라고 소리쳤으나, 그곳에는 형제들 외에도 수형자들의 가족들이 몰려와 울부짖고 있어서 그 소리가 동생에게 전달되었는지는 정확히 알 수 없었다고 한다.

즉결심판을 담당하는 군인이 서류를 넘기며 한 사람 한 사람 호명했고, 판결은 단순했다.

왼쪽 줄과 오른쪽 줄.

두 줄 중에 한 군데 서는 것이 판결의 전부였다.

천이두는 남들과 달리 자신을 유심히 노려보는 나이 든 군인의 시선이 좀 이상하단 생각을 하느라 그 군인 심판관이 어느 쪽 줄에 서라고 했는지 제

대로 듣지를 못했다. 이러거나 저러거나 죽기는 매한가지, 아마 이쪽 줄은 어디 산으로 가고 저쪽 줄은 어느 골짜기로 가는 것일 터인데, 어느 줄에 선들 그게 무에 대수냐 싶기도 했다.

두 줄을 훑어보니 왼쪽 줄에 아는 얼굴들이 몇 몇 보였다. 기왕 죽는 거 아는 사람 곁에서 죽는 게 좀 덜 외롭겠다, 싶어 왼쪽 줄을 향해 비척비척 몇 걸음 옮기자 갑자기 뒤쪽에서 거친 쌍욕이 날아들었다.

"천이두 이 새끼, 오른쪽으로 가라는데 왜 왼쪽 줄로 가나! 저 빌어먹을 새끼 이쪽 줄에 세워!"

심판관의 호통에 경비병들이 달려와 천이두를 오른쪽 줄로 밀어붙였다.

그 순간이 자신이 죽음의 행렬에서 빠져나와 생존자의 대열에 서게 된 것이라는 걸 천이두는 조금 뒤에야 깨달았다.

왼쪽 줄에 선 사람들은 그대로 군인들이 끌고 형무소 밖으로 나갔으나 오른쪽 줄에 선 사람들은 군 장교로 보이는 어떤 군인에게 "너희는 우리 사회에 큰 죄를 지었으나, 이번에 한해 풀어줄 테니 밖에 나가거든 말썽 피우지 말고 열심히 살아라."는 일장연설을 들은 뒤 모두 방면 조치되었던 것.

형들은 어떻게 여길 와 있는지, 또 어떻게 만났는지…… 생각할 겨를도 없이 천이두는 정신을 잃고 쓰러져버렸고, 다시 눈을 떠보니 거적이 깔린 소 달구지에 실려 있었다. 소가 매어져 있어야 할 자리에는 소 대신 둘째 형의 넓적한 등판만이 보였고 옆에서는 큰 형과 셋째 형이 달구지를 밀고 있는 게 눈에 들어왔다.

몸이 상할 대로 상한 천이두를 이대로 고향 땅으로 끌고 가기 힘들다는 생각으로 형제들은 급히 달구지를 하나 사서 막내의 몸뚱이를 싣고 세 형제가 그 달구지를 번갈아 끌고 밀며 전주에서 남원까지 걸어가고 있었던 것. 이렇게 장정 셋이 끌고 밀고 하면서 전주에서 남원까지 가는데 꼬박 사흘이 걸렸다고 한다. 천이두도 나머지 세 형들도 죽음 직전에서 생환한 충격으로 기진맥진했던 것. 이렇게 네 형제가 소달구지를 타고 슬치를 넘고 있을 즈음, 전주는 북한군의 수중에 떨어진다.

집에 돌아온 천이두는 자신을 살리기 위해 형제와 출가한 누이들의 가산이 모두 거덜 났다는 것을 알고 더욱 놀란다. 6남매 중 가장 똑똑하다는 소리를 들었고, 동급생이나 젊은 교사들의 기대를 모으며 독서회를 조직하고 이끌었던 천이두였다. 자신의 목숨은 자신의 것이라고 생각했던 천이두였다. 개화된 세계의 개인이란 제 운명의 주인이 자신이라고 믿는 사람.

하지만, 이렇게 가누기 힘들 만큼 망가진 몸으로 돌아와서 보니 자신의 목숨은 자신의 것이 아니었다. 천이두의 목숨은 형제와 누이들이 이제껏 일구고 거둔 삶의 보람들을 모두 다 쏟아 부어 간신히 건져낸 것. 천이두는 그때 한 사람의 생애란 게 누군가에게 빚을 지며 살아가는 일이라는 걸 뼈저리게 느낀다. 이제, 천이두는 동기간들에게 갚기 힘든 큰 은혜를 입은 천씨 집안의 막내였다.

자신으로 인해 형제와 누이들이 곤란해졌다는 것에 대한 자책감이나 고마움을 채 표현할 틈도 없이, 천이두는 상한 육신을 숨겨야 했다. 7월 20일 전주를 함락시킨 북한 6사단은 며칠 전 네 형제가 소달구지를 끌고 힘겹게 넘어왔던 길을 득달같이 뒤쫓아 와서 7월 24일 남원과 구례가 모두 북한군에게 함락된다.

좌익 혁신 사상을 가진 불온한 청년으로 낙인 찍혀 생사의 고비를 막 넘어왔지만, 이런 사정을 북에서 내려온 사람들이 알 리 없으니 오히려 어떻게 방면된 것이냐, 의심을 받을 수도 있는 일이었다. 혹은 이와 정반대로 북한군들의 필요에 의해 여기저기 끌려 다니며 허수아비처럼 '죽음마저 이겨낸 옥중 투사' 노릇을 강요받게 될지도 몰랐다.

이념이 불러온 전쟁의 피해자였고 생존자였던 천이두는 전쟁에 의한 광기는 인간이 상상치도 못할 일을 불러온다는 것을 누구보다 먼저 뼈저리게 느끼고 있었다. 게다가 형과 누이들 덕에 간신히 목숨을 건진 상태에서 또다시 근심거리가 될 수도 없었다.

유족들의 증언에 의하면 부엌 아궁이 밑 토굴에 천이두를 숨겼다고 한다. 일제 강점기 말 식량 공출 등을 피하기 위해 만들어둔 토굴은 울타리 밑으로 숨구멍을 뚫어두긴 했으나 곡식이나 숨기던 곳이지 사람이 들어가 지낸 적은 없어 걱정이 많았지만 천이두는 군말 없이 그 토굴 속에서 그해 무더위를 견뎌냈다. 한 점 불빛조차 들지 않는 캄캄한 토굴 속에서 고문으로 상한 육신이 내지르는 신음을 꾹꾹 눌러 삼키며 지내야 했다. 토굴 속 어둠에 갇혀 자신만을 응시하며 지내야 했던 시간.

이 시기 남원을 비롯한 지리산 일원은 '낮에는 대한민국, 밤에는 인민공화국'이라고 불릴 만큼 무질서와 혼돈, 극단적인 불안과 공포에 지배당하고 있었다. 인천상륙작전으로 퇴로가 끊긴 정규 북한군들까지 지리산으로 들어가게 되면서 '남부군'이 등장하고, '지리산 공비' 토벌을 위해 백선엽의 '백야사'와 차일혁 경감의 '지리산전투경찰대'가 등장하는 것도 이 무렵이다. 밤이면 산에서 내려온 빨치산의 보급 투쟁에 시달려야 했고, 낮이 되면 군경이 몰려와 공비들에게 협조했다고 주민들에게 곤봉을 휘둘렀다.

어느 장단에 춤을 춰야 할지 누구도 모르는 상황에서 모두들 전전긍긍하고 있을 때, 토굴 속에 유폐되어 있던 천이두는 조금씩 체력을 회복하고 있었다. 아수라장이 된 전쟁의 와중에 그 토굴은 천이두에게 때로 산 채 묻힌 무덤처럼 여겨지기도 했을 것이고, 자신만의 동굴처럼 여겨지기도 했을 것이며, 자신이 살아있다는 것을 어둠과 침묵이 안겨주는 공포 속에서 가장 생생하게 느끼는 곳이기도 했을 것이다.

그 기간 동안, 무심결에라도 눈길이 아궁이 쪽을 향하지나 않을까, 아궁이 밑으로 깊이 파둔 토굴 밑에 천이두가 숨어 있는 게 발각되지나 않을까, 가족들은 매일매일 조마조마한 마음을 동여매며 살아가야 했다.

북한군이 밀려난 뒤에 토굴에서 나온 천이두에게 장형을 비롯한 가족들은 남원을 떠나 전주의 대학에 진학하라고 권유했다. 장형을 비롯한 가족들이 마을 사람들의 신망을 얻고 있긴 했지만, 낮밤으로 주인이 바뀌는 폭력의 소용돌이 속에 막내를 두고 싶지 않았던 것이 가족들의 생각. 이때 천이두는 대학에 가면 문학을 공부하겠다는 뜻을 밝힌다.

문학 소년이기는 했지만, 이전까지 천이두는 앞으로 의사가 되어 병든 이를 치료하며 살겠다는 희망이 더 강했다고 한다. 하지만, 생사의 고비를 넘기고 토굴 속에 침잠하는 동안 생각이 바뀐 것.

사람을 병들고 아프게 하는 게 병균이나 부상만이 아니라 당대 사회의 부조리와 시대적 격랑, 그리고 스스로의 마음 또한 병통(病痛)의 근원이라는 것을 깨달으면서 천이두는 인간과 인간, 인간과 사회, 인간과 시대, 그리고 인간이 만든 이념이 어떻게 인간을 조종하는가에 더 관심을 두게 되었다. 어떨 때는 이성적이다가도 어떨 때는 한없이 감정적으로 변하는 인간의 변덕스러운 행태를 알고 싶었다. 그걸 알아내려면 문학을 공부해야겠다고 판단한 것.

어쩌면 천이두는 자신을 향해 사납게 달려드는 시대의 풍파 한가운데 무엇이 있는지, 이러한 풍파를 어떻게 뚫고 나가야 하는지를 알고 싶었을 것이다. 문학은 언어의 미로 속에서 길을 찾는 것, 천이두는 자신의 앞에 놓인 생애가 이와 같은 미로 속을 한없이 탐색하는 과정이 되리라는 걸 예감하고 있었다.

전주로 나온 천이두는 1950년 가을 '전주명륜대학'에 진학한다. 1948년 '전주명륜학원'으로 설립 인가를 받은 명륜대학은 이 해 초급대학 인가를 받았고, 1951년 도립이리농과대학, 군산상학관과 합해져 전북대학교로 거듭난다. 명륜대학은 전북대학교 인문대와 법대의 모태에 해당. 천이두는 1951년부터 전북대 인문대 국문학과 학생이 되는데, 이때 전주에서는 부산·대전·대구와 함께 전시연합대학이 운영되던 시절이었다.

1976년 천이두의 재임용 탈락의 표면적 사유가 된 고교 졸업장 문제가 배태된 것이 바로 이 시기였다.

1950년 나라는 전쟁의 소용돌이에 빠져 있었고, 당시 막 초급대학으로 승격한 명륜대학은 입학시험을 통해 신입생을 선발하는 과정에서 지금과 같이 복잡한 서류를 요구하지 않았던 것. 전쟁 통에 문을 닫은 학교도 많았고, 전쟁의 포화 속에 소실된 학교들도 많아 지원자들에게 서류를 많이 요구할 수도 없었던 시기였다.

천이두는 1950년 전반기에 형무소에 수감되어 있어 졸업장을 받지 못하기도 했다.

여기에는 학기제의 변화가 가져온 혼란도 한 몫 했다. 해방이 되고 미군정이 실시되던 시기, 학기제에 큰 변동이 생기는데 일제 강점기에는 모든 학교의 신학기가 3월이었으나 미군정은 이를 미국식 9월 신학기제로 변경했던 것. 이때 실시된 9월 신학기제는 상당 기간 유지되다가 1962년 박정희 군사정권이 다시 3월 신학기제로 재변경하면서 폐지된다.

이같은 변화를 천이두에 적용하면 더욱 복잡해진다. 천이두는 1945년 3월 5년제 '남농'에 입학했으나, 미군정의 교육 과정 재편에 따라 1946년 9월 1일부터 '남농'은 6년제 학교로 바뀐다. 이와 같은 혼란으로 인해 천이두와 같은 기존 재학생은 5년을 마치면 졸업을 하는 것인지, 한 해를 더 다녀야 하는 것인지 그 경과 조치가 명쾌하지 않았던 것. 미군정 3년, 1948년 갓 출범한 신생 정부, 그리고 한국전쟁의 혼란은 5년제 구제 중학교가 6년제 중학교로 변모했을 때 발생할 혼란에 대한 제대로 된 경과조치를 마련할 여유를 주지 않았다.[3]

1950년 전쟁의 와중에 신입생을 뽑아야 했던 당시 대학 입장에서는 입학생의 실력만 검증하면 충분하지 학제와 학기제의 변화, 그리고 전쟁의 혼란 속에서 발급과 검수가 모두 곤란한 중학 졸업장을 굳이 요구할 까닭이 없었던 것.

이것이 천이두가 중학 졸업장 없이 명륜대학에 입학하게 된 사정의 전말.

천이두는 1951년 통합 전북대 학생으로 학적이 바뀌고 1955년 학사를 취득했으며 1957년 문학석사 학위를 취득한다. 이 과정을 거치는 동안 천이두가 대학 입학 당시 중학 졸업장을 제출하지 않았다는 게 문제된 적도 없었고, 천이두 본인 역시 이를 자신의 중대한 결격 사유라는 생각조차 하지 않고 있었다.

## 4. 어쩌면, 화양연화의 시절(1955-1975)

1954년 1월, 천이두는 배필 이옥순 여사를 만나 가정을 꾸리게 되고 대학 재학생 군복무 미필자를 대상으로 한 단기 군복무를 마친다. 1955년 대학을 졸업하고 이리(현 익산시) 남성학원 국어교사로 사회에 첫걸음을 내딛는다. 이 무렵 천이두는 익산 마동에 신접살림을 차리고 익산에서 2남 2녀

---

**3** 이같은 혼란은 1950년 무렵에만 해당되는 일이 아니었다. 5년제 중학을 다닌 세대와 6년제 중학을 다닌 세대, 그리고 중고 분리가 되어 각각 3년을 다닌 세대들이 뒤섞이자, 관공서에서조차 5년제 중학 졸업생은 고졸 학력으로, 6년제 중학 졸업생은 고졸 학력으로 자의적으로 분류하기도 하는 등 5년제 중학 출신들은 상대적인 불이익을 당하는 일이 많았다.

의 자녀를 모두 얻는다. 천이두는 재금을 난 이후 평생 일곱 번 이사를 했는데 그 주소는 익산에서 전주로, 전주에서 익산으로 바뀌길 반복했다.

천이두는 남성중고에서 1961년까지 6년 가까이 근무한다. 당시 함께 근무했던 선배나 동료 교사로는 장순하 시인, 조두현 시인, 이동주 시인, 홍석영 작가 등이 있었고 후일 문학계에서 활동하게 되는 고(故) 이광웅 시인, 정양 시인, 류근조 시인, 고(故) 최창학 작가, 소설가 송하춘, 소설가 박범신 등과는 사제의 연을 맺게 된다. 이외에도 후일 전라북도 도지사를 지내는 유종근, 익산에서 4선 국회의원을 지낸 이협, 전북일보 문치상 국장 또한 제자 그룹에 속한다.

이중 이광웅 시인과 정양 시인은 천이두 선생을 아버지처럼 따르는 관계로 평생을 제자이면서 문학의 벗으로 교유하며 지내게 되고, 정양과 박범신 등을 통해 소설가 윤흥길과도 인연이 이어진다.

정양 시인의 회고에 의하면 '정말 어려운 문학 이론을 중고생들에게 가르쳐주었는데, 그게 전혀 어렵지 않게 여겨지게 만드는 재주가 있는 젊은 선생님이었다. 특히 한국 문학에 대한 체계적이고 명료한 해설과 작가의 입장에서 작품이 생산되는 과정을 추론해보는 선생의 태도는 학생들에게 큰 감명을 주어, 절로 문학에 관심을 둔 친구들이 늘어났다.'고 한다.

교단에 서본 사람은 누구나 경험하는 것이지만, 가르치는 일은 공부하는 일과 또 다르고, 가르치기 위해선 우선 교사 자신이 그 내용을 정확히 꿰뚫고 있어야 한다. 20대 중반의 젊은 교사 천이두는, 다른 문인 선배들과 함께 남성을 문학의 명문 학교로 성장시키는데 크게 기여한다.

천이두는 남성학원 교사로 근무하는 동시에 대학원생으로 학자의 길도 함께 걷게 되는데 여기에는 전북대 은사 김교선 교수의 영향이 컸다. 천이두와 김교선 교수의 만남은 천이두를 문학 비평의 세계로 이끄는 첫 번째 계기이자 가장 중요한 동기가 된다.

함경도 출신으로 일본 법정대학 문학부를 졸업한 뒤 서울 중동학교 교사를 거쳐 전북대에 교수로 부임한 김교선은 실증주의 비평을 학생들에게 소개했고, 그의 논리적 비평 방식에 매료된 천이두는 김교선의 강력한 권유에 따라 대학원에 진학하면서 본격적으로 학자와 비평가로서 길을 닦는다. 천이두는 김교선을 학문의 스승이자 인생의 스승으로 여겨 중요한 일이 있을 때마다 가장 먼저 상의한다. 설이면 늘 세배를 갔고, 정년을 맞이한 김교선 부부를 모시고 천이두 내외가 함께 제주도 여행을 다녀올 만큼 돈독한 사제지간을 유지했다.

1957년 문학 석사 학위를 취득한 천이두는 1958년 『현대문학』 11월호에 「인간 속성과 모랄」이 조연현에 의해 초회 추천을 받고, 1959년 『현대문학』 4월호에 「고독과 산문」이 역시 조연현에 의해 다시 한 번 추천되어 문학비평가로 활동을 시작했다.[4] 이때 젊은 비평가의 숨겨진 재능을 바로 알아챈 평론가 조연현 또한 천이두의 삶에 큰 영향을 끼친 이로, 천이두는 조연현을 깍듯하게 스승의 예로 대했다.

깐깐한 스승이었던 김교선의 지도를 받고, 당대 비평계를 주도하던 조연현의 주목을 받으며 신예 비평가로 등장한 천이두는 인상 비평 혹은 생경한 외국 문학 이론 소개가 여전히 성행하고 있던 전후 한국 비평계에 새로운 변화가 일어나고 있다는 것을 입증하는 존재로 빛나기 시작한다.

1962년 8월 천이두는 전북대학교 문리과대학 국어국문학과 전임강사로 부임한다. 천이두의 나이 만 33세, 대학을 졸업한 지 7년 만에 모교 강단에 서게 된 것이다.

---

4    그 무렵 『현대문학』은 2회 이상 추천을 받아야 등단한 것으로 인정하는 제도를 운영하고 있었다.

연구와 교육에만 전념할 수 있는 대학 교원이 되면서 천이두의 비평 활동은 더욱 활발해진다. 그를 전후 세대 비평가의 대표 반열에 끌어올리게 되는 평론집 『한국현대소설론』(1969, 형설출판사)과 『종합에의 의지』(1974, 일지사)가 나온 것도 전북대 재직 시절이었고, 현대문학 신인상(1965)을 수상한 것도 이때였다.

문학 비평가가 대학에 자리를 잡고 연구와 평론 활동을 병행하다보면 문학이론의 소개나 방법론 설정 등에 과도하게 몰입하게 되는 경우가 있다. 학생들에게 교육을 하기 위해 이미 검증된 작가나 작품을 대상으로 한 해설식 강단 비평에 빠져들기도 하는데, 천이두의 비평은 그렇지 않았다. 당대의 시인과 작가들의 작품을 정면으로 응시하는 동시대 감각이 천이두 비평의 가장 큰 매력이었다.

김동리, 손창섭, 황순원, 이호철, 최인훈, 한남철, 최일남, 박경리, 박경수, 하근찬, 윤흥길, 조정래 등이 작품을 발표하면 천이두는 이내 그 작품에 대한 비평적 접근을 시도했다. 그의 시선을 거치고 나면 모호했던 작품의 내용이 명징하게 독자에게 다가왔다.

이와 같이 명료한 비평을 할 수 있었던 것은 천이두의 감식안이 남다른 탓도 있겠지만, 작품을 생산하는 작가의 고통을 이해하고 작가가 왜 이런 주제와 소재의 작품을 썼는지 그 동인(動因)에 대한 공감 능력이 뛰어났기 때문이라고 할 수 있다. 천이두는 한 작가가 작품을 생산하기까지 '주리를 트는 것과 같은 고통'을 견뎌야 한다고 언급한 바 있는데, 이와 같은 공감 능력과 함께 '의도의 오류'에 빠지지 않도록 엄격하게 거리두기를 병행했다.

작가가 바라보는 동시대의 현실을 때론 같은 방향에서 때론 다른 방향에서 바라보면서 그 현실과 작품 사이에 존재하는 미학적 긴장의 맥락을 짚는 것이 천이두 비평의 요체이고 비결이라고 할 수 있다.

이러한 천이두 비평의 진가를 가장 먼저 알아본 이들은 후배 격인 김윤식, 염무웅, 백낙청, 조동일, 김현 등 당시 소장 평론가와 연구자들이었다.

당대 한국문학 전집을 활발하게 출간하던 신구문화사의 편집자 염무웅, 그리고 염무웅과 연결되어 1966년 『창작과비평』을 창간한 백낙청과 알게 되고, 백낙청을 통해 고전과 현대를 아우르는 한국문학사 연구자 조동일을 알게 되었으며, 조동일을 통해서는 김윤식과, 김윤식을 통해서는 1970년 『문학과지성』 창간의 주역 김현과 교유를 하게 된다. 그 무렵 이들과 주고받은 서신이나 천이두의 일기 내용으로 보면 이들은 모두 매우 깍듯하게 천이두를 선배로 대우했다. 젊은 평론가들의 신망을 얻은 천이두는 『현대문학』, 『창작과비평』, 『문학과지성』 등의 문예지는 물론이고 동아일보, 경향신문, 서울신문 등 일간지 지면을 무대로 활발한 비평 활동을 펼친다. 이 무렵 주요 일간지와 문예지의 월평을 도맡다시피 하면서 천이두의 집 우편함에는 자신의 작품을 소개하려는 전국 문인들의 서신이 날마다 가득 답지했다.

중견 비평가로 발돋움한 천이두에게 당시 여러 출판사가 앞다투어 펴내던 '문학전집' 편찬 의뢰도 들어와서 정음사의 한국문학전집, 문원각의 세계문학전집 등의 편집자 역할도 수행한다. 지금까지 남아 있는 자료들을 보면 천이두는 외국 작가들의 초상이나 사진을 직접 구하고 스펠링까지 교정을 받던 것을 확인할 수 있다. 이와 같은 편집자로서의 능력은 1969년 전북대신문사 편집국장, 1972-1973년 전북대신문 주간 교수를 역임하면서 이미 입증된 바 있었다.

1962년부터 1976년까지 전북대 재직 시절, 천이두는 비평가로서 탄탄한 위상과 함께 안정된 생활을 영위한 '화양연화'의 시기를 보냈다고 할 것이다.

1972년 전북대학교에 사범대학과 중등교원 연수원이 문을 열게 되자, 천이두는 국어교육과 창설 주임 교수의 역할을 부여받아 문교부·교육청 등과 국립 사대생 선발과 장학 제도와 의무발령 등에 관한 논의에 참여하기도 하는 등 교육자로서의 위상도 높아지고 있었다.

사람을 좋아하고, 문학을 좋아하고, 술을 좋아하는 천이두는 전주에 마련한 자택에 선후배 문인이나 제자들을 불러 함께 주담을 나누길 좋아했다.

자연스럽게 전주에 오게 되는 경향 각지의 문인들은 으레 전주시 진북동 391-62번지 천이두의 집으로 몰려와서 숙식을 해결했다. 문인들이 몰려들 때마다 천이두는 급히 전화를 돌려 전주나 남원의 판소리 창자들을 불러 전국의 문학인들에게 전라도의 판소리와 아직 이름이 알려지지 않은 숨은 명창들을 소개하는 자리를 마련하곤 했다. 이 자리에는 막 문단에 얼굴을 내민 정양, 오하근 같은 제자들도 자주 합류했다.

일기 등을 살펴보면 문학청년 시절부터 교유를 시작해 평생 막역한 사이로 지낸 소설가 하근찬은 전주에 오면 십여 일 넘게 천이두의 집에서 신세를 졌고, 천이두 역시 서울에 갈 일이 있으면 며칠이고 거리낌 없이 하근찬의 집에 머물렀다. 이와 같은 돈독한 우정으로 말미암아 천이두 가족과 하근찬 가족은 지금까지도 서로 연락을 주고받으며 친밀하게 지내고 있다. 후배 작가인 조정래와 김초혜 부부 역시 전주에 오면 늘 천이두 선생 댁에 신세지길 꺼려하지 않았다.

문단의 손님 외에도 천이두의 집에는 늘 사람이 많았다. 1950년 생사의 고비를 형제와 누이의 도움으로 건넌 은혜를 갚는다는 마음으로 남성고 재직 시절부터 친조카와 외조카들이 중고등학교에 진학할 나이가 되면 익산이나 전주로 데려와 학교를 다닐 수 있게 배려했다. 혼기가 차면 직접 배우

자감을 물색하고 맞선 자리에 함께 나가기도 했으며 신혼살림 비용도 보태 줬다. 천이두 6남매가 거둔 자손만 20명이 넘었다. 이들 대부분이 천이두 와 함께 한 상에서 식사를 했고, 때로는 호된 꾸지람을 듣거나 밤늦도록 함 께 주말의 영화를 보며 잠이 들었고, 전축에서 울려 나오는 판소리 단가를 기상 알림으로 여기며 성장했다. 천이두의 말년 일기에는 이때 함께 생활 했던 조카들 이야기가 친자녀들 이야기만큼이나 자주 등장한다.

천이두의 판소리에 대한 애정이 언제부터 시작되었는지는 정확히 알 수 없으나, 유족들의 증언에 의하면 중학교 저학년 때도 임방울 공연을 보겠 다고 몇 시간 버스를 타고 전주에 나갔다 올 정도였다고 한다. 아마도 처음 엔 남원이라는 문화적 환경 속에서 판소리를 수동적으로 듣고 자라다가 어 느 시점에 자신이 판소리를 좋아한다는 것을 스스로 발견하게 된 게 아닌 가 싶다. 직장을 얻게 되고 일정한 벌이가 생긴 뒤로는 LP판을 구입해 듣기 도 하는 등, 적극적인 청중으로 바뀌었다. 이렇게 깊은 관심을 두고 가까이 하다 보니 당시까지만 해도 제대로 된 대우를 받지 못하던 판소리 창자나 고수들에 대한 애정이 생기게 되고 차츰 판소리에 대한 학문적·비평적 관 심으로 발전하게 되었다.

그중에서도 판소리 명창 임방울에 대한 천이두의 애착은 대단했다. 임방 울의 눈대목 「쑥대머리」는 천이두가 가장 즐겨 들었고 그 자신이 가장 즐 겨 부르는 판소리 단가였다.

천이두는 판소리에 대한 관심을 체계적으로 증폭하고 심화시키기 위해 당시 국어국문학과에 함께 근무하던 이기우 교수와 제자 정양 시인 등과 1975년 11월 15일 '판소리연구회'를 결성하고 판소리에 대한 심도 있는 접근과 대중적 보급 방안을 적극적으로 모색한다.

그 무렵 가장 좋은 공연장은 방송국 공개홀이었다. 무대와 녹화 및 녹음

장비가 있고 관객석도 있어서 일반인들이 편하게 소리를 듣고 즐길 수 있는 최적의 공간이었다. 천이두 등은 전주 KBS와 전주 MBC의 관계자들을 설득해서 방송 녹화가 없는 날에는 일반 청중을 위한 '판소리 감상회'를 개최한다. 장소는 무료로 임대하고 판소리 창자와 고수를 위한 사례비는 판소리 애호가들이 십시일반 갹출하는 방식으로 운영한 '판소리 감상회'는 80년대 후반까지 15년 가까이 운영되었다. 이 행사를 통해 실력은 출중하나 아직 대중적 명성을 얻지 못한 판소리 명인이나 대중들에게 얼굴을 알릴 필요가 있는 판소리 신인들이 대거 소개되었다. 나중에 동편제의 거장이 된 강도근 명창과 오정숙 명창, 성운선 명창, 이일주 명창 등이 자주 이 무대에 섰다.

'판소리감상회'는 '전주 사람들은 모두 귀명창'이라는 옛 소문을 다시 현실로 만드는 촉매제가 되었으며, 80년대 초반 MBC 방송을 통해 인기를 끌었던 '판소리 마당놀이'의 기폭제 역할도 한 셈이었다. 이외에도 천이두는 맥이 끊겼던 '전주대사습'의 복원을 위한 일에도 앞장섰으며 전북 도립국악원 설립 등에도 큰 힘을 보탰다.

## 5. 화불단행, 그리고 와신상담(1976-1978)

천이두는 결국 1976년 2월 20일 경 전북대학교를 사직한다. 당시 일기에는 그때의 심경이 잘 나타나 있다.

2월 23일 월요일 맑음
날씨가 화창하다. 이제 봄이 느껴진다.
악몽같이 괴롭고 암담한 20여일을 보냈다.

이제 마음의 갈피를 잡아야 할 때가 되었다. 그러나 아직도 마음은 흔들린다.

내 나이 이제 48(만 47). 반생을 넘겨 살았다. 이 나이에 직장을 잃는다는 것이 얼마는 쓰라린 괴로움인가는 당해 보니 비로소 알겠다……. 내가 살아온 젊은 날의 발자취를 보면 저절로 목이 멘다. 언젠가 나는 내 생애를 돌이키면서 한편의 작품을 쓰고 싶다.

이번의 내 불행에 있어, 투서가 있어 그랬느니, 아무개가 고자질을 해서 그랬느니 구구한 이야기가 다 떠돌고 있는 모양이요, 내 귀에도 몇 차례 그런 이야기가 들어왔다. 그러나 나는 그런 모든 이야기들을 믿고 싶지 않다. 남의 이야기하기 좋아하는 사람들의 상상에서 빚어낸 뜬소문을 나까지 덩달아 믿고, 가슴 아파할 필요가 없는 것이기 때문이다. 뒷날 저절로 경위는 밝혀질 것이다. 그러나 나는 결코 아무도 원망하지 않으리라.

이제는 조용히 앞날의 일을 생각해야 할 때다. 그래서 산산이 부서진 내 생활의 터전을 새로운 차원 위에 재건하는 일을 할 때다.


갑자기 직장을 잃은 천이두를 위해 선후배들이 급히 나서 이 학교 저 학교 물색하던 중, 김제 만경여고에 근무하던 선배 교수의 딸이 마침 학교에 국어교사가 부족하다고 알려와 천이두는 만경여고에 급히 부임한다. 당시 교통편으로는 통근하기가 어려워 만경에 하숙집을 구해 생활하게 된다. 이 만경여고에는 전북대 상대에서 같은 시기에 해직된 K교수도 함께 부임했다.

이때부터 천이두의 일기에 등장하는 단어는 화불단행(禍不單行). 우환이나 재앙은 혼자 오지 않고 겹쳐서 온다는 뜻이었다.

급작스런 실직으로 인한 정신적 충격으로 잠재해 있던 육신의 병통이 도졌는지 천이두는 걷기 힘들 만큼 심한 허리 디스크 통증에 시달린다. 이로 인해 며칠씩 입원을 하기도 하고 수술을 심각하게 고민하기도 하나 비싼 수술비를 마련할 엄두가 나지 않아 계속 통증에 시달린 채 만경과 전주를 오간다. 1976년 겨울에서 1977년 봄 사이에는 급성 간염으로 인해 병원에 몇 달간 입원하는데 이때도 병원비 마련을 위해 남들에게 내색할 수 있는 고민을 한다. 다행히 이때는 장형이 30만원의 거금을 보태고, 전 동료교수 및 후배와 제자들이 십시일반 병원비 봉투를 들고 와 병원비를 해결한다.

이같은 육신의 병증보다 더 천이두를 괴롭힌 것은 교수 자격을 되찾는 일이 불러온 심적 고통이었다. 1976년 전국 대학에서는 천이두와 같은 해직 교수들이 무더기로 발생, 사회 문제가 되자 당시 문교부에서는 부랴부랴 '교수 자격 검증' 제도라는 것을 만들어 해직된 교수들을 심사해 통과자에게는 '교수 자격증'이라는 것을 발급하는 조치를 시행했다. 해직된 대학에 복직을 할 수 있는 것은 아니었지만, 이 자격증이라도 받아야 실추된 명예를 조금이나마 회복하고 후일을 기약할 수 있으니 별 수 없이 이 자격 심사를 신청할 수밖에 없었다.

하지만, 14년이나 근무했던 전북대에서는 야박하게도 추천서를 발급해 주지 못하겠다고 하여, 천이두는 조연현의 주선으로 문학인 출신인 곽종원이 총장으로 재직하고 있던 건국대를 통해 추천서를 발급받는다. 이 과정에서 천이두는 몇 번이나 비관적인 절망과 한 줌 희망 사이, 치욕과 인내 사이를 오간다. 어렵게 건국대의 추천서를 받아 문교부에 서류를 제출했으나, 이번에는 경력이 부족하다는 트집을 잡혀 이 또한 조연현과 문학계 지인들이 나서 전북대 교수 경력 외에 문학계 경력이 충분하다는 것을 보증한다는 문서를 만들어줘 이를 보충 서류로 문교부에 제출한다. 이 과정에서 서울에 살던 소설가 하근찬은 자신의 일처럼 동분서주하며 천이두의 복직 과정을 도왔으며, 인문 계열 교수 자격 심사에 참여한 충남대의 C교수는 심사 과정에서 천이두의 교수 자격이 충분하다는 것을 강력히 주장하여 문교부 관리들을 설복시켰다고 필자에게 술회한 바 있다.

문학청년 시절부터 친우로 지낸 하근찬은 그럴 수 있다 치더라도, 이때 조연현 등이 천이두를 돕기 위해 발 벗고 나선 것은 약간 의외라고도 할 수 있다. 천이두는 1971년 문학인들이 파당 싸움을 벌이는 것에 분개하여 문인협회에서 영구 탈퇴했고, 1973년 자신을 문단에 데뷔시킨 조연현이 문협 이사장 선거에 나서며 천이두에게 문협에 복귀하여 자신을 도와달라고 한 것을 거절한 바 있다. 이후 선거에서 이긴 조연현이 재차 문협에 복귀해 집행부에 들어와 자신을 도와달라고 간곡히 청했으나 이 또한 거절하여 은사 격인 조연현과 서먹서먹해졌던 때였다. C교수는 그 무렵까지는 천이두와 서로 인사조차 나눈 적도 없었다고 한다.

천이두의 문학적 성취나 평소 학자로서의 곧은 품성이 이런 결과를 가져왔다고 할 것이다. 이와 같이 많은 이들의 도움으로 천이두는 1976년 9월 문교부로부터 '교수 자격 인정서'라는 문서를 받는다. 2월에 자격 미달을 사유로 퇴직을 강요했던 교육당국이 9월에는 다시 교수 자격 인정을 한 것이다.

이를 바탕으로 전북대의 동료 교수들이 나서서 시간 강의라도 하게 해달라고 대학본부에 청원을 했다. 천이두도 일말의 기대를 품었으나 당시 총장이었던 S씨가 교무회의 석상에서 '천이두 교수의 강단 복귀 문제는 내 선에서 해결할 수 있는 문제가 아니고, 더 위에서 해결되어야 할 문제이니 앞으로 더는 언급하지 말라.'고 강압적으로 천명하여 복직 움직임에 찬물을 끼얹었다. 이 과정에서 천이두는 예전 동료들에게 고마움을 느끼면서도, 갈수록 초라한 존재가 되어간다는 자기모멸의 심정 또한 품을 수밖에 없게 되었다. 자꾸 원망하는 마음이 생기는 자신을 스스로 나무라는 일이 빈번해졌다.

이런 중에 장남이 학교 베란다에서 떨어져 다리가 부러지는 중상을 입고 치료를 받느라 제대로 학교에 나가지 못해 그해 입시에 실패한 일, 사춘기에 접어든 차남의 반항기가 거세진 일 또한 천이두를 괴롭게 했다. 자신이 집을 비우고 만경에서 하숙 생활을 하는 통에 이런 일이 벌어진 것은 아닌지…… 천이두에게는 스스로를 책망하는 일이 늘어나고 있었다.

자신을 아버지라 칭할 정도로 따르던 제자 정양이 참척(慘慽)의 변을 당해 슬픔을 이기지 못하는 것을 지켜보면서도 제대로 위로하지 못했다는 고통 또한 천이두의 마음을 쓰라리게 했다.

그러자 부인 이옥순 여사는 부엌에 성주신을 모시고 남편과 자녀들이 제자리로 돌아오라고 기원을 하게 된다. 처음에는 말리던 천이두는 이렇게라도 부인의 마음이 안정되었으면 좋겠다는 심정으로 더 만류하지 않았다.

악몽 같았던 1976년을 보내고 난 뒤, 1977년부터 천이두와 그 가족은 조금씩 안정을 되찾는다. 먼저 대학을 졸업한 장녀가 영어 교사로 취업을 하면서 가계에 숨통이 트이고, 전주에 올 때마다 천이두는 두 아들을 책상 앞에 앉혀두고 본인이 먼저 공부하는 모습을 보이는 것으로 두 아들의 학업을 독려했다.

여전히 허리 디스크는 천이두를 괴롭혔고 동료와 선후배들이 천이두를 위해 이곳저곳 강의할 곳을 알아보는 일은 번번이 무산되었으나, 천이두와 그 가족에게도 그만큼 내성이 생겨 전년처럼 심한 마음의 풍파는 겪지 않은 것으로 보인다. 이 무렵, 남성학원에 근무할 때 가깝게 지낸 홍석영을 비롯한 원광대 교수진이 대학 본부 측에 천이두 영입을 건의하고, 당시 박길진 총장과 김삼룡 총장이 이를 긍정적으로 검토하기 시작한다.

한편 천이두는 하근찬 등의 주선으로 외서 번역을 시작한다. 새로운 일로 심기일전하려는 의지에 의해 시작된 천이두의 번역 작업의 결과물은

1980년대 초반에 집중적으로 간행된다.

번역 과정에서 천이두의 어학 실력이 단연 빛을 발한다. 영어와 일본어에 모두 능통했던 천이두는 당시 베스트셀러였던 제임스 캠벨의 『쇼군(將軍)』 5권을 모두 번역했으며, 일본의 작가 나카가미 겐지의 『봉선화』의 번역 역시 출판시장에서 큰 반향을 불러일으켰다. 지금까지 확인한 바 천이두는 1970년대 후반과 1980년대 후반에 걸쳐 사르트르의 『침묵하는 공화국』을 비롯한 총 7종 11권의 번역서를 본인의 이름으로 출간했다. 이외에도 유족의 증언에 의하면 본인의 이름을 명기하지 않고 출판사에 번역료만 받고 매절 형태로 넘긴 원고도 상당수 있었다고 한다.

천이두가 번역 작업에 한동안 매진했던 또 다른 실제적 이유에 대해 유족과 제자들은 경제적인 사유가 컸을 것이라고 짐작한다.

천이두는 1955년부터 교사나 교수직에 있었고 다른 문인에 비해 원고료 수입도 많았으나 그만큼 씀씀이도 컸다고 한다. 친자녀들 외에도 조카들을 거둬 양육하는데 들어가는 비용이 컸으며, 이보다도 더 큰 지출 사유로는 집에 찾아오는 손님들을 위한 음식과 술을 마련하는 것이었다.

천이두의 일기 중, 어느 해 매실 값이 갑자기 급등해 매실주를 담는데 돈이 너무 많이 들어간다는 불평이 있다. 일기 내용을 더 찾아보면 찾아오는 손님들과 가용주로 쓰기 위해 해마다 담근 매실주 술독이 큰 도가지로 서른 동이나 되었으니 매실 값도 큰 부담이 되었을 것이다.

와신상담하는 시간을 지낸 천이두는 1978년 원광대의 초빙을 받아 3월부터 원광대 사범대학 국어교육과 교수로 대학 강단에 복귀한다. 원광대에서 처음 받은 직급은 전북대 사직 당시와 같은 부교수.

이후 1980년대 중반, 전북대에서 복귀를 청하기도 하고 수도권의 몇몇 대학에서 스카웃 제의가 있었으나 천이두는 정년이 될 때까지 원광대를 떠나지 않았다. 가장 어려웠던 시기에 자신을 품어준 원광대의 고마움을 저버릴 수 없었던 것이다.

이 무렵 원광대는 전국적으로 문학인 배출의 명문 대학으로 손꼽히고 있던다. 천이두는 국문과에 재직하고 있던 홍석영, 박항식 교수 등과 함께 강태형, 정영길, 김영춘, 안도현, 원재훈, 유강희, 박태건, 김성철 등 당시 열혈 문청들을 심오한 문학의 길로 인도하는 역할을 한다.

## 6. 학술 비평과 창작의 병행, '한'과 '임방울'을 필생의 화두로

앞서 살펴본 것처럼 천이두는 남들은 한 번도 겪기 어려운 죽음과도 같은 고난의 시기를 두 번이나 통과해야 했다.

한국전쟁의 와중에 겪은 수감 생활과 즉결심판이 직접적으로 목숨에 위협을 가한 사건이었다면, 1976년에 발생한 재임용 탈락 상황은 천이두가 쌓아온 사회적 '페르소나'를 일거에 말소할 수 있는 위협이었다.

분단국가에서 발생한 동족상잔의 처참한 비극, 지향과 태도의 차이가 살육으로 이어지는 현장 한복판에서 구사일생으로 생명을 건졌다고 생각했으나, 1950년 그날 청년 천이두의 생애를 뒤덮었던 역사의 그늘은 더욱 짙은 어둠이 되어 1976년 가장이 된 천이두를 엄습했다. 그가 통과해온 26년의 시간은 분단으로 인한 내부 분열이 더욱 심화되던 시기. 총칼의 전쟁이 사상의 전쟁으로 전화한 시간이었다. 토굴을 벗어나 햇볕 쨍쨍한 양지뜸에 나섰다고 생각했으나 한 발짝만 삐끗해도 금세 산 채 매장될 수 있는 거대한 무덤 위에 서 있었던 것.

1976년의 천이두를 지키기 위해서는 어쩔 수 없이 1950년의 천이두를 되돌아봐야 했고, 오랫동안 의식 깊은 곳에 묻어두었던 그 시절의 절망과 공포, 불안은 단숨에 되살아났다. 1950년의 천이두가 1976년의 천이두를 위협하며 발생하는 자기 부정의 유혹과 추락의 깊이를 가늠하기 힘든 자책의 블랙홀은 자칫 그를 내적 갈등과 자기모순으로 내몰 수 있는 상황이었다.

의사체험(擬死體驗).

천이두는 이와 같이 두 번의 의사체험을 한다.

1978년에 당도한 천이두는 1950년의 자신이 1976년의 자신을 위협하는 것을 경험했고, 이런 경험을 하고 보니 시간의 경계도 모호해지고 삶과 죽음의 경계 또한 분명하지 않다는 것을 더욱 확연히 깨닫게 되었다. 삶 속에 내재한 죽음, 죽음 속에 웅크린 삶. 살아간다는 게 업보를 쌓는 일이자 자신이 짊어진 업보를 덜어내고 또 새로운 업보를 지게 되는 일.

1976년에 일어난 일과 관련하여 천이두는 누구도 원망하지 않겠다는 이야기를 자주 하는데, 이는 원망을 버리겠다는 뜻이라기보다 그 원망을 안고 살아갈 수밖에 없지만 그 원풀이를 하지 않겠다는 의지, 자신의 삶에 주어진 우여곡절을 감내하고 침묵하며 살겠다는 의지로 풀이해야 할 것이다.

1978년 원광대에 부임한 천이두는 1995년 정년퇴임 할 때까지 신문사 주간 교수를 2회 역임하고 직선 사범대 학장을 역임한다. 눈에 띄는 업적이 있다면 원광대신문 주간으로 있을 때 학교 신문을 한글 전용 가로쓰기 체제로 전환한 것. 이전까지 원광대신문은 일간신문과 마찬가지로 국한혼용의 세로쓰기로 편집되고 있었다.

더 큰 변화는 천이두의 글쓰기에 드러난다. 당대 현장 비평의 최전선에 서 있던 천이두는 이때부터 더 깊이 침잠해 텍스트 내면의 콘텍스트, 콘텍스트가 발생하게 된 배경 등에 깊은 관심을 기울인다.

현장 비평가 천이두와 사상가 천이두를 가늠하는 경계에 서 있는 상징어는 '한(恨)'. 문학 연구자 천이두가 문화 연구자 천이두로 이행하는 과정을 이해하는데 필요한 키워드는 '임방울'이라고 할 수 있다.

'한'이라는 단어는 1960년대-1970년대 천이두의 비평 과정에서도 나타난다. 「정한의 전통과 소월 시」(1963), 「한적, 인정적 소설론 1-2」(1966-1967), 「한국적 한의 시대적 반영」(1972) 등이 그것이다. 하지만 이때 천이두가 언급한 한은 일반 명사에 가까웠다.

'한'이 천이두 만의 고유명사화하는 시점은 1980년대 이후라고 할 수 있다.

1980년 광주에서 자행된 군인들의 무자비한 학살과 폭력, 정치 지도자 김대중에게 가해진 신군부의 사형 선고, 그리고 가장 아끼는 제자였던 시인 이광웅이 '오송회'라는 무시무시한 지하비밀조직의 수괴로 보도되는 것을 보면서 천이두는 1950년에 경험한 국가 폭력과 권력을 쥔 자들의 자의적 판결의 범람이 1980년에 같은 양태로 재현되는 것을 목격한다. 천이두의 내면 어두운 곳에 웅크리고 있던 불안, 공포, 절망이 다시 일어선다.

잊고자 하나 잊을 수 없는 기억들. 버리고자 하나 버릴 수 없는 반응들. 말하고자 하나 말할 수 없는 현실들은 모두 포원이 되고, 이 원망과 집착을 해원하기 위한 인간의 문화적 행위가 곧 문화고 예술이라는 걸 깨닫게 되는 것이다. 실존의 기억을 문화적 기록으로 바꾸는 행위, 현실의 이면을 언어적 조직으로 재구성하는 행위가 곧 문학 행위라는 깨달음은 '한'이라는 화두를 정면으로 응시해야 얻을 수 있다는 걸 알게 된 것.

「한의 미학적, 윤리적 위상-그 개념 정립을 위한 시론」, 「한과 판소리」 등을 1984년에 발표하고, 1985년에는 그때까지의 깨달음을 엮어 『한국문학과 한』이라는 저서를 출간한다. 1986년부터 1987년까지 일본 경도불교대학에 교환 교수로 가 있는 동안 '한'에 대한 그의 천착은 깊이를 더해 「한이란 무엇인가」, 「한국적 한의 구조」, 「판소리와 한국적 한의 구조」 등은 일

본어로 발표하고, 「한국적 한의 역설적 구조」는 한국어로 발표한다. 1989
년에는 「한국적 한의 일원적 구조와 그 가치 생성의 기능에 관한 고찰-특
히, 한의 용례를 중심으로」, 「시김새와 이면에 대하여-한국적 한의 일원적
구조와 관련하여」를 발표하고, 1990년에는 「한풀이의 풀이-한의 다층성」,
「한의 풀이와 삭임」, 「한국적 한의 구조와 기능」을, 1992년에는 「판소리의
주조로서의 한국적 한의 삭임의 기능에 관한 연구」를 발표한다. 이상의 평
문들을 바탕으로 마침내 역저 『한의 구조 연구』(1993)를 출간한다.

이상에서 살펴본 바와 같이 천이두는 10년 이상의 시간과 공력을 들여
'한'이라는 화두에 집중한다. 평론가이자 학자였던 천이두에게 구도자에 가
까운 사상가의 면모가 드러난 것도 이 즈음이다.

당시 민중사상에 깊이 매료되어 있던 시인 김지하가 이문구 등과 함께
진행한 「김지하의 사상기행」(1985, 실천문학)에서 김지하는 경외심을 담아
질문을 던지는 이로, 천이두는 그에 대해 깊이 있는 대답을 하는 이로 그려
질 만큼 천이두의 '한'에 대한 공부는 깊었다.

이 과정에서 거의 동시에 진행된 것이 전설적인 판소리 명창 임방울에
대한 연구이다. 위에서 본 것처럼 천이두는 한국인의 심성 구조에 깊이 자
리한 '한'이 가장 자연스럽게 표출되는 방식으로서 판소리에 주목했고, 그
경지의 가장 높은 곳에 도달한 소리꾼으로 임방울을 지목한 것이었다.

1983년부터 1985년까지 『월간문학』에 무려 23회 걸쳐 수필 형식으로
연재한 임방울과 판소리에 대한 이야기는 1986년 『평전 임방울』로 묶여
출간되었다. 이 책을 통해 소리꾼 임방울은 한국 판소리의 전통과 현재를
상징하는 인물로 거듭나게 된다. 1994년은 대한민국 정부가 지정한 '국악
의 해'였다. 그해 1월 일기에 "다른 이들에게는 국악의 해가 되겠지만, 내게
1994년은 임방울의 해이다."라고 술회할 만큼 천이두는 임방울에 집착했

다. 1993년 천이두는 '국악의 해'를 기념하기 위해 국립창극단이 공모한 창극 대본을 직접 쓰기도 하는데 그 제목이 「천하명창 임방울」이었다.

1993년은 천이두가 『한의 구조 연구』를 발간한 해. 그 한 해 동안 '한'에 대한 연구를 집대성하면서 동시에 창극 대본 창작을 진행한 것이다. 「천하명창 임방울」은 1994년 서울 국립극장(9. 29.-10. 12.)과 전주 학생 회관(10. 22.)에서 무대에 오른다. 대본 천이두, 연출 김정옥, 작창 장월중선, 임방울 역에는 은희진과 조통달이 더블 캐스팅되었다. 1995년 12월에는 임방울의 고향 광주에서 남도창극단에 의해 재연되었다.

1998년 『소설 임방울』(한길사)을 출간함으로써 천이두는 임방울에 대한 애정의 정점을 보여줬다. 임방울을 대상으로 하여 평전, 창극 대본, 소설 등 세 개의 각기 다른 장르에 걸쳐 뛰어난 창작물을 발표한 것이다.

첨언하자면, 천이두는 광주에 살고 있던 임방울의 유족을 오랫동안 보살폈다. 양식과 생활비를 직접 들고 찾아가곤 했다. 임방울에게 문화훈장을 수여해달라는 청원에 앞장서 공적 조서를 직접 작성해 정부에 제출하는 일도 도맡았다. 천이두의 이같은 노력에 의해 2000년 대한민국 정부는 임방울에게 '은관문화훈장'을 수여한다. 이후 광주에서 조직된 '임방울국악진흥재단'은 '임방울 국악제'의 심사위원장으로 늘 천이두를 위촉했다.

## 7. 잊는다는 것, 잊힌다는 것

1995년 원광대를 정년퇴임한 천이두는 한동안 교수 시절보다 더 바쁜 시간을 보낸다. 전북지역의 자생적 문화 전문지 『전북문화저널』의 4대 발행인을 맡아 2001년까지 지역 출판문화 운동의 상징적 존재로 후배들의 배경 역할을 자임하고, 2001년에 조직된 '전주 세계소리축제 조직위원회'

의 초대 조직위원장을 맡아 지금까지 그 명맥을 잇고 있는 세계소리축제의 기틀을 마련한다.

그 무렵, 천이두는 짬이 날 때마다 전주의 젊은 문학 후배들의 결사체인 홍지서림 지하의 북카페를 찾아 최기우 극작가, 문신 시인 등과 담소를 즐기기도 했다. 「남민시」 동인을 시작으로 1987년부터 '전북민족문학인협의회'를 꾸려왔던 김용택, 이병천, 박두규, 박남준, 안도현, 김유석, 복효근, 김병용 등은 민족문학작가회의가 법인으로 전환되는 과정에 함께 참여하여 '전북작가회의'를 1996년 발족시키는데, 이때 종신 상임고문 직에 천이두와 시인이기도 한 변호사 한승헌 두 분을 추대하는 것으로 존경심을 표한 바 있다.

1990년대 후반까지 원광대, 전주대, 백제예술대학 등에서 강의를 이어가며 왕성한 지역 문화 활동가 역할을 하던 천이두는 2004년 평생의 반려였던 이옥순 여사가 암에 걸린 것을 알게 된 이후 급격히 기력이 쇠퇴하기 시작했다. 1945년부터 60년간 꾸준히 써왔던 일기도 2005년을 마지막으로 더 쓰지 않으며 아내를 간병했으나 그 또한 알츠하이머병을 앓으며 병상 생활을 하게 된다. 부인 이옥순 여사는 2011년 별세. 천이두는 2017년 7월 8일 만 88세를 일기로 타계했다.

급격히 쇠퇴한 천이두의 말년에 대해 젊은 시절 고문의 후유증이라고 진단하는 이도 있고, 2004년 무렵 교통사고를 당해 고생한 것이 원인이 되었다고 말하는 이도 있으며, 평생 즐긴 매실주와 소주로 인한 알콜성 치매로 보는 이도 있다.

천이두의 제자들이 기억하는 가장 인상적인 스승의 모습은 수업 시작 전에 책상을 바로 하고 주변 쓰레기를 모두 주워 치우라는 분부. 이같이 엄격하게 수업을 진행하다 가끔 임방울의 「쑥대머리」 테이프를 함께 듣자고 하거나 흥이 나면 직접 부르던 의외의 모습. 전라도를 찾았던 많은 문인들에게는 꼭 집까지 데리고 가서 아들 방을 비워 묵게 하고 매실주와 안주를 내놓던 모습이 기억 속에 인화되어 있다.

알츠하이머병, 치매라는 것은 근 기억부터 차례차례 자신의 머릿속에서 지워나가는 것. 천이두가 무엇을 가장 먼저 잊고 싶어 했는지, 어떤 모습으로 잊히기를 원했는지를 규명하는 것은 이제 후학들이 몫으로 남았다.

# 'K-비평'에의 의지(意志)

## – 천이두 비평의 지향성(指向性)

임명진

## 1.

최근 들어 대한민국(이하 '한국')의 국제적 위상이 높아지고 있음을 실감으로 느낀다. 경제력이 세계 10위권에 올랐다는 뉴스 때문만은 아니다. 작년에 한국 영화 「기생충」이 미국 아카데미 작품상 등 4개 부문을 휩쓸었다는 낭보가 날아들었다. 또 금년에는 영화 「미나리」가 미국·영국 등에서 10여 개 영화상을 수상하였고, 최근에는 한국 드라마 「오징어 게임」이 온 세계에서 공전의 히트를 기록하고 있다고 한다. '방탄소년단' 등의 'K-팝'에서 이루어낸 대중문화의 위력이 영화·드라마에서도 실증된 쾌거가 아닐 수 없다. 이런 추세에 맞춰 한국 음식도 지구촌 여기저기에서 관심을 끌고 있다고 한다. 수십 년 전부터 알려진 김치·비빔밥·불고기 등은 물론이요, 이제는 김밥·떡볶이·라면을 넘어 된장찌개·청국장까지도 외국인들에게 먹힌다고 한다. 그래서 이른바 'K-푸드'란 말이 사용된 지도 몇 년은 경과한 것 같다. 더 최근에는 'K-방역'이란 말도 생겨났다. 소위 '코로나 19'에 대처하는 한국식 방식을 가리키는데, 정부의 방역 기획에 국민이 호응하는 과정에서 그 실행·참여의 비율이 높아서 코로나 방역의 효율이 타국에 비해 높은 것을 그리 일컫는 것으로 이해된다.

이미 'K-팝', 'K-푸드', 'K-방역'이란 말은 더 이상 낯설지 않다. 이제 'K-무비', 'K-드라마'란 말도 외국에서 운위되고 있다고 한다. (기실 'K-방역'란 말도 'K-팝'이나 'K-푸드'란 용어가 먼저 통용되었기 때문에 생겨날 수 있었으리란 점을 쉽게 짐작할 수 있다.) 외국에서, 그것도 한국보다 선진국의 문턱을 먼저 밟은 나라에서도, 'K-팝', 'K-푸드', 'K-무비', 'K-드라마'란 말을 사용한다는 점은 고무적이지 않을 수 없다. 이 모든 것이 한국의 문화에 속하여서 'K-컬춰'란 말도 더러 사용되고 있다고 한다. 'K-팝', 'K-푸드', 'K-무비', 'K-드라마'의 성공 과정에는 어떤 공통점이 몇 가지 있다고 여겨진다.

첫째, 그 분야의 문화적 수준이 정점에 이르러서 먼저 우리 한국인의 찬사를 받았다는 점이다. 한국인의 호응을 얻지 못한 노래·음식·영화가 외국인들의 관심을 끌기는 쉽지 않다. 비록 대중문화일지라도 그 분야에서 최고 수준을 확보해야 외국으로의 일반화의 길을 열 수 있다는 점을 보여준다고 하겠다.

둘째, 외국인에게도 낯설지 않으면서도 한국적 속성을 내포하고 있다는 점이다. (이 점은 내용적 측면에서도 형식적 측면에서도 필요하되, 경우에 따라서는 그 비중의 정도에 작은 차이가 있을 수 있다고 여겨진다.) 외국인에게 익숙하지만 한국적 속성이 전무하다면, 그 외국인으로서는 그런 문화를 접할 필요가 없을 것이다. 또 반대로 그 내용·형식이 모두 한국적 속성으로만 충일되어 있다면, 외국인들로서는 너무 생소하여 접근하기 어려울 것이다.

여기에서 더욱 주목할 부분은 위 '둘째'이다. 외국문화적 요소[5]와 한국문화적 요소가 적절히 배합되어 있을 때 외국인의 호응을 받을 가능성이 높다고 본다. 'K-푸드'의 경우 서양 음식과 내용상 거리가 가까운 불고기나 치킨 류가 일찍이 먼저 외국인의 관심을 끌었던 사례가 이를 증명한다. 'K-

---

**5** '외국문화적 요소'도 일률적이지 않을 것임은 자명하다. 외국문화 역시 중국문화, 일본문화, 유럽문화, 미국문화, 중남미문화, 인도문화, 아랍문화, 아프리카문화 등으로 대별할 수 있을 테고, 그 안에서도 다 세분된 문화들을 상정할 수 있을 것이다. 다만 이 가운데 어느 특정 지역 문화적 요소만으로도 '외국문화적 요소'의 조건을 충족한다고 할 수 있다.

팝' 경우는, 필자가 워낙 그 방면에 문외한이라 'BTS'와 '싸이'의 노래가 지구촌 곳곳의 청소년들에게 어찌하여 인기가 있는지 가늠할 수 없지만, 아마도 그 리듬·멜로디 차원에서 외국 팝의 어떤 면과 한국 대중가요의 어떤 면이 적절히 배합되어 있기 때문이라고 믿는다.

요컨대, 두 개 이상의 복수의 문화에서 어떤 특질(feature)들이 혼합되었을 때 뭔가 새로운 성격의 특질이 생겨날 수 있는데, 그것이 때로는 바람직한 상승작용을 일으켜 더 우수한 특질로 수렴될 수 있을 것이다. 물론 그 반대의 경우도 상정할 수 있을 것이지만, 그 배합 과정에 참여하는 사람들은 바람직한 방향의 특질을 받아들일 가능성이 클 것임은 쉽게 추정할 수 있다. 그런 절충문화를 만드는 생산자나 그걸 수용하는 소비자들 사이에서 암묵적으로 거래되는 과정에서 상승작용의  방향으로 위치 변화가 일어난 것으로도 해석할 수 있다.

일찍이 인도의 문화론자 호미 바바(H. K. Bhabha)는 이 점을 혼성화(混性化, Hybridization)라는 말로 설명한 바 있다. 원래 혼성화란 범박하게는 복수의 문화가 섞이는 것을 가리킨다.[6] 바바는, 탈식민주의 이론을 전개하는 과정에서 식민지배자(이하 줄여서 '식민자')의 허용과 금지라는 이중의 양가적 요구에 식민피지배자(이하 줄여서 '피식민자')는 식민자를 부분적으로 닮을 수밖에 없으되, 피식민자는 '부분적 모방'인 '흉내내기(mimicry)'를 통해 '혼성화'된다고 말한다. 그러나 바바는 '흉내내기'는 식민자를 따르는 '모방(mimesis)'인 듯하지만 동시에 식민문화를 넘어서는 전복(顚覆)의 전술로

---

**6**  이 용어는 원래 화학과 어학 분야에서 사용되다 바흐친의 개념화를 거쳐 이제 문화론에서 폭넓게 차용하고 있다. 바흐친(M. Bakhtin)은 모든 언어는 '혼성화'를 통해 진화한다고 보고, 언어의 보편적 성질에 의해 혼합하는 '비의도적·무의식적 혼성화'와 이와 대조적으로 구체적인 언어 상황에서 어떤 특정한 목적을 위해 의식적으로 혼합하여 사용하는 '의도적·의식적 혼성화'로 나누었다. 그에 의하면 '의도적 혼성화'는 하나의 언어와 다른 언어 사이의 저항과 갈등을 표출한다고 보고, 이런 혼성성을 문학 작품 속의 패러디와 아이러닉한 문장들의 분석을 통해 예증한다.

이용될 수 있다고 갈파한다. 또한 그는 이런 전복을 거쳐 재의미작용이 이루어지면 제3의 위치(식민자의 문화와도 피식민자의 문화와도 다른 제3의 위치)에 재전유된 문화가 생성된다고 주장한다.[7]

한국의 삼국 시대에 중국을 통해 또 불교 및 유학사상이 전래되어 왔지만, 이제 와서 그것에 대해 우리는 '이식(移植)'이라 평가하지는 않는다. 그 이유는 그것의 원천지가 중국이나 인도이지만 한국에 전파되어 천 년 이상을 거쳐 정착되면서 그것이 한국적으로 재전유되어 왔기 때문이다. 그래서 '한국 불교'·'한국 유교'란 말을 쓰기도 하거니와, 이는 그것들이 이제 한국의 중요한 전통으로 굳어져 있다는 증좌이기도 하다. 물론 이런 '재전유' 이전에 '혼성화'→'재영토화'를 거쳐 왔음은 자명하다.[8] 외국의 경우에서도 유

---

**7** '전유(專有, appropriation)'와 '재전유(再專有, re-appropriation)' : 통상적으로 '전유'는 자기 혼자만 사용하거나, 흔히 허가 없이 무언가를 차지하는 일을 가리킨다. 문화론에서 '전유'는 어떤 다른 문화를 수용하여 자신의 방식으로 그 정체성(identity)을 변형시키는 것을 가리킨다. 서양의 '오리엔탈리즘'은 동양문화를 서양문화적 시각으로 '전유'한 대표적인 경우라 할 수 있다. '재전유'는 '전유'에서 파생된 말로, '전유된 기호가 차지하는 문맥 또는 맥락을 변경하여 특정한 기호를 다른 기호로 작용하게 만들거나 다른 의미를 갖도록 만드는 행위'를 가리킨다. 한국의 불교나 유교는 원래 인도나 중국에서 유래하였지만, 이제는 '한국불교'와 '한국유교'로서 새로운 정체성을 형성해 왔으므로 대표적인 재전유의 예라 할 수 있다. 문화론에서 '재전유'는 의미를 다시 규정한다는 의미에서 '재의미작용(resignification)', '브리콜라주 (bricolage)'와 함께 사용되고 있다. 이것은 한 기호가 놓여 있는 맥락을 변경함으로써 그 기호를 다른 기호로 작용하게 하거나 혹은 다른 의미를 갖게 하는 행위를 수반한다.
*호미 바바의 『문화의 위치』(나병철 역, 소명출판사, 2002) 여기저기 참조.

**8** 재영토화(reterritorialization) : '탈영토화(deterritorialization)'와 쌍을 이루는 개념이다. 탈영토화는 하나의 구조나 체계를 벗어나는 것을 뜻하고, 재영토화는 그 벗어남이 새로운 구조나 체계로 다시 형성되어가는 것을 의미한다. 영토(territory)는 가치의 생산이나 이념의 형성이 이루어지는 환경을 말한다. 이런 생산과 형성을 위해서 인간의 욕망이 끊임없이 새로운 환경을 향해 이동하는데, 이런 과정에서 주어진 영토의 경계를 벗어나려는 운동이 탈영토화이며, 그 후에 다시 새로운 영토가 형성되는 과정의 운동이 재영토화이다. 이는 들뢰즈(Gilles Deleuze)와 가타리(Félix Guattari)의 공저 『안티 오이디푸스』와 『천 개의 고원』에서 처음 사용되었고, 그후 문학용어로 정착되었다. 이 책들은 정신분석학의 핵심 개념들인 결여로서의 욕망과 오이디푸스 삼각형을 비판하고, 그 대안 논리로 자본주의의 착취에 대항하는 마르크시즘 투쟁에 새로운 이론적 기반을 제공하려는 의도에서 씌었다. 그러다가 '욕망하는 기계'라는 새 개념을 도입하면서 그 욕망의 힘이 다른 욕망의 흐름들과 연결되면서 무한한 분열증식으로 새로운 욕망의 흐름과 그 대상을 생성해나가는 역동적인 힘을 중시하면서, 이 새로운 힘이 고착화된 영토를 분열시키는 방향으로 탈주하는데, 그런 탈주의 통로를 거쳐 억압과 통제를 벗어나면서 '탈영토화' 가 가능하다고 보았다. 이러한 탈주의 흐름을 포획하여 제3의 지경에 새로운 영토를 형성해나가는 것을 '재영토화'라 한다.

사한 사례를 찾을 수 있다. 로마는 그리스 문화를 재전유하여 제국의 기틀을 마련하였고, 16세기 엘리자베스 1세 때 영국은 대륙문화를 재전유하여 강대국으로 성장하였으며, 메이지 시대 일본은 서양의 근대를 재전유하여 후발 제국으로 변모하였다.[9]

이상의 관점에 견주어보면, 'K-팝', 'K-푸드', 'K-무비', 'K-드라마'는 그 이전에 유입된 외국의 대중문화를 재전유하여 이제는 그 원천문화와는 다른 새로운 특질을 생성하여 원래의 한국문화의 위치도 아니고 그렇다고 외국문화의 위치도 아닌 제3지대에 새로이 형성된 문화로 간주할만하다. 그 '제3의 위치'의 영유권은 한국에 속하므로 거기에 'K'를 붙이는 것이며, 또 그 예술적 수준이 원천문화나 전래문화의 그것에 비해 낮지 않기 때문에 성공하게 된 것이리라.

한국은 근대 이전에는 중국문화의 영향권 안에 있었지만, 그 문화에 흡수되지 않고 오히려 중국에서 유입된 문화를 한국식으로 재전유하여 새로운 특질의 문화를 형성해왔다. 또 근대 이후에는 일본·미국·유럽의 문화를 신속하게 받아들이면서도 거기에 동화되지 않으면서 그 외래문화의 일부 특성을 수용하여 전래문화와 혼성화시켜 왔으며, 그 과정에서 그 두 문화의 특질들을 섞어 제3의 위치에 새로운 문화를 형성해 온 바, 그것이 최근 들어 지구촌 곳곳에서 각광을 받기 시작한 것이리라.

---

**9**  이런 식의 '재전유'의 개념은 번역론의 '번역의 자국화'와 일정 정도 그 의미망이 중첩된다. '번역의 자국화'란 원본의 내용을 번역자가 적극적으로 다듬어 목표언어(자국언어)의 문화에 근접시키는 번역 방법으로, 베누티(Venuti, L)가 번역의 두 가지 전략으로 '자국화(domesticating)'와 '이국화(foreignizing)'를 내세운 이래 번역론에서 통설적으로 사용되는 용어임. '국산화', '익숙하게 하기' 등으로 옮기기도 함. 달리 설명하면, 번역 대상을 원천문화로부터 가급적 멀어지게 하면서 반대급부로 목표문화(자국문화)의 토양에 근접시키는 번역 방법을 가리킴. 그 반대의 경우는 '번역의 이국화'로 일컬음. 16세기 영국이나 19세기 일본은 자연과학적 분야는 '이국화'의 방법으로, 인문·사상적 측면은 '자국화'의 방법으로 번역하여 제국의 기틀을 마련한 것으로 평가받는다.
졸고, 「번역, 권력, 그리고 탈식민성」, 『한국 현대문학과 탈식민성』, 역락, 2012, 11-42쪽 참조.

## 2.

하지만, 이 모든 게 대중문화에 속한다는 점에서 재고의 여지가 있다. 대중문화가 비록 저급하지는 않다고 하더라도 그게 문화 전반을 대변한다고 장담할 수는 없으므로…… 즉 문화 전반을 아우르기 위해서는 본격예술에 기초한 문학·음악·미술 등의 차원에서도 문화선진국들의 그것에 견주는 수준이 확보되어야 할 것이라는 점을 간과해서는 안 된다. 김구 선생께서 『백범일지』에서 소원(所願)하신 "높고 새로운 문화"를 대중문화만으로는 채울 수 없을 것 같기에 그러하다.

언젠가는 'K-문학(K-리터레춰)', 'K-미술(K-아트)'이란 말도 자연스럽게 통용되는 그런 때가 오기를 기대해본다. 그렇게만 된다면 우리나라는 명실상부한 '문화선진국', '문화강국'이 될 것이다. 노벨문학상 수상자가 몇 명 나오고, 한국소설·한국시가 외국 독자들에게 널리 읽히게 되면, 'K-문학(K-리터레춰)'이란 용어도 자연스레 통용될 수 있을까? 이와 관련하여 천이두 선생(이하 '선생'으로 칭함)께서 지적한 다음 대목은 주목을 요한다.

> 한 민족의 민족문학이 외래문학, 나아가서 세계문학으로부터 영향을 받는 과정에 있어서나 혹은 한 민족의 민족문학이 세계문학적 보편성을 획득하는 과정에 있어서도 결국 개성 대 보편성 사이의 대립·종합의 변증법적 관계 양식은 동일하게 성립돼야 하는 것이며, 그런 대립·종합의 과정은 어디까지나 민족문학이라는 구체적인 주체 안에서 성취돼야 하는 것이다. 한 민족의 민족문학이 외래문학, 나아가서 세계문학으로부터 영향을 받는다고 할 때, 만일 그것이 일방적인 침해나 정복을 뜻하는 것이 아닌 진정으로 창조적인 영향이라고 한다면, 민족문학의 개성은 앞서 말한 바와 같이 그러한 영향에

의하여 훼손되거나 말살되는 게 아니라 오히려 폭 넓게 재편성되면서 보다 공고히 다져지게 되는 것이다.(밑줄은 인용자가 강조하기 위한 것임. 이하 같음.)**10**

위 인용문은 한국 민족문학의 바람직한 전망을 모색하는 선생의 평문 「민족문학의 반성과 전망」의 일부이지만, 전제적으로는 한국 현대문학의 문제점을 지적하고 그 해결방안을 탐색한 글로 읽어도 무방하다. 이 글은 1970년대 후반부터 한국평단을 달구었던 이른바 '민족문학 논쟁'의 경과와 의의를 정리하고 이어서 바람직함 민족문학의 발전 전망을 제시한 평문으로서, 당대 해당 논쟁의 총론적 성격도 짙다고 하겠다. 여기에서 다시금 눈여겨볼 대목은 "개성 대 보편성 사이의 대립·종합의 변증법적 관계 양식"이란 구절이다. 여기에서 '개성'은 민족문학의 고유한 특성을, '보편성'은 세계문학의 보편적 특성을 지칭하는 바, 이 양자를 종합하는 '변증법적 관계양식'이란 호미 바바의 예의 '혼성화' 혹은 탈식민주의의 '재전유'의 개념에 근접하는 것으로 이해되기 때문이다.

우리는 이미 검토한 대로 대중문화에서 재전유의 성공사례를 목격하였다. 대중예술이 본격예술에 비해 혼성화나 재전유의 과정에서 시간적 거리가 더 단축되는지 어떤지는 단정할 수 없으되, 대중예술이 본격예술에 비해 그 유통과정에 관여하는 사람의 밀도가 월등하게 크다는 점에서, 예의 혼성화가 더욱 광범하고 빠르게 진행될 것임은 미루어 짐작할 수 있다. 또한 선생께서 지적한 대로 "의식적·윤리적 상층부의 현대적(외래적) 요소와 무의식적·정서적 하부 구조에 있어서의 한국적(전래적) 요소 사이의 모순"**11**이 대중예술

---

**10** 천이두, 『韓國小說의 觀點』, 문학과지성사, 1980, 25-26쪽.

**11** 위의 책, 28쪽.

의 여러 분야에서 금세기 들어 해소되어 예의 재전유가 자연스레 이루어진 것으로도 볼 수 있다. (한편, 20세기 전반의 일제의 1차 식민성과 20세기 후반의 후기 식민성을 차례로 겪은 한국의 경우, 탈식민의 전략으로서 여러 식민자의 문화를 혼성화하거나 재전유하는 방식이 더욱 전략적으로 다양화되었을 가능성도 배제할 수 없다.)

이제는 본격문학 분야에서도 바람직한 혼성화와 재영토화와 재전유가 전개되어야 할 때이다. 그러기 위해서는 선생께서 강조한 바, "문제가 제기되고 추구되고 해결되는 구체적인 〈자리〉는 바로 민족문학 그 자체인 주체성"이라는 언명을 유념해야 할 것이다.[12] 그래야 한국의 민족문학은 외래문학 영향에 의하여 훼손되지 않고 오히려 폭 넓게 재편성(혼성화)되어 새로운 지평(재영토화)으로 나아 갈 것이고, 그런 연후에야 비로소 'K-문학'이란 말도 생겨날 수 있을 것이다.

## 3.

이런 전망은 문학비평에도 그대로 적용된다. 한국문학이 온 세계에 널리 알려진다면, 그 작품을 감상·해석·평가하는 비평작업이 자연스레 병행될 터이고, 그런 작업이 지구촌 곳곳에서 광범하게 전개된다면, 이른바 'K-비평(K-크리티시즘)'이란 말도 생겨날 수 있다고 본다.

'K-비평(K-크리티시즘)' 역시 '혼성화'와 '재영토화'를 거쳐 '재전유'의 노정을 거쳐야 가능할 것이다. 서양의 비평방법론을 곧이곧대로 받아들여 그것으로만 재단하는 비평은 '혼성화'와는 거리가 멀다. 그것은 오직 외래적 방법론의 경직된 차용일 뿐이다. 한국 근대비평사에서 제1세대에 속하는

---

**12**  위의 책, 26쪽.

1920-30년대에 등단하여 활동한 비평가들(김기진·박영희·김남천·김환태·김문집·임화·이원조·최재서·백철·신고송·이갑기 등)의 작업은 대체로 이런 '재단비평'의 범주를 넘어서지 못하였다고 말할 수밖에 없다. 그들 대부분이 일본에 유학한 외국문학 전공자란 점도 하나의 이유가 되겠지만, 그보다는 서양에서 직수입된 비평방법을 재조정할만한 시간적 여유가 물리적으로 부족했던 것을 더 큰 원인으로 지적할 수 있다. 그러나 가장 큰 원인은 그 비평의 대상인 당대에 산출된 작품들이 서양의 이식성(移植性)에서 충분히 벗어나지 못한 데 있다.

근대계몽기 이후 한국문학은 고전 문학의 전통적 요소와 서양문학의 근대적 요소가 여러 방식과 양상과 정도로 혼합된 문학이라고 볼 수밖에 없다. 다만 그런 혼합의 성질이 근대계몽기 초기에는 상당히 이질적으로 섞여 있었다면, 후대로 올수록 그런 이질성이 줄어들었다고 할 수 있다. 그러나 1940년대 초 암흑기와 그 후반 해방기, 그리고 1950년대 전쟁기를 거치는 십 수 년 동안 창작·비평 전 분야는 이른바 '휴지기'에 빠져들었다. 1950년대 후반부터 1960대 초까지 소위 제2세대에 속하는 이어령·홍사중·유종호·천이두·김우종·김양수·윤병노·최일수·원형갑·정명환·김병걸·이형기·이재선·김우창·김열규·이선영 등의 신진비평가들이 등장함으로써 아연 평단은 활기를 띠기 시작하였다. 그러나 이때까지도 당시 서구에서 직수입된 연구방법론(신비평, 실존주의, 원형비평 등)이 비평계의 칼자루를 차지하고 있었음을 부인할 수 없다. 서구에서 유입된 당대의 방법론을 비평의 잣대 삼고 거기에 치중하다보니 그 대상(작품)의 옥석을 가리는 데 소홀한 경우가 적지 않았고, 나아가 국가와 민족주체성을 모색하는 과정에서 문학의 위상을 가늠하는 일에는 거의 손을 대지 못하였다. 그런 와중에 국문학 전공 비평가 중심으로 이른바 '전통론'이 제기된 점은 이런 '문제'에 대한 자각의 결과라 할만하다.

그러나 이 무렵 제2세대 비평가 그룹들은 이런 전통론을 확산 심화시키지 못하고, 곧바로 순수·참여 논쟁에 휩싸이고 말았고, 그 후 1970-80년대 들어 사실주의 논쟁, 민족문학 논쟁을 거치면서 재조정의 과정을 거치기는 하였으나, 1980년대 불어 닥친 포스트-모더니즘의 열풍에 휩쓸려 비평 스스로 바람직한 '혼성화'·'재영토화'·'재전유'를 탐색하는 데에는 게을렀다고 지적하지 않을 수 없다.

한국의 문학비평이 이른바 'K-비평'으로 불리기 위해서는 예의 바람직한 '혼성화'와 '재전유' 과정을 거쳐야 한다. 물론 그 이전에 그 대상인 문학 작품들이 'K-문학'의 위상을 확보하는 것이 전제된다. 그런데 이런 전제조건은 작품만으로 해결되는 것은 아니라고 본다. 비평가들이 작품 안에서 'K-문학'의 특질이 될 만한 것들을 찾아내어 독자들(외국 독자를 포함하여)과 작품 사이의 거래과정에서 이 부분이 적극적으로 작용하도록 하는 능동적인 매개자 역할을 수행할 필요가 있다. 이런 역할 수행과정에서 한국식 비평방법론이 모색된다면 'K-비평'으로 나아가는 길도 열릴 수 있다고 본다. 이런 '모색' 작업은 1970-80년대 비평론 가운데 '전통론'이나 '민족문학론'에서 부분적으로 전개되었다고 하겠다.

## 4.

선생은 제2세대 비평가 중 'K-비평'의 방향성에 가장 깊게 관심을 표명한 비평가라 할 수 있다. 1960년대부터 한국문학의 '전래적 요소'를 꾸준히 천착하면서 외래 사조의 유입·수용도 유심히 관찰하여 이 양자를 종합하려 한 점에서 그러하다. 특히 '전래적 요소'에 대한 천착은 선생의 비평 활동 오십여 성상 지속적으로 이어져 왔으며 후반기에 오면서 더욱 정밀해지면서도 광범위하게 전개되어 왔다. 선생께서 생전에 출간한 총 8권의 문학비평서[13]에 산재된 이 방면의 평문들을 정리하면 다음과 같다.

①『韓國現代小說論』(형설출판사, 1969) 수록분

　*「한(恨)과 인정 – 한국문학의 순수주의」(122-147쪽)

　*「청상의 이미지·오작녀 – 黃順元의 경우」(256-272쪽)

②『綜合에의 意志』(일지사, 1974) 수록분

　*「전통의 계승과 그 극복」(6-13쪽)

　*「임의 미학·金素月」(14-35쪽)

　*「지옥과 열반·徐廷柱」(46-97쪽)

　*「종합에의 의지」(186-204쪽)

　*「한국적 한의 시대적 반영·河瑾燦」(280-288쪽)

③『韓國小說의 觀點』(문학과지성사, 1980) 수록분

---

**13**　선생께서는 생전에 다음에 열거된 총 11권(또는 14권)의 저서를 내었다.
　①『韓國現代小說論』(형설출판사, 1969)
　②『綜合에의 意志』(일지사, 1974)
　③『韓國小說의 觀點』(문학과지성사, 1980)
　④『文學과 時代』(문학과지성사, 1982)
　⑤『韓國文學과 恨』(이우출판사, 1985)
　⑥『판소리 명창 임방울』(현대문학사, 1986)
　⑦『삶과 꿈 사이에서』(청한출판사, 1989)
　⑧『한의 구조 연구』(문학과지성사, 1993)
　⑨『한국소설의 흐름』(국학자료원, 1998)
　⑩『우리 시대의 문학』(문학동네, 1998)
　⑪『명창 임방울』(한길사, 1998)
　이 외에도 1975년 형설출판사 발간『한국현대소설론』, 1983년 문학과지성사 발간『한국소설의 관점』, 1994년 현대문학사 발간『천하 명창 임방울』이 있는데, 이는 각각 ①·③·⑥번을 증보한 것이어서 독립된 저술로 간주하기 어렵다. 또한 ⑥은 평전에 해당하고 ⑦은 수상집이며 ⑪은 임방울의 일대기를 소재로 한 소설 형식의 저술이어서, 엄밀하게 보면 문학비평서(평론집, 연구서 포함)는 총 8권이다.
　*2021년 11월 12일 전주 최명희문학관에서 열린 심포지움「다시 읽는 천이두의 비평과 문학」에서 김병용이 정리·발표한「천이두 연보 및 저술목록」참조.

* 「민족문학의 반성과 전망 Ⅰ」(11-20쪽)

* 「민족문학의 반성과 전망 Ⅱ」(21-34쪽)

* 「토속적 상황 설정과 한국소설」(35-42쪽)

* 「土俗性과 原始性」(135-143쪽)

④ 『文學과 時代』(문학과지성사, 1982) 수록분

* 「내 것과 남의 것의 부딪침」(184-194쪽)

* 「詩人에 있어서의 이디엄 考」(209-219쪽)

* 「自然과의 역설적 만남」(220-239쪽)

* 「詩的 이미지의 美學」(283-288쪽)

⑤ 『韓國文學과 恨』(이우출판사, 1985)

* 「恨의 미학적·윤리적 位相」(8-34쪽)

* 「恨과 판소리」(35-53쪽)

* 「恨的 여인상의 受難史와 근대소설의 공간」(67-90쪽)

⑥ 『한의 구조 연구』(문학과지성사, 1993)) 수록분

* 이 책의 전체

⑦ 『우리 시대의 문학』(문학동네, 1998) 수록분

* 「우리 시문학과 전통의 문제」(123-131쪽)

* 「그리움, 그리고 그 너머 – 박재삼의 시의 자취」(132-160쪽)

* 「한의 여러 얼굴 – 서정주」(214-235쪽)

* 「한의 여러 궤적 – 박경리」(292-305쪽)

* 「시김새와 이면에 대하여」(349-394쪽)

* 「춘향가와 심청가에 나타난 한풀이의 구조」(395-405쪽)[14]

---

**14** 선생의 비평서로는 이 일곱 권 외에 『한국소설의 흐름』(국학자료원, 1998)이 더 있으나, 이는 1960-
90년대 국내 문예지에 발표한 월평(月評) 형식의 글들을 모은 책으로, 각 편별로 통일성이 적은 편이어

또한, 선생은 마지막 비평서 출간 이후에도 이 방면에 다음 비평문을 발표하였다.

* 「한의 여러 모습들 - 최명희의 『혼불』에 대하여」(1999)
* 「황순원론」(2000)
* 「따뜻한 관조의 미학 - 오영수론」(2000)
* 「영원한 떠돌이의 혼 - 서정주론」(2001)
* 「여인의 삶과 한에 서린 민족혼 - 『혼불』론」(2002)

위 정리 내용을 일별만 해도 예의 '전래적 요소'에 대한 선생의 관심이 얼마나 지극한지 알 수 있다. 그리고 조금 더 관찰하면 그 관심은 시에서 출발하여 소설로 확대되고, 나아가 판소리라는 종합예술로 확대됨을 규지하게 된다. 여기에서 이 '전통적 요소'는, 문학을 넘어 판소리라는 인접문화에서 더욱 확고한 추동력을 확보하게 되고, 이로써 한국문화 전반에 걸쳐 외연을 확장할 수 있는 가능성을 열게 된다. 또한 이 '요소'는, 위의 평문 여기저기에서 반복적으로 언급된 것처럼, 고조선 때 지어진 「公無渡河歌」에서부터 박경리·최명희의 대하소설 『土地』·『혼불』에 이르는 이천 년을 넘는 시간적 거리를 내포함으로써 또 다른 보편성을 획득하기도 한다. (선생께서는 이천 년 사이를 연결하는 징검다리로 백제 시대 「井邑詞」, 남북국시대 향가, 「가시리」·「西京別曲」 등의 고려가요, 황진이·매창 등의 시조, 「思美人曲」·「續美人曲」 등의 가사, 심청가·춘향가 등의 판소리, 소월·서정주·박재삼 등의 시, 그리고 이태준·김유정·이효석·황순원·김동리·오영수·하근찬 등의 소설 작품을 평문 여기저기에서 반복적으로 불러들인다.)

---

서 여기에 수록된 글들은 제외시켰다. 그러나 이 저술에도 '한국문학의 전통적 요소'에 대한 관심은 여기저기에 산재되어 있음은 물론이다.

약 반세기에 이르는 비평 활동에서 꾸준히 한국문학의 '전래적 요소'를 호환(呼還)하는 일은 정녕 예사롭지 않다. 그것도 이천 년 이상의 시간을 넘나들면서, 또 문학을 넘어 판소리라는 종합예술의 마당으로 나아가면서 갈수록 더욱 분명하고 확성(擴聲)된 소리로 불러들이는 일은 아무래도 심상한 일은 아니다. 이 '예사롭지 않음', '심상치 않음'의 정체(正體)는 무엇인가?

선생께서는 기회 있을 때마다 '민족문학의 주체성'을 강조하였다. 이 말 자체로는 그 의미가 확실하게 파악되지 않는다. 그러나 다음 평문에서 선생께서 개념화하고자 한 '민족문학의 주체성'이 드러난다.

어떤 이들은 민족문학의 문제를 폐쇄적인 복고주의의 범주 속에 한정시킴으로써 결과적으로 우리 문학의 무한한 가능성을 지극히 한정된 테두리 안에 머물게 하려는 오류를 드러내는가 하면, 어떤 이들은 민족문학 자체 내의 제반 특수성에는 충분한 성찰의 노력을 기울임이 없이 일거에 문학의 세계성의 문제에로 비약시킴으로써 안이한 코즈머폴리타니즘에 안주하려는 위험성을 드러내고 있기도 하다. 그런가 하면 어떤 이들은 민족문학의 성격을 반제국주의·반식민주의 애국 투쟁의 문학으로 한정함으로써 문학이 수행할 수 있는바 사회적 기능의 측면만을 외곬으로 강조하여 결과적으로 문학이 속성적 조건으로 반영하는바 다양성을 스스로 제약하는 모순을 드러내기도 한다.

(…중략…)

어떤 형태의 문학이 되었건 그것이 위대한 문학이기 위해서는 무엇보다 민족적 고유성에 투철해야 하며, 그렇게 함으로써 문학의 보편성을 성취할 수 있다는 것이다.

(…중략…)

즉 자기 자신의 것(고유성)에 대한 투철한 자각을 전제로 하지 않을 때 민족문학도 성립할 수 없고 위대한 문학도 성립될 수 없는 것이다. 신문학 이래의 결정적인 맹점은 바로 이런 자각이 없었다는 것이다. 따라서 앞으로의 민족문학을 올바르게 구축해 나가기 위해서는 새삼스러운 이야기이지만 투철한 주체의식이 확립된 토대 위에서만 앞서 말한 쇼비니즘이나 감상적 코즈머폴리타니즘을 동시에 극복할 수 있는 민족문학의 전통은 공고하게 다져지게 될 것이다.[15]

이 글에서 선생은 당시 이른바 '민족문학논쟁'에 참여한 세 분파의 논지의 허점을 지적하고, 이어 그 대안으로 '투철한 주체의식에 입각한 민족의 고유성 확립'을 민족문학의 전제조건으로 강조하였다. 선생의 이런 견해는 당시 백가쟁명 식으로 분출된 민족문학논쟁에서 가장 중도적이고 원론적인 주장이었지만, 당시 평단에 크게 수용되지는 못하였다. 그러나 이 평문에서 더욱 주목할 부분은 역시 '주체의식'이란 용어이다.[16]

선생의 '주체의식'은 외래적인 요소를 무조건 배격하는 쇼비니즘과는 거리가 있다. 전래적인 속성에 굳건히 자리하면서 외래문화를 포용하는 입장을 내세운 것이다. 즉 민족적 고유성을 우선시하는 가운데 외래적 보편성을 수용·접맥하는 자세에서 '주체의식'이 확립된다고 강조한다. 그리하여 민족문학의 전통도 그런 접맥과정을 거쳐 늘 새로이 형성되는 역동적인 속성으로 파악한다. 선생께서 이처럼 '전래적인 요소'를 중시하면서도 1950년 이후 새로이 등장한 실존주의 문학, 불안문학, 심리주의 문학에도 꾸준

---

**15** 천이두, 「민족문학의 반성과 전망 Ⅱ」, 『韓國小說의 觀點』(문학과지성사, 1980), 22-34쪽.

**16** 이런 '주체의식'의 문제가 문학판의 화두이기 이전에 개인 천이두의 내면적 문제이기도 하다는 점은 졸고 「한국비평의 주체 세우기 – 천이두 비평의 흐름」(『表現』, 제77호, 표현문학회, 2020. 12.)에서 소루하나마 논구한 바 있다.

히 관심을 표명한 점은 이런 각도에서 이해될 수 있다.

또한 선생께서는 줄곧 특정의 비평방법론 앞장 세워 작품을 평가하기보다는 선생 특유의 안목으로 작품의 특장을 파악하여 그 점을 깊이 있게 해설·분석하는 자세를 일관하였다. 대부분의 글들이 작품론에 속하면서 문체적 특성, 인물의 성격, 이미지의 표상과 연결, 구성의 맥락 등을 해석하는 데 바쳐지고 있는 것. 그래서 선생의 평문은 대체로 뉴크리티시즘의 비평방법에 가깝다고 할 수 있지만, 그렇다고 모든 글들이 그 방법론에 치중한다고 할 수도 없다. 후기에 이르면 구조주의나 문학사회학에 근접한 글들도 상당수 발견되기 때문이다.

그러나 그런 방법론들을 차용하기는 하되 거기에 매몰되지는 않는다는 점을 발견할 수 있다. 일찌감치 평가 위주의 재단성을 배격함으로써 애당초 입법(立法)비평과는 거리를 두었으며, 그 채택된 방법론이 무엇이든지 간에, 해석에 초점을 두고 차분하고도 성실하게 작품을 분석하였던 것. 그런 점에서 선생의 작업은 일관되게 인상비평보다는 '서술비평(description criticism)'에 가깝다고 하겠다. 즉 선생에게는 비평방법론이란 어디까지나 잠정적인 수단에 불과했으며, 그 '잠정성'도 작품의 특질을 밝히는 수단으로서만 작용했다고 간주할 수 있다.


## 5.


선생의 'K-비평'의 방향성에 대한 관심은 초기부터 있었던 것으로 추정된다. 첫 비평서인 『韓國現代小說論』(1969)에 수록된 평문 「한(恨)과 인정 - 한국문학의 순수주의」에서 이미 '한(恨)'이라는 '핵심어'를 사용하고 있는 바, 이 핵심어가 예의 방향성과 상당한 연결고리를 형성한다고 판단되기 때문이다. (1960년대에는 '한'은 일정 평문에서 하나의 핵심어의 위치에 있었지만 '순수주의'나 '인정'이란 용어와 거의 대등한 위상을 가진 것으로 이해된다. 그러나 당시 발표된 평문의 과반에 이 용어가 등장하지 않는다.) 그러다가 1970-80년대에 이르면 비평 활동 전체의 중심으로 자리 잡게 되고, 급기야는 비평적 '주제'의 자리로 격상하게 된다. 『韓國文學과 恨』(이우출판사, 1985)에서 이 점을 확인할 수 있거니와, 『한의 구조 연구』(문학과지성사, 1993)에 이르면 그게 매우 강력한 지향성(志向性)을 지닌 것으로 간파된다.

이와 관련하여 선생의 비평 활동 중 중기에 발표된 「한국비평의 네 가지 문제점」은 여러모로 시사하는 바가 많다. 이 평문은 겉잡아 1970년대 한국 평단의 성과와 문제점을 ① 순수·참여 논쟁에서 확인된 문학의 실천 문제, ② 문학사 정리과정에서 제기된 전통··이식의 문제, ③ 1970년대 활발하게 전개된 작가론의 갈래, ④ 1970대 유입된 비평방법론인 원형비평론·현상학론·문학사회학 등의 성과와 문제점 등을 요약하는 데 바쳐져 있다. 그러나 그 말미에서 "한 가지 간과해서 안 될 것"이라는 매우 완곡하지만 심장한 표현을 내세워 당대 한국 비평의 매우 중요한 문제점을 지적한 것이어서, 선생의 비평 활동을 전체적으로 조망하는 데 중요한 단서를 제공하고 있다.

> 또 한 가지 간과해서 안 될 것은 방법이란 언제나 구체적 현실의 요청에서 생겨나는 것이라는 점이다. 즉 한국의 문학비평의 방법은 한국문학이라는 구체적인 요청에 의해서 생겨나는 것이라야 한다는 것이다. 따라서 한국의 문학 풍토 속에서 발아 육성된 자생적 비평이야말로 진실로 바람직한 우리 비평의 방법일 수 있다는 말이 된다.[17]

---

**17**  천이두, 「한국비평의 네 가지 문제점」, 『文學과 時代』, 문학과지성사, 1982, 56쪽.

위 평문에서 언급한 "구체적 현실의 요청에서 생겨나는 것"이란 무엇일까? 이 물음에 대한 답변은 갖가지로되, 그 "구체적 현실의 요청"에 대한 해석으로 해서 그 '갖가지'가 생겨날 것이다. 선생의 입장으로서는 그 "구체적 현실의 요청"이란 예의 '민족문학'에서 출발함이 분명하다. 선생께서 바라는 바람직한 '민족문학'의 정체(正體)는 선생의 평문 여기저기에서 뚜렷하게 제기되므로 새삼 반복할 필요가 없거니와, 다만 그 다음의 문제로서 '민족문학이라는 현실의 요청'이 무엇인가가 중요하다. '민족문학이라는 현실의 요청'은 적어도 두 가지 측면으로 이해될 수 있다. 그 하나는 1980년 전후에 한국평단에서 맹렬하게 전개된 이른바 '민족문학론' 논쟁에서 전개된 '민족문학'이라는 개념에 합당한 경우이고, 나머지 하나는 보수적 한국문학사에서 이래저래 선별적으로 '선택'되어 온 작품 위주로 조직되고 윤색된 '민족문학'을 일컫는 경우로 대별할 만한데, 선생께서는 전자의 입장을 취한 것이 분명하다.

우선적으로 선생께서는 한국 문학비평가로서 한국시나 한국소설에서 예의 '현실의 요청'을 찾고자 하였다. 그러나 문학 판에서는 여전히 후기식민성의 위력과 그 폐해를 실감할 수밖에 없었던 것.[18] 비평가로서 여전히 서구의 방법론이 판치는 상황에서 어떠한 포즈를 취해야 할까? 당시 유입된 서구식 방법론(예컨대, 1980년대에 유행된 문학사회학, 후기구조주의, 포스트모더니즘 등)을 취택하여 문단·평단의 추세에 따라가는 것은 참으로 손쉬운 선택임이 분명하다. 그럼에도 선생께서는 이 쉬운 길을 젖혀놓고 스스로 언명한 "한국의 문학 풍토 속에서 발아 육성된 자생적 비평"을 탐색하였던 것이다.

---

**18** 이 '후기식민성의 위력과 폐해'에 관해서는 별도로 깊이 있는 논구가 필요하겠지만, 선생께서는 생전에 후기식민성의 '폐해'를 정치·사회·문화 전반에 걸쳐 거듭해서 피력하였음을 필자도 현장에서 자주 목도하였다.

이 '탐색' 작업은, 이 글의 초두부터 언급했듯이, 한국문학의 '전통적 요소'에서 출발하였다. 「公無渡河歌」에서 『土地』·『혼불』에 이르기까지 관통하는 '한(恨)'을 예의 '전통적 요소'의 핵심으로 설정하고 그것을 일관된 관점에서 서술하고자 하였다. 그 일관된 관점에서 서술하는 과정에서 가장 객관적 실례(實例)의 하나로서 판소리를 만났던 것이다.

판소리는 선생께서 바라마지 않았던 "한국의 문학 풍토 속에서 발아 육성된 자생적 비평"으로 나아가는 문지방이 되었다고 할 수 있다.[19] 그간 문학 작품에서 단편적으로 조우했던 한(恨)이, 즉 이미지나 성격의 일환으로 만났던 '한'이, 판소리에서는 전체적인 주조(主潮)임을 확인하고, 거기에서 '자생적 비평'의 가능성을 모색하기 시작한 것이리라.

요컨대, 선생은 한국의 문학비평가로서 'K-비평'의 가능성을 그 누구보다 심도 있게 탐색한 비평가라 할 수 있다. 선생은 애초에는 한국문학의 전통적인 요소에서 그 가능성을 모색하기 시작했지만, 차츰 문학작품뿐만 아니라 판소리에 이르기까지 광범하게 발현되는 '한'을 발견하고, 나아가 그것이 한국적 정서로서 일관성을 확보하고 있음을 논리적으로 정리하면서 이른바 '한론(恨論)'을 수립하였던 것이다. 그런 점에서 선생의 '한론'은 'K-비평'의 가능성을 객관화하는 작업을 넓혀온 것으로 간주할 수 있다.

---

**19** 문지방(threshold)은 통상 대문 안과 밖의 경계에, 안방과 마루의 경계에 놓여 있는 것이지만, 그 경계의 안팎에서 사람의 사회·문화적 지위는 적잖이 다를 수밖에 없다. 즉 그 경계 사이에 상당히 다른 사회·문화적 자질들이 이미 일정한 성격을 형성하고 있는데, 그 경계를 넘어가면서 그런 다른 '성격'을 마주치게 되면서 새로운 생성 가능성을 만나게 된다. 그래서 문지방은 그저 건축물의 안팎을 넘어가는 경계가 아니라 지위의 변화와 문화적 재결합이 형성되는 과정으로 늘 변화가능한 생성적 특성을 지닌다. 이런 생성과정으로서의 변형은 인식과 감성의 변화를 전제로 한다.
지리적 관점에서도 문지방의 개념은 주목할 만하다. 옛날 전통마을에서 마을 입구에 장승이나 솟대를 세워 문지방 역할을 부여한 것이라든지, 길과 길이 만나는 삼거리 사거리에 주막·시장이 자연스레 형성된 것이라든지, 나아가 반도(半島)가 대륙문화와 해양문화의 문지방으로서 다채로우면서도 발전된 문화를 생성해온 문화사적 실례 들을 찾을 수 있다.

# 6.

마지막으로 선생의 작업 중 상당부분을 차지하는 '판소리 비평'에 대한 자리매김 문제가 남는데, 이 역시 'K-비평'과 관련지어야 온당한 평가를 얻을 것이라 본다. 선생을 '판소리연구자'로 예단(豫斷)하게 하는 데는 이른바 '한론'이 매우 강력하게 작용하고 있다.

선생의 '한론'은 『한의 구조 연구』(1993)에서 체계화되었음은 누구도 부인하지 않는다. 그리고 이 책에서 판소리의 이모저모를 논지 전개를 위한 기저 텍스트로 끌어들이고 있음도 부인할 수 없다. 그러나, 전술한 바와 같이, 1960년대 초기 비평에서부터 '한'은 선생의 문학비평의 화두로 자리 잡아 왔고, 그것이 『韓國文學과 恨』(1985)에 이르러 논리적 체계화의 길로 접어들었음을 간과해서는 안 된다. 이 책은 '한'이라는 화두를 한국문학사 전반에 걸쳐 통시적으로 점검하는 작업이 그 중심을 이루고 있는데, 그 과정에서 판소리도 광의(廣義)의 비평텍스트로서 본격적으로 등장하게 된다. 즉 선생의 비평텍스트에 문학작품 외에 판소리가 본격적으로 등장한 셈이다. 판소리의 비평텍스트로서의 위상은 『한의 구조 연구』에서 더욱 높아졌음을 부인할 수 없다. 이런 부분이 선생의 비평작업 중 '판소리 연구'에 방점을 찍는 근거가 되기도 한다.

그러나 말기 비평에서는 판소리보다는 당대 문학작품에 투영된 '한'을 다시금 세밀하게 논구한 글들이 다수 등장한다.[20] 그런 점에서 선생의 비평 여기저기에서 산견되는 판소리 관련 언급은 그의 문학비평을 '객관화·보

---

**20** 『우리 시대의 문학』(문학동네, 1998)에 수록된 「우리 시문학과 전통의 문제」, 「그리움, 그리고 그 너머」, 「한의 여러 얼굴」, 「한의 여러 궤적」 등. 또 그 후에 발표한 「한의 여러 모습들 - 최명희의 『혼불』에 대하여」(1999), 「황순원론」(2000), 「따뜻한 관조의 미학 - 오영수론」(2000), 「영원한 떠돌이의 혼 - 서정주론」(2001), 「여인의 삶과 한에 서린 민족혼 - 『혼불』론」(2002) 등 참조.

편화시키는 전략'으로 이해하는 게 온당할 것이다. 좀 더 개방적으로 본다면, 비평의 대상으로서 문학작품에서 충족되지 못한 그 어떠한 부분을 판소리를 통하여 보충한 것으로 볼 수도 있다. 선생께서 아직도 현역 비평가로 활동한다면, 'K-팝', 'K-푸드', 'K-무비', 'K-드라마'도 그 비평 텍스트가되지 않을 것이라고 누가 장담할 것인가?

앞으로 'K-비평'이라는 용어가 생겨나려면 판소리를 넘어 영화·가요·음식·드라마 등의 문화 일반을 포괄하는 비평적 안목이 한국 평단(評壇)에자리 잡아야 할 것이다. 선생께서는 적어도 반세기 전에 이런 문제를 감지하고 그 일환으로 판소리를 끌어들였는바, 이 작업을 두고 '문학비평의 본령을 넘었네 아니네' 하는 왈가왈부는 얼마나 부질없는 짓인가?

요컨대 선생은 문학비평의 텍스트를 문학작품을 넘어 판소리까지 끌어들이고, 거기에 면면히 이어져온 '한(恨)'을 한국 전래의 핵심 정서로 파악하였으며, 나아가 이를 비평적 안목으로 논리적 객관화에 성공하였고, 그결과를 최근 문학작품에 적용하여 보편화시키는 작업을 수행함으로써, 이른바 'K-비평'의 씨앗을 뿌렸다고 할 수 있다. 앞으로 'K-무비'·'K-드라마'등도 한국문학비평의 텍스트로 포섭되고, 그에 대한 예의 '객관화·보편화작업'이 가해지고, 아울러 한국의 본격문학의 위상도 높아진다면, 이른바'K-비평'이란 말도 자연스레 통용되는 날이 도래할 것이다.

그 뒤에 무슨 일이 벌어질지 누가 알리? 어질더질…….

*참고문헌은 각주로 대신함.

# 『판소리 명창 임방울』의
## 판소리 연구사적 가치에 관하여

최동현

## 1. 천이두의 임방울 3부작

천이두 선생의 임방울 사랑은 알 만한 사람들 사이에서는 널리 알려진 사실이었다. 선생은 임방울의 소리를 즐겨 들었을 뿐만 아니라, 녹음테이프를 듣고 따라 배워서 자주 부르기도 했다. 진지하게 「쑥대머리」나 「추억」, 「군사설움타령」 등을 부르는 모습을 보면 이 분이 임방울에 홀린 사람이 아닌가 하는 생각마저 들었다.

이러한 선생의 임방울 사랑은 『판소리 명창 임방울』,[21] 『명창 임방울』[22] 등 두 권의 저서와 「명창 임방울전」이라고 하는 창극 대본의 집필로 이어졌다. 이 중에서 창극 대본은 1993년 국립창극단의 창극 대본 공모에서 가작으로 입선한 작품이다. 이 대본은 1994년 국립창극단에 의해 창극화되어 전국 순회공연을 가졌었다.

『판소리 명창 임방울』은 『월간문학』 '연재 에세이, 문학의 안팎' 부분에 1984년부터 2월호(통권 189호)부터 1985년 10월호(통권 200호)까지 21회에 걸쳐 연재되었던 「명창 임방울」이라는 글에, 1984년 1월호에 실었던

---

**21** 『판소리 명창 임방울』은 1986년 10월 31일 현대문학사에서 발행되었다. 필자는 이 책에 있는 임방울의 「수궁가」와 「적벽가」 사설 채록과 주석 작업에 참여한 인연이 있다. 이 책은 1994년에 『천하명창 임방울』로 현대문학사에서 재발간되었다.

**22** 이 책은 1998년 10월 15일에 한길사에서 출판되었는데, 후에 『전설의 명창 임방울-고독한 광대의 생애』라는 이름으로 2009년 2월 20일 재발간되었다.

「귀명창」을 더하여 출판한 책이다. 이 책의 내용은 임방울에 관한 일화가 중심을 이루고 있다. 그리고 그 일화 사이사이에 저자가 판소리에 관한 견해를 밝혀 놓았다. 이 글의 내용상 성격이 무엇인지는 규정하기 쉽지 않다. 저자도 이러한 점을 의식해서인지 책의 머리말에서 다음과 같이 언급하고 있다. 실제 연재 당시의 명칭은 '연작 에세이'였다.

> 표제를 「판소리 명창 임방울」이라 하였지만, 이 글은 판소리에 대한 무슨 학구적인 문장도 아니고, 그렇다고 임방울에 대한 일관성 있는 전기나 평전이라 할 수도 없다. 그런 두 가지 요소가 노상 포함되어 있지 않은 바는 아니지만, 굳이 문장의 성격을 따지자면 차라리 연작 에세이라고나 해야 할 성질의 것이다.[23]

저자가 인정하고 있는 바와 같이 이 책은 임방울이나 판소리에 관한 학술 서적도 아니고, 전기나 평전도 아니다. 엄격한 의미에서는 그렇다는 말이다. 판소리에 관한 이론이 없는 것은 아니나 순수한 학술적 목적으로 집필된 것도 아니다. 이 책의 중심 내용을 이루고 있는 임방울의 생애와 관련된 일화들도 사실이 아니라, '설화'에 가깝다고 보는 것이 옳다. 그래서 전기나 평전이라고 할 수 없다고 한 것이다.

이 책은 임방울에 관한 '이야기'이다. 그러면서도 임방울의 생애를 재구성한다는 일관된 목적을 갖고 있지도 않다. 어찌 보면 단편적인 이야기의 모음집이다. 그래서 저자는 겸손하게 "연작 에세이라고나 할 성질의 것"이라고 하였다. 그러나 이 책에 담겨 있는 이야기들은 임방울에 대한 민중의

---

**23** 천이두, 『판소리 명창 임방울』, 현대문학사, 1986, 4쪽.

애정의 산물이라는 점에서는 일관되어 있다.

「명창 임방울전」도 『판소리 명창 임방울』의 내용을 근간으로 했다. 그러나 창극 대본은 극으로서의 일관된 구조를 갖춰야 한다. 『판소리 명창 임방울』의 내용을 그대로 가져가면 대본이 될 수 없다. 그래서 「명창 임방울전」에는 작품의 시작과 끝부분에 각설이패가 등장한다. 또 동경 유학생으로 동경에서 비밀 활동(아마도 독립운동이나 좌익 활동일 것)을 하다가 일경을 피해 다니는 대준이라는 청년이 등장하기도 한다. 시간의 흐름에 따라 사건이 전개되는 일관성 있는 흐름을 보이고 있기도 하다. 이렇게 하여 「명창 임방울전」은 허구적 요소가 강한 그야말로 작품이 되었다.

『명창 임방울』은 「명창 임방울전」과 『판소리 명창 임방울』을 바탕으로 하여 소설로 재창작한 작품이다. 소설과 같은 세밀한 묘사도 풍부하다. 「명창 임방울전」에 나오는 각설이패와 대준이 등장한다는 점에서 보면 『명창 임방울』은 「명창 임방울전」과 닮았다. 그렇다고 해서 이 작품에 판소리 이론이 등장하지 않는 것은 아니다. 판소리에 관한 천이두의 견해는 등장인물의 대화와 지문을 통해서 곳곳에 등장한다. 천이두는 문학평론을 본업으로 삼는 사람이지, 소설가나 극작가가 아니다. 필자가 알기로 천이두는 「명창 임방울전」과 『명창 임방울』을 쓰기 이전에는 이런 창작을 한 적이 없다. 연보를 보면 1980년과 1981년에 시를 한두 편 썼다고 하지만, 그렇다고 시를 본격적으로 쓰려고 한 것도 아닌 듯하다. 이런 상황에서 굳이 임방울에 관한 작품을 쓰기까지 한 것은 임방울에 대한 애정 이외에는 설명할 방법이 없다. 천이두의 임방울 사랑은 전기(본인 말로는 연작 에세이), 창극 대본 그리고 소설의 3부작으로 나타났다.

그러나 이 글에서는 천이두의 임방울에 관한 애정이 어떠했는지는 뒤로 밀쳐두고, 천이두가 제시한 판소리의 이론만을 다루고자 한다. 천이두는 판소리에 관한 논문도 더러 쓴 바 있다. 제목에 판소리라는 단어가 들어간 것으로는 「한과 판소리」(『문학사상』 1984년 12월호)가 유일하지만, 내용에서 판소리가 중요하게 다루어진 것으로는 「한의 미학적·윤리적 위상」(『한국문학』 1984년 12월호)[24]과 『한의 구조 연구』(문학과지성사, 1993)를 들 수 있다. 그러나 이 논문들에서는 한의 속성과 관련하여 판소리를 제한적으로만 언급하고 있다. 그러기 때문에 판소리 그 자체에 관한 이론적 전개는 하지 않고 있다.

본고에서는 천이두가 『판소리 명창 임방울』에서 대문대문 보여주고 있는 판소리 이론에 대해 다루려고 한다. 이 작업은 이 책의 곳곳에 등장하는 판소리 이론의 조각들을 모아 체계화하는 일이 될 것이다. 필자가 판단하기에 천이두의 판소리 이론은 이전의 것들에 비해 한결 진전된 내용이 있다고 판단하기 때문이다.

## 2. 판소리 연구 패러다임의 변화

판소리 이론은 판소리가 발생할 때부터 있었을 것이다. 판소리가 어떠해야 하는지에 대한 개념이 없다면 판소리의 평가는 불가능하기 때문이다. 그러나 초기의 판소리에 대한 이론은 단편적임을 면치 못했다. 그러다가 신재효의 「광대가」에 이르러 분명한 유형을 형성하게 된다.

「광대가」에서는 광대[25]의 구비 요건으로 인물치레, 사설치레, 득음, 너름새의 네 가지를 들고 이에 대해 설명을 한 다음, 아홉 명의 광대를 중국의

---

**24** 이 두 편의 논문은 후에 저서 『한국문학과 한』(이우출판사, 1985)에 실렸다.

**25** 광대라는 말은 여러 가지 뜻으로 쓰이지만, 여기서는 광대를 대표하는 판소리 소리꾼을 가리킨다.

문인들에 비겨 평하고 있다. 신재효와 비슷한 시기에 활동했던 정현석 또한 광대의 네 가지 구비 요건에 해당되는 사항을 한층 구체화한 법례를 제시하였다.[26] 이렇게 하여 형성된 초기 판소리 연구의 패러다임은 판소리를 광대를 중심으로 이해하려 한 것이었다. 광대는 무엇을 하는 사람인가? 필자는 이전의 저서에서 다음과 같이 언급한 바 있다.

> 광대는 공연자(performer)로서 작사(사설치레), 작곡(득음), 실연(너름새)을 책임 맡고 있는 제작자이다. 따라서 신재효와 정현석의 시대에 분명하게 유형화된 이 패러다임은 판소리를 광대, 즉 제작자를 통하여 이해하려 한 것으로 제작론적 패러다임이라고 부를 수 있다.[27]

판소리를 광대를 중심으로 이해하려 한 이 제작론적 패러다임은 일제강점기까지 이어졌는데, 1940년에 조선일보 출판사에서 출판된 정노식의 『조선창극사』는 이 연구 패러다임의 가장 의미 있는 업적 중의 하나라고 할 만하다.

해방 이후 판소리 연구에서는 판소리가 판의 예술 곧 공연(performance)을 통해 자신을 드러내 보이는 예술이라는 점을 서서히 자각하기 시작하였다. 따라서 이 연구 패러다임을 '판소리 패러다임'이라고 명명한 바 있다.

> 「광대가」 이후 제작론적 관점에서 이루어지던 판소리 연구는 서서히 공연 현장을 중심으로 한 연구로 나아가기 시작하였다. 따라서 창자뿐만 아니라, 고수·청중의 역할과 이들이 함께 엮어내는 '판'의 의미 해석에 중점

---

26  최동현, 『판소리 연구』, 문학아카데미사, 1991, 13-14쪽 참조.

27  최동현, 앞의 책, 15쪽.

이 놓이게 된 것이다. 이와 같이 판소리를 '판의 예술'로 대하는 연구 경향을 '판소리 패러다임'이라고 부르고자 한다.[28]

이 시기는 두 시기로 구분되는데, 판소리가 '판의 예술'임을 인식은 하였으나 현장예술적 총체성의 탐구로 나아가지 못하고 판소리 주변에 머문 시기가 그 첫 번째이고, 본격적인 현장예술적 총체성의 탐구로 나아간 것이 두 번째이다.[29] 첫 번째 시기에는 가람 이병기를 필두로, 김동욱, 강한영, 조동일 등이 뛰어난 연구 업적을 냈다. 김동욱은 판소리를 '판노름에서 하는 소리'로 정의하고,[30] 여러 실증적 연구를 수행하였다. 판소리의 발생에 대해서는 광대소학지희기원설을 주장하고,[31] 판소리 발전과정으로는 설화 → 타령 → 소설의 가설[32]을 수립하는 등 판소리 연구사에서 획기적인 업적을 세웠다. 조동일은 판소리를 서사장르에 속한다고 보았으나, 기왕의 어떤 역사적 장르종과는 다른 독자적인 장르종으로 규정하였다.[33] 그 외에도 판소리 사설의 당착에 대해 '부분의 독자성'이라는 개념을 제시하였으며,[34] 주제를 이원화하여 표면적 주제와 이면적 주제로 나누어 설명하였다.[35]

두 번째 시기 연구를 대표하는 김흥규는 판소리 연구가 소설론적 전제와 소설사적 도식에의 집착에서 벗어나, 문학적 연구와 음악적 연구가 통합되

---

**28** 최동현, 앞의 책, 20쪽.

**29** 최동현, 앞의 책, 20-21쪽

**30** 김동욱, 『한국가요의 연구』, 을유문화사, 1961, 281쪽.

**31** 김동욱, 위의 책, 275-323쪽.

**32** 김동욱, 앞의 책, 357-358쪽.

**33** 조동일, 「판소리의 장르 규정」, 조동일·김흥규 편, 『판소리의 이해』, 창작과비평사, 1978, 51쪽.

**34** 조동일, 「판소리의 전반적 성격」, 조동일·김흥규 편, 위의 책, 24쪽.

**35** 조동일, 「흥부전의 양면성」, 『계명논총』 5집, 계명대학교, 1969, 123쪽.

어야 한다고 하였다.[36] 또 판소리의 양식적 원리는 "긴장-이완, 몰입-해방이라는 정서적 미적 체험의 마디를 반복하는 구조"[37]라고 하였다. 김흥규는 실제 이러한 입장에서 가치 있는 업적을 내기도 하였다.[38] 이보형과 백대웅은 음악학적 관점에서 판소리를 분석하였다. 이상과 같은 학자들의 연구성과는 지금까지도 판소리 연구의 모범이 되고 있다.

이처럼 1970년대 후반부터 1980년대 초에 이르러 판소리 연구는 본격적인 현장예술적 총체성의 탐구로 나아가고 있었다. 1984년에 천이두는 「명창 임방울」을 『월간문학』에 연재하기 시작했다. 그러므로 천이두 또한 이러한 판소리 연구 성과를 잘 알고 있었을 것임에 틀림없다. 뿐만 아니라 당시 전주는 판소리 공연과 연구의 중심이라고 할 만한 역할을 하고 있었다. 전주문화방송에서는 1983년 1월 22일 박동진 「적벽가」 감상회를 시작으로 1988년까지 판소리감상회를 19회 개최하였으며,[39] 전주 KBS에서도 한애순·박동진·정권진·박봉술 등 아홉 명창의 감상회를 개최한 것이 확인되고 있다.[40] 전주문화방송에서는 또 신재효 100주기를 맞아 1984년 판소리학회와 공동으로 학술 발표 및 판소리 연창회를 개최하였으며, 이후 세 차례를 더 개최하였다.[41] 이러한 활동의 중심에는 전북대학교 이기우 교수, 원광대학교 천이두 교수, 전주문화방송 그리고 전주의 판소리 애호가들이 있었다. 1984년에 천이두가 발표한 「한과 판소리」, 「한의 미학적·윤리

---

**36** 김흥규, 「판소리 연구사」, 조동일·김흥규 편, 『판소리의 이해』, 창작과 비평사, 1978, 341-342쪽 참조.

**37** 김흥규, 「판소리의 구조」, 조동일·김흥규 편, 위의 책, 125쪽.

**38** 김흥규, 「판소리에 있어서의 비장」, 『구비문학』 3집, 한국정신문화연구원 어문학 연구실, 1980.

**39** 전주문화방송 30년사 편찬위원회, 『전주문화방송 30년사』, 전주문화방송, 1995, 441-442쪽 참조.

**40** 정회천, 「판소리 완창의 역사적 배경과 의의」, 국립창극단, 『완창 판소리 30년 맞이 특별공연』 학술대회 발표집, 2014, 48쪽 참조.

**41** 전주문화방송 30년사 편찬위원회, 앞의 책, 442-443쪽 참조.

적 위상」 등은 이러한 활동의 결과물이라고 보아도 틀리지 않을 것이다.[42]

## 3. 천이두 판소리론의 연구사적 위치

『판소리 명창 임방울』은 2부로 구성되어 있다. 제1부는 「명창 임방울」로 이 책의 중심 부분이다. 여기서는 기본적으로는 임방울의 생애와 관련된 증언이 중심을 이룬다. 제2부는 부록으로 「수궁가」와 「적벽가」의 사설과 주석 그리고 「판소리 용어 풀이」로 구성되어 있다. 그런데 제1부도 두 부분으로 구분될 수 있다. 제1부 마지막 장인 「임방울의 예술」은 임방울 명창론이다. 그러니까 이 부분은 제1부 전체에 관한 총정리에 해당한다. 임방울의 생애를 총정리하는 것은 결국 임방울 판소리의 특성과 판소리사적 의의를 밝히는 일이 될 것이다. 실제 이 부분은 임방울 명창론으로 볼 수 있는 내용이다.

천이두 이전에는 이러한 명창론이 존재하지 않았다. 그 동안의 판소리 명창론이라면 판소리 창자의 간략한 이력과 일화, 더늠 소개 등으로 이루어져 있었다. 『조선창극사』가 대표적이다. 물론 이러한 명창론이 가치가 없다는 것은 아니다. 그러나 명창이 예술가라면 명창론 또한 그 예술에 관한 것이 주가 되어야 할 것이다. 음악학자들이 쓴 명창론도 명창의 음악적 특징을 사실보고적으로 기술했을 뿐 예술적 가치에 대해서는 다루지 못했다. 이렇게 보면 천이두는 본격적인 명창론을 최초로 시도한 사람이 된다.

그러면 이제 『판소리 명창 임방울』에 나타나 있는 천이두 판소리론의 특징과 연구사적 가치에 대해 알아보기로 한다.

---

[42]　이 두 편의 논문에 대한 자세한 사항은 최동현, 『최동현 문선』, 신아출판사, 2019, 145-167쪽 참조.

## (1) 현장 밀착형 용어 사용

『판소리 명창 임방울』에는 수많은 판소리 용어들이 등장한다. 『판소리 명창 임방울』의 제일 마지막 부분에 실려 있는 「판소리 용어 풀이」에서는 73개의 판소리 용어를 설명하였다. 이것이 판소리 용어를 망라하지는 못하지만, 그래도 이때까지 학자들의 판소리 연구에 등장하는 것이 창과 아니리, 장단의 종류와 박의 수, 창조(우조·평조·계면조), 제(동편제·서편제) 등에 불과한 데 비하면, 천이두의 『판소리 명창 임방울』에는 '갈 데를 간다', '근경을 그린다', 노랑목, 시김새, '아래웃물지다' 등 소리꾼들이 사용하고 있는 현장의 용어들이 넘쳐난다. 이는 이 책이 본격적인 연구서는 아니라고 할지라도, 이전의 판소리 연구자들에 비해 훨씬 판소리의 현장에 밀착해 있었다는 방증이라고 할 수 있다. 그러면 천이두의 책이 현장 밀착형이 된 원인은 무엇인가?

이러한 원인으로는 먼저 천이두가 판소리의 고장 남원 출신이라는 점을 들 수 있다. 주지하다시피 남원은 판소리의 고장이다. 남원은 「춘향가」와 「흥보가」, 「변강쇠가」의 배경이 되는 고장이다. 그리고 동편제 판소리의 시조이자 가왕(歌王)인 송흥록으로부터 시작된 판소리의 전통이 대대로 이어진 고장이다. 판소리가 절멸의 위기에 처했던 1960-70년대에도 남원에는 주광득·김용운·강도근 명창이 활동을 하고 있었고, 지금도 끊임없이 명창을 배출하고 있다. 뿐만 아니라, 남원은 판소리를 통해 정체성을 수립해 왔다. 남원에 각종 판소리 관련 행사나 조직이 많은 이유이다. 이러한 환경에서 천이두는 어렸을 때 옆집에 사는 사람이 판소리를 좀 하는 사람이어서 판소리 장단을 배웠다고 했다. 그래서 천이두는 소리에 맞춰 몇 가지 판소리 장단을 칠 수 있었다. 이는 판소리를 연구하는 국문학자들이 장단 하나 제대로 치지 못하는 데 비하면 상당한 차이라고 아니할 수 없다.

두 번째로 들 수 있는 것은 이 책의 내용이 임방울의 가족은 물론이고, 수많은 판소리 창자와 고수들을 면담한 기록이란 점이다. 이 책에서 천이두가 면담한 판소리 창자와 고수는 박동진·임준옥·한애순·김소희·박귀희·김득수·홍정택·주봉신·김원술·송영주·조상현 등이다. 그 외에 임방울과 인연이 있는 판소리 애호가들도 많다. 이 책은 문헌 연구로 된 책이 아니다. 물론 문헌을 참고하지 않은 것은 아니지만 그 것은 극히 일부에 불과하다. 그러므로 이 책은 발로 쓴 책이라고 할 수 있다.

　마지막으로는 1980년대 전주 지역의 판소리 연구자와 애호가들의 교류를 들 수 있다. 앞에서 1980년대에 걸쳐 전주문화방송과 전주 KBS에서 판소리 감상회를 개최한 사실을 말한 바 있다. 필자도 이 감상회에 여러 차례 참석했는데, 이 감상회는 전주 지역의 판소리 애호가들과 연구자 그리고 방송국이 유기적으로 결합하여 합심한 결과였다. 이 감상회에는 매번 감상회 장소가 가득 찰 정도로 많은 사람들이 참여하였다. 멀리서부터 지팡이를 짚고 찾아온 수많은 판소리 애호가들이 감상회장을 메웠다. 이러한 환경이 판소리 창자와 고수 그리고 판소리 애호가, 연구자들의 교류를 가능하게 했고, 그 결과가『판소리 명창 임방울』이 현장 밀착형의 저서가 되게 했던 마지막 동인으로 생각된다.

　전주에서는 판소리 연구 이전에 판소리 향유가 있었다. 판소리 향유를 통해 연구로 나아간 만큼 판소리 현장의 용어들이 자연스럽게 등장할 수 있었다. 이렇게 본다면 천이두의『판소리 명창 임방울』은 전주라는 특별한 지역의 산물이라고 할 수 있다.

### (2) 판소리의 속성 규정 : 현장성, 즉흥성, 다층성

　천이두는 판소리의 속성을 청중에서부터 찾아가기 시작한다.

모든 공연 예술이 다 그렇다 하겠지만, 특히 판소리에 있어서는 청중의 위치가 유다른 중요성을 지닌다 할 것이다. 흔히 '일고수, 이명창'이라 하지만, 판소리예술을 성취함에 있어서 청중의 절대적 중요성을 감안한다면 차라리 '일청중, 이고수, 삼명창'이라고 해야 하지 않을까 한다. 그도 그럴 것이, 판소리에 있어서는 청중은 다만 청중으로 머물러 있지 아니하고 그 가창행위에 직접 참여하는 사람이기도 하기 때문이다. 창자가 펼쳐내는, 혹은 슬프고 혹은 익살스런 가지가지 국면에 부딪칠 때마다 혼연일체가 되어 혹은 슬퍼하고 혹은 박장대소하는 청중의 반응이 뒷받침 될 때에만, 그리하여 그 가락의 절실한 고비마다에서 거기 한데 어울리는 청중의 흥겨운 추임새가 뒷받침될 때에만 그 판소리예술은 비로소 제 빛을 발할 수 있게 되는 것이다.(9쪽. 이하 쪽수는 『판소리 명창 임방울』의 쪽수를 가리킨다.)

'일고수, 이명창'이란 말이 있다. 이 말은 흔히 첫째가 고수, 둘째가 명창이라고 하여 고수의 중요성을 뜻하는 것으로 해석된다. '일고수, 이명창'이란 말은 판소리에서 고수의 역할이 명창의 역할보다 중요한 뜻이라는 것이다.[43] 이 말이 정말로 판소리에서 고수의 역할이 명창보다 더 중요하다는 뜻인지는 더 따져봐야 할 것이나, 이어서 "판소리예술을 성취함에 있어서 청중의 절대적 중요성을 감안한다면 차라리 '일청중, 이고수, 삼명창'이라고 해야 하지 않을까 한다"는 말에서 청중을 제일 앞에 든 데는 전적으로 동감한다. 모든 예술은 청중이 없다면 존재할 수 없다. 그래서 현대 예술론에서는 청중(audience) 또는 독자(reader)를 중요하게 다루기 시작한 것이다. 그런데 아예 판소리에서는 청중이 "절대적 중요성"을 갖는다고 했다. 판

---

**43** 강한영, 『판소리』, 세종대왕 기념사업회, 1977, 87쪽 참조.

소리에 있어서 청중은 다만 청중으로 머물러 있지 아니하고, 그 가창행위에 직접 참여하는 사람이기 때문이다. 판소리의 청중이 창자의 가창행위에 직접 참여하여 창자가 펼쳐내는 가지가지 국면에 혼연일체가 되는 청중의 흥겨운 추임새가 뒷받침될 때에만 그 판소리예술은 비로소 제 빛을 발할 수 있다고 하였다.

앞에서 판소리 연구는 1970년대 후반부터 1980년대 초에 이르러 본격적인 '현장예술적 총체성'의 탐구로 나아가고 있었다고 말한 바 있다. 천이두는 청중의 추임새를 매개로 판소리의 현장예술적 성격을 드러내고 있다. 그런데 여기서 현장예술적 성격이란 말은 판소리가 공연예술로서 공연 현장에서 자신의 예술성을 드러낸다는 말이다. 이러한 주장은 이국자에게서 가장 잘 드러난다.

> 판소리는 하나의 공연예술로서 전승되어온 것이므로 그 올바른 존재양식은 오직 '현장에서 행하는 공연'을 통해서만 인식할 수 있으며, '전승의 현장적인 행위'가 있을 뿐이다. 그뿐 아니라 판소리의 현장에서는 '고수'라는 또 하나의 연희자가 등장하고, 현대의 예술에서 매우 중시되는 수용자, 즉 '청중'이 참여해서 상호작용함으로써 의미가 발생한다. 이것을 기준으로 해야 비로소 올바른 해석도 가능하다.[44]

이국자는 이기우 교수의 제자인데, 위 인용문에서 보는 바와 같은 주장은 그 무렵 전주의 판소리 연구자들이 가졌던 공통된 생각이었다. 공연이

---

**44** 이국자, 『판소리 연구』, 정음사, 1988, 60쪽.

란 "현전을 만들어내는 총체적 행위"[45]로 정의된다. 이를 판소리에 대입하면, 판소리를 노래 부르는 현장에서 나타나는 여러 가지 행위 곧 창자, 고수, 청중의 행위 전체가 어우러지는 현상이 판소리 공연이다. 이러한 모든 견해는 "판소리는 공연예술이다."라는 한 마디로 압축될 수 있다. 천이두는 이를 청중을 매개로 해서 구체적으로 설명하고 있으며, 이국자는 추상적, 이론적으로 정리하고 있는 것이다.

그런데 이러한 현장예술적 성격이 가능한 근본 원인을 천이두는 공연 방식에서 찾고 있다.

> 이런 점에서 판소리음악은 창자와 청중이 이원적(二元的)으로 분리되어
> 있는 양악의 공연방식과는 근본적으로 성격을 달리하는 것이다. 판소리음
> 악은 창자와 청중의 자리가 이원적으로 분리되어 있는 신식 극장에서 공연
> 되기에는 숙명적으로 마뜩치 않은 속성을 지니고 있다. 그것은 본시 넓은
> 대청이나 마당, 혹은 백사장 같은 데에 빙 둘러앉아 창자와 청중이 한타령
> 으로 어울려 그야말로 일원적인 혼연일체를 이룰 때 비로소 그 본래의 생채
> (生彩)를 발휘할 수 있게 되는 것이다. 말하자면 명창의 가락과 명청중의 화
> 답이 한데 어울릴 때 판소리의 도도한 흐름은 성취된다는 것이다.(9쪽)

서양의 공연은 "창자와 청중이 이원적으로 분리되어" 있는데, 판소리는 "창자와 청중이 한타령으로 일원적인 혼연일체를" 이루는 예술이라고 하였다. 이는 무대의 문제인데, 서양식 공연의 무대는 이른바 프로시니엄 (proscenium) 무대로서 무대와 객석의 구분을 기본으로 하고 있으나, 판소

---

**45** Michel Benamou·Charles Caramello edit., *Performance in Postmodern Culture*, Center for Twentieth Century Studies, 1977, p.3.

리의 공연 장소는 무대와 객석의 구분이 없이 자유롭게 소통하며 참여하는 공간이라는 점에서 차이가 있다. 그 소통을 대표하는 것이 바로 청중의 추임새이다. 서종문도 비슷한 주장을 펼치고 있는데, 그는 이를 판소리의 '개방성'이라고 하였다. 서종문의 견해가 천이두의 주장과 다른 점은 개방성이 "사설과 창, 창자와 고수, 감상자의 기능과 관중적 기능 사이에 여러 영향 관계와 통합 관계"[46]의 원리라고 하여 보다 포괄적인 개념으로 설정하고 있다는 점이다.

천이두는 판소리의 두 번째 속성으로 즉흥성을 들고 있다.

> 같은 「춘향가」면 춘향가, 「수궁가」면 수궁가라도 부르는 사람에 따라서 전혀 그 빛과 결이 다르고, 심지어는 같은 사람이 동일한 노래를 부르는 경우라도 그때그때의 상황과 분위기에 따라 그 빛과 결이 다르다. 명창일수록 그 점이 두드러진다. 판소리의 즉흥성 및 현장성을 이런 데서 찾게 되는 것이다. 그런 점은 악보라는 이름의 평균율을 금과옥조로 하고 있는 서양음악의 경우에서는 도저히 기대할 수 없는 것이다. 서양음악의 경우에 있어서도 물론 연주자의 독창성 내지 개성이라는 것이 어느 정도 허용되지 않는 바는 아니지만, 그러나 그 허용범위는 악보라는 이름의 절대적 전제를 벗어나는 데까지는 미칠 수 없다. 판소리의 개성은 바로 그 점에 있다 할 것이다.(17쪽)

천이두는 즉흥성을 "그때그때의 상황과 분위기에 따라 그 빛과 결이 다"른 것을 가리킨다고 하였다. 이는 곧 공연 현장에서 일어나는 '변이(variation)'를 말한다. 그리고 이러한 변이의 근본적인 원인을 악보가 없다

---

**46** 서종문, 「판소리의 개방성」, 정양·최동현 편, 『판소리의 바탕과 아름다움』, 인동, 1986, 71쪽.

는 데서 찾고 있다. 이는 판소리가 민속음악에 속한다는 의미이다. 민속음악(folk music)은 '구두전승(口頭傳承)의 과정을 통해서 발전해 온 음악적 전통의 소산'으로, 계속성(continuity), 변이(variation), 선택(selection)이라고 하는 본질적 속성을 갖는다. 여기서 변이는 집단 혹은 개인의 창조적 충동으로부터 발생하는 변화를 말한다. 민속음악은 입에서 입으로 전승되기 때문에 악보가 없다. 그러므로 민속음악은 인간의 기억 속에 존재한다. 인간의 기억은 부정확하기도 하고, 변하기도 하기 때문에 변이는 필연적일 수밖에 없다. 또 창조적인 사람은 있는 것을 변화시켜 새로운 형식을 만들기도 한다. 그러므로 변이는 민속음악의 창조의 방식이기도 하다.[47] 판소리 또한 민속음악으로서 자유로운 변이의 양상을 보인다. 다만 이러한 변이의 정도가 유독 임방울의 판소리에서 크고 분명하게 나타난다는 의미일 것이다.

판소리의 속성으로 세 번째로 들고 있는 것은 다층성이다.

판소리는 그 가사나 창조(唱調)가 지극히 다층적이다. 그 사설의 면에서 볼 때 한편으로는 유식한 한문투의 사설이 펼쳐지는가 하면, 다른 한편으로는 비속한 육두문자마저도 거침없이 펼쳐진다. 또 그 창조의 면에서 볼 때, 위로는 정악(正樂)의 가락이나 양반계급의 가곡 내지 시조창에서부터 아래로는 무가(巫歌)·범패(梵唄)를 비롯하여 각도의 민요며 잡가의 가락들이 광범하게 포용되어 있다. 이런 점에서 판소리는 민족예술의 옴니버스라 할 수 있다.

(…중략…)

그러나 이러한 편차에도 불구하고 앞서 말한 다층성은 모든 판소리에 있

---

**47** Maud Karpeles, *An Introduction to English Folk Song*, Oxford University Press, 1973, pp.3-7 ; 최동현, 『판소리란 무엇인가』, 에디터, 1994, 49-52쪽 참조.

어서 일반적 성격으로 지적될 수 있는 점이라 하겠다. 이런 점에서 판소리
는 인생의 다양한 국면을 폭넓게 포괄하는 장르라 할 수 있다.(168쪽)

판소리가 사설과 음악에서 여러 계층의 것들이 어우러진 복합적 성격을
지니고 있다는 것은 주지의 사실이다. 한문투의 유식한 사설과 비속한 육
두문자가 판소리에는 공존한다. 음악에서도 양반 상층 계급의 음악인 정악
에서부터 민요, 잡가 그리고 무가나 불교음악까지도 포함되어 있다. 이렇
게 보면 판소리에 공존하는 사설이나 음악은 계층과 종교를 초월한다. 이
는 판소리를 들어보면 바로 알 수 있는 사실이기 때문에 특별하다고까지는
할 수 없다. 그러기에 많은 연구자들이 언급하고 있다. 그래서 천이두 자신
도 "다층성은 모든 판소리에 있어서 일반적 성격으로 지적될 수 있는 점"이
라고 했다.

천이두의 탁월함은 이러한 다층적, 복합적 성격에 대한 해석까지 나아간
데 있다. 천이두는 판소리의 이러한 성격을 들면서 판소리가 "인생의 다양
한 국면을 폭넓게 포괄하는 장르"라고 해석했다. 어쩌면 이 또한 특별한 것
이 아니라고 할 수 있을지도 모른다. 그러나 대부분의 판소리 연구들이 실
증에만 지나치게 의존하여 사실보고적 기술에 그치고 해석까지 나아가지
못하는 상황에서는 새롭게 평가해야 한다. 최근의 판소리 연구는 해석까지
나아가지 못하기 때문에 정체 상태를 벗어나지 못하고 있다는 것이 필자의
판단이다. 그런 의미에서 판소리의 다층성에 대한 해석에까지 이르는 천이
두의 견해는 판소리 연구자들에게 시사하는 바가 많다고 할 것이다.

### (3) 음악적 연구와 문학적 연구의 통합

판소리 연구가 판소리와 관련된 학문의 전 분야를 망라한 통합적 연구로

나아가야 한다는 것은 80년대 연구자들 사이에서는 이미 합의되어 있었다. 그 중에서도 문학적 연구와 음악적 연구의 통합이 더욱 강조되었다. 판소리와 관련된 학문 분야에는 연극, 무용 등도 포함되지만, 우선적으로 중요한 것은 문학과 음악이다. 판소리를 구성하는 요소는 여러 가지가 있으나 판소리의 예술적 언어로서의 기능은 문학과 음악이 핵심이기 때문이다.

판소리의 연구가 문학적 연구와 음악적 연구의 통합으로 나아가야 하는 이유는 판소리 자체가 크게 보면 문학과 음악의 통합으로 이루어진 예술이라는 데 있다. 그런데 판소리는 문학과 음악의 기계적인 결합으로 이루어진 것은 아니다. 이를 천이두는 '이면'이라는 말로 설명한다.

> 판소리 용어에 '이면을 그린다', 또는 '근경을 그린다'는 말이 있다. 일반적으로 해석되어 오기로는 판소리의 극적인 전개상황과 일치되게 창조(唱調)를 엮어가야 한다는 것이다. 즉, 서사내용과 음악의 가락이 해조(諧調)를 이루어야 한다는 것이다. 그러나 그 해조란, 기쁜 상황은 기쁘게, 슬픈 상황은 슬프게 불러야 성취되는 것이라고만 풀이되어서는 안 된다. 그런 도식적인 풀이를 가지고서는 이 노래가 반영하는 기묘한 언밸런스의 묘미를 파악할 수밖에 없게 되고 만다.(140쪽)

천이두는 「심청가」 중에서 곽씨부인이 죽었을 때 심봉사가 허허 웃으며 덩실덩실 춤을 추는 경우나, 조조가 도망갈 때 말을 거꾸로 타고 도망가면서 '말 머리를 쑥 뽑아다가 똥구멍에다 박아라'고 하는 대목을 예로 들어서, 이면을 그릴 때의 문학과 음악의 해조에 대해서 설명을 하고 있다. 판소리의 이면은 서사내용 즉 문학과 음악의 가락이 해조(諧調)를 이룰 수 있도록 표현해야 한다고 했다. '해조'란 잘 조화된다는 말이다. 조화를 이룬다는 것은 기계적 결합과는 다르다. 이 '해조'는 문학과 음악이 '언밸런스(unbalance)'를 이룰 경우에도 오히려 차원 높게 성취된다고 한다. 그러면서 "이런 아이러니(irony)야말로 판소리 미학이 간직하는 중요한 속성이며, 또 흔히 말하는 한국적인 한(恨)의 중요한 일면이기도"(140쪽) 하다고 하였다. 여기서 '한'에 관한 논의를 따로 개진하지는 않을 것이다. 다만 판소리는 장단과 '조'가 특정한 극적 상황과 기계적으로 결합되는 예술이 아니라는 것을 강조한 말로 이해할 필요가 있다. 이러한 논리는 천이두가 예술에 대한 진지한 이해를 판소리에도 적용하고 있음을 보여주는 것이라고 하겠다.

문학과 음악의 통합적 연구는 말은 쉽지만 실천은 쉽지 않다. 문학과 음악에 두루 정통해야 하기 때문이다. 게다가 문학론 중에서도 소설, 시, 극에 이르기까지 다양한 장르의 이론에도 밝아야 한다. 그러기 때문에 지금까지도 내세울 만한 통합적 연구의 성과가 많지 않다. 이러한 상황에서 천이두는 과감하게 문학과 음악의 통합을 시도한다. 천이두는 문학평론가로서 한 시대를 대표하는 문학 연구자였고, 또 판소리 음악에도 일가견을 가지고 있었기 때문에 가능한 일이었다. 예를 보자.

노래는 바야흐로 불화살과 화포(火砲)를 가득 실은 이십만선(二十萬船)을 거느린 오(吳)나라 황개(黃蓋) 장군이 선두(船頭)에 우뚝 서서 거짓 항복하는 체하고, 촉(蜀)나라 방통(龐統)이 꾸며낸 연환계(連環計)로 하여 옴짝달싹할 수 없게 얽어매인 조조 백만대군의 선단(船團)께로 다가가는 중후한 중몰이 가락이 다하고, "방포일성(放砲一聲)이 쿵, 하더니 천지가 드르르르르" 무너지기 시작하면서 처참한 화공(火攻)이 전개되는 잦인몰이 대문으로 이어지고 있었다.

앉어 죽고 서서 죽고 울다 웃다 죽고 밟혀 죽고 맞아 죽고 원통히 죽고 불쌍히 죽고 애써 죽고 똥싸 죽고 가이없이 죽고 성내어 죽고 졸다가 죽고 진실로 죽고 재담으로 죽고 무단히 죽고 함부로덤부로 죽고……

시인 정양 교수는 임방울의 노래를 찬란한 진달래꽃밭에다 비유한 일이 있거니와, 불의의 화공(火攻)을 당하여 진달래꽃보다 더 붉은 피를 흘리며 죽어가는 조조의 백만대군의 원통한 넋에 들린 듯, 임방울의 천방지축으로 몰아붙이는 가락은 거창한 호곡(號哭)과도 같이 시내를 굽이돌고 산둥성이에 흐드러진 진달래꽃밭을 휘돌아 끝까지 푸르기만 한 창공을 향하여 여울지며 번져갔다.

(…중략…)

노래는 다시 한번 굽이를 틀어, 적벽강에서 죽은 조조 군사들이 원조(怨鳥)가 되어 모두 조조를 향하여 원망스럽게 지저귀는 「새타령」의 장엄처절하면서도 야심 많은 독재자에 대한 해학적인 야유의 가락이 짙게 풍기는 우조(羽調) 중몰이로 이어지고, 거기서 다시 맴생이(염소) 웃음으로 내갈기는 조조의 호언장담이 급전직하하여 장창을 비껴 잡고 횡행횡행(橫行橫行)하며 달려드는 상산 조자룡(趙子龍)의 엇몰이장단의 기습공격으로 이어져 나갔다.(103-104쪽)

이 부분은 임방울이 양산 통도사를 돌아보고 나오는 길에 노상에서 소리가 "앵겨" 「적벽가」를 부르는 상황을 묘사한 부분이다. 임방울이 부르는 판소리 대목은 「적벽가」의 '화공' 대목인데, 앞에서 사설에 나타나는 상황을 설명하고, 그에 대한 음악적 설명이 나온다. "옴짝달싹할 수 없게 얽어매인 조조 백만대군의 선단(船團)께로 다가가는" 사설의 문학적 내용과 "중후한 중몰이가락"의 음악적 설명이 병치된다. "처참한 화공(火攻)이 전개되는 잦인몰이 대문", "불의의 화공(火攻)을 당하여 진달래꽃보다 더 붉은 피를 흘리며 죽어가는 조조의 백만대군의 원통한 넋에 들린 듯, 임방울의 천방지축으로 몰아붙이는 가락" 또한 음악과 사설을 연결시킨 설명이다. "「새타령」의 장엄처절하면서도 야심 많은 독재자에 대한 해학적인 야유의 가락이 짙게 풍기는 우조(羽調) 중몰이", "상산 조자룡(趙子龍)의 엇몰이장단의 기습공격"이라는 표현 또한 마찬가지이다. 이렇듯 천이두는 판소리를 해석하는 데 있어서 음악과 문학을 통합하여 설명하려는 노력을 보이고 있다. 이런 통합적 설명은 「쑥대머리」와 「추억」에도 나온다.

> 「쑥대머리」나 「추억」이 모두 계면조의 슬픈 가락이지만 전자가 중몰이가락의 진득하게 안으로 다스리는 슬픔이라면, 진양조인 후자는 그야말로 장탄식의 육자배기목인 것이다. 전자를 평계면이라 할 수 있다면 후자는 진계면이라 할 수가 있다.(131쪽)

「쑥대머리」와 「추억」의 차이에 대해 "(쑥대머리가) 중몰이가락의 진득하게 안으로 다스리는 슬픔이라면, 진양조인 후자(「추억」)는 그야말로 장탄식의 육자배기"라는 간단한 설명 또한 두 소리의 음악적 성격을 적절하게 드러낸 것으로 보인다.

물론 이러한 설명이 비유로 되어 있어서 또 다른 해석이 필요하다는 문제는 지적될 수 있겠다. 그러나 소리라고 하는 순 감각적 대상으로 이루어진 음악에 대한 설명이 문자로 된 문학과 같을 수는 없다. 판소리에 대한 설명이 또 다른 해석을 필요로 하는 비유로 되어 있다고 해서 음악과 문학을 통합하여 해석하고자 하는 천이두의 노력을 과소평가할 필요는 없다. 부족한 것은 후학들이 따라가면서 발전시키면 될 것이다.

### (4) 명창론의 개척

앞에서 말한 바와 같이 천이두 이전의 명창론은 소리꾼의 간략한 이력과 일화, 더늠 소개로 이루어져 있었다. 명창론에서 반드시 다루어야 할 내용은 소리의 예술적 특성과 판소리사적 위치일 것이다. 물론 근대 이전의 판소리는 직접적 증거인 소리가 남아 있지 않기 때문에 정확한 실상을 파악할 수 없다는 한계가 있다. 그러나 근대 이후에는 녹음이 남아 있기 때문에 어느 정도 실제 소리에 접근이 가능하다. 해방 이후의 판소리는 소리꾼에 따라서는 거의 전모를 파악할 수 있을 정도의 자료가 있다. 그럼에도 불구하고 천이두 이전에 그러한 자료를 이용하여 소리꾼의 소리의 예술적 특성과 사적 위치에 대해 다룬 논문은 없었다. 이렇게 보면 비록 정식 논문의 형식을 갖추고 있지는 않다고 할지라도 천이두의『판소리 명창 임방울』의 마지막 장인 '임방울의 예술'을 명창론으로 볼 가치는 충분하다. 더구나 이 글은 명창론의 수준을 한 단계 진전시킨 성과물이기 때문이다.

'임방울의 예술'은『판소리 명창 임방울』의 앞부분에서 부분적, 파편적으로 언급된 임방울의 소리에 대한 요약·정리라고 할 수 있다. 그러기 때문에 앞부분의 내용과 중복이 불가피하다. 이런 점에 유의하면서 '임방울의 예술'을 살펴보기로 한다.

천이두는 먼저 임방울 예술의 기초를 형성하고 있는 요인으로 민족사적 상황을 제시한다. 임방울은 을사조약이 체결되기 1년 전인 1904년에 출생하여 4.19혁명 다음해인 1961년에 별세하였다. 이 기간은 "민족사적 흐름으로 볼 때에 가장 불행했던 기간이요, 판소리의 흐름으로 볼 때도 가장 시련과 수난이 많았던 기간"(162쪽)이라고 했다. 그러면서 "이러한 시대적 조건들은 그의 예술적 생애를 형성함에 있어서 매우 중요한 요인이 되고 있는 것같이 보인다."(162쪽)고 했다. 천이두의 이 한 마디로 하대 받던 광대에 불과했던 소리꾼 임방울이 시대를 노래한 민족사적 증인의 위치까지 승화되고 있다. 모름지기 소리꾼에 대한 이러한 의미를 부여한 사람은 천이두가 처음이 아닌가 한다. 그러니까 천이두는 소리꾼을 시대의 변화와 함께 한 진정한 예술가로 대우하고 있음을 알 수 있다.

임방울의 판소리사적 위치는 다음과 같은 언급 속에 잘 나타나 있다.

> 요컨대 조선조적인 영광의 잔영도 누려볼 수 없었고, 또 인간문화재로서의 제도적 보장도 받아보지 못한, 그 어간의 불행한 시대를 살다간 임방울은 전형적인 시골뜨기문화의 역군이었다고 할 수가 있다. 그러나 바로 이 사실이야말로 두 가지 점에서 그의 예술을 판소리의 역사상 획기적인 점이라고 필자는 생각한다. 즉, 그의 예술로 하여금 일정한 사회적 예우(禮遇)도 경제적 보장도 누릴 수 없는 진짜 광대의 예술이 되게 함으로써 판소리 그 본래의 존재양식을 가능케 하였다는 점이 그 하나이며, 당대의 지배계층으로부터 제반 보장과 비호를 받을 기회를 상실한 대신, 당대의 역사의 주류에서 소외된 대다수 서민대중들과의 정서적 일체감을 더욱 공고히 함으로써 판소리의 역사상 새로운 경이를 창조하였다는 것이 그 다른 하나이다.(167-168쪽)

판소리는 대개 17세기 말경에 발생한 것으로 추정되는데, 판소리의 초기 형성기에는 일반평민들이 그 사회적 기반이었으나, 보다 발전된 창악으로 성립된 18세기 들어 양반층이 점차 판소리에 흥미를 가지면서 판소리 청중으로서의 비중이 커지기 시작했다. 19세기에는 명창들의 계보가 확립되고, 판소리가 매우 세련된 창악으로 발전하면서 양반층의 후원을 바탕으로 질적 변화를 이룩하였다. 이 단계에 이르러 판소리는 양반층을 보다 중요한 기반으로 삼게 되었고, 양반들의 영향이 증대함에 따라 판소리 (창)전승의 일부 탈락 및 개작·윤색이 이루어졌다. 이러한 과정에서 19세기에 이르러서는 판소리가 꾸준히 성장시켜온 평민적 현실 인식이나 전진적 활력을 적지 않게 잃게 된 역사로 드러난다는 것이 통설이다.[48]

이런 통설에 비추어 보면 임방울은 이미 판소리가 평민적 기반을 잃어버린 이후 시대의 소리꾼이다. 판소리가 양반층을 주요 기반으로 삼으면서 평민적 현실 인식과 전진적 활력을 잃어버린 시대에 태어난 것이다. 그런데 판소리가 기반으로 삼았던 양반층도 조선이 망하면서 일시에 무너져 버리고 말았다. 그래서 "조선조적인 영광의 잔영도 누려볼 수 없었"다고 한 것이다. 임방울이 소리꾼으로서의 삶을 살았던 일제강점기와 해방 직후의 시기에 판소리는 다시 일반 대중을 기반으로 삼았다. 이 시기 판소리에서 가장 큰 변화는 공연장의 변화이다. 1902년에 우리나라 최초의 서구식 극장인 희대(戲臺)[49]가 완성되어 공연을 시도했다. 희대에서 시작된 협률사 공

---

48 이상의 내용은 김흥규, 「판소리의 사회적 성격과 그 변모」, 한국사회과학연구소 편, 『예술과 사회』, 민음사, 1979, 55-84쪽 참조.

49 그 동안 우리나라 최초의 극장 이름에 대해 여러 논란이 있었으나, 최근 '소춘대' 또는 '희대'라고 일컬어졌음이 밝혀졌다. 그러나 '희대'는 중국어 보통명사인데 때로 고유명사로도 쓰였으며, 애초에 봉상시 내에 설치된 희대의 이름은 '소춘대'였다고 한다. 그러나 '소춘대'라는 명칭은 잠시 쓰였을 뿐이라고 한다.(조영규, 『바로잡는 협률사와 원각사』, 민속원, 2008, 54-56쪽 참조.) 한편 이태화는 '희대'는 공연장을 가리키는 일반명사이므로, 구체적인 명칭으로 쓸 때는 '봉상시 희대' 또는 '궁내부 희대' 등으로 쓸

연은 극장식 공연의 모태가 되었다. 극장식 공연에서의 청중은 남녀와 신분의 구별이 없는 다수였다. 이들은 계층적, 이데올로기적 동질성을 가진 집단이 아니었다. 또한 판소리에 대한 감식력이 있는 사람들도 아니었다. 20세기 전반기 판소리 향수층의 대다수를 이루는 사람들은, 약간의 경제적 여유가 있어서 돈을 주고 극장이나 협률사의 입장권을 살 수 있는 사람들이었다.[50] 그래서 임방울은 19세기 말까지 판소리의 사회적 기반이었던 양반층을 향유층으로 둘 수 없었고, 판소리의 본래 기반이었던 평민 혹은 서민을 대상으로 소리를 할 수밖에 없었다. 그래서 "진짜 광대의 예술이 되게 함으로써 판소리 그 본래의 존재양식을 가능케 하였다"고 한 것이다. 더구나 근대 이후 서양 문화의 유입으로 우리 고유의 문화는 천시되었다. 임방울을 "전형적인 시골뜨기문화의 역군"이라고 한 것은 바로 이러한 처지를 가리킨 말이다.

이 시기 판소리는 창극·국극 등으로 변화하면서 생존을 꾀하였으나, 결국 1960년에 이르러 거의 사멸지경에 이르고 말았다. 그러나 1964년부터 국가의 정책적 개입이 시작되었다. 무형문화재 제도가 실시된 것이다.[51] 이 때부터 판소리 명창들은 인간문화재(무형문화재 예능보유자)라고 하는 명칭을 부여받고, 국가적·사회적 예우를 받게 되었다. 물론 그것이 충분한 보상이 될 수는 없었다. 그러나 인간문화재가 된다는 것은 국가의 보호를 받는 처지에 놓인다는 것을 뜻한다. 그런데 임방울은 이런 혜택을 누리지 못했다. 무형문화재 제도는 1964년부터 시행되었기 때문이다. 그래서 임방울

---

수 있을 것이라고 하였다.(이태화, 「20세기 초 협률사 관련 명칭과 그 개념」, 『판소리연구』 제24집, 판소리학회, 2007, 283쪽)

**50** 최동현, 「20세기 전반기 판소리 향유층의 변동과 음악의 변화」, 『판소리 연구』 제12집, 판소리학회, 2001, 78쪽 참조.

**51** 최동현, 「문화 변동과 판소리」, 『판소리 연구』 제31집, 판소리학회, 2011, 442쪽.

에 대해서는 역설적이게도 "역사의 주류에서 소외된 대다수 서민 대중들과의 정서적 일체감을 더욱 공고히 함으로써 판소리의 역사상 새로운 경이를 창조하였다."는 평가가 가능했던 것이다. 이러한 평가는 다소 과장된 면이 있다. 5명창 이후의 소리꾼들은 다 임방울과 같은 처지에 있었기 때문이다. 그럼에도 불구하고 임방울에 대한 이러한 사적인 평가는 깊이 음미할 만한 가치가 있다.

그러면 임방울에 대한 이러한 사적 평가를 뒷받침하는 내용들은 무엇인가. 천이두는 임방울의 예술에서는 가사나 창조(唱調)의 면에서 비속한 서민적 요소가 두드러지게 나타나 있는 것처럼 보인다고 했다. 임방울의 소리는 가사, 특히 아니리 부분이 파격적이라고 했다. 한문투의 사설에는 오류도 많이 보인다고 했다. 그러나 이런 가사가 오히려 정서적 감화력을 발휘한다는 것이다. 그래서 비속한 사설이 주류를 이루는 부분에서의 '이면 그리기'는 찬란히 빛난다고 했다.(169-171쪽)

창조에서는 계면조의 기교의 개발에 있어서 당돌하고 파격적인 경지를 보인다고 했다. 송만갑보다 훨씬 더 대담하고 파격적으로 기교의 개발에 주력한 임방울을 비판할 수도 있으나, 이는 판소리 고유의 법제를 고집하는 지극히 고식적인 것이라고 했다. 그러면 임방울이 파격적으로 기교의 개발에 주력한 창조는 무엇인가. 천이두는 계면조를 대표하는 육자배기목을 들었다. 육자배기목은 자칫하면 노랑목으로 기울어져 판소리 예술에 부정적인 작용을 할 수도 있으나, 임방울은 청(天)구성과 수리성을 겸한 데다가 초인적인 후천적 공력으로 이 육자배기목에 그늘 짙은 한의 맛을 빚게 하는 긍정적인 작용을 했다는 것이다. 임방울의 독창성은 육자배기목을 웅장한 청구성·수리성의 성음 속에 용해시킴으로써 새로운 판소리의 성음으로 격을 높인 데 있다고 했다. 그래서 남도의 민중들이 열광적인 호응을 보

냈다는 것이다.(172-173쪽)

천이두는 임방울의 판소리사적 업적을 다음과 같은 짧은 말로 요약하였다.

요컨대 임방울은 우조를 더욱 우조답게, 계면조를 더욱 계면조답게 부른 가객이라 할 수 있으며, 그 묘미는 한서린 육자배기목을 효과적으로 구사한 데 있다고 할 수 있다.(173쪽)

이같은 임방울에 대한 평가는 판소리 명창론이 나아가야 할 바를 명쾌하게 제시하고 있다. 지금 와서 보면 다소 아쉬운 점이 있을지라도, 당시의 관점에서 보면 획기적인 성과라고 아니할 수 없다. 그때까지 판소리 명창론은 일화나 약전(略傳)의 수준을 벗어나지 못하고 있었다. 이러한 상황에서 천이두의 임방울론은 명창론다운 최초의 명창론이 되었다. 이제는 판소리 명창론이 일반 논문뿐만 아니라 학위 논문으로도 많이 생산되고 있다. 이는 천이두 이후에 명창론이 다듬어진 결과이다. 그러기에 천이두 이후의 판소리 명창론은 작든 크든 천이두의 성과에 힘입은 바 크다는 것을 아무도 부인할 수 없을 것이다.

### 4. 임방울 판소리의 특성

임방울 판소리의 특성을 설명하는 천이두의 핵심어는 '통속화'이다. 판소리의 통속화는 개화 이후 지속되어온 현상이다. 개화 이후 판소리 문화의 변화는 공연장의 변화, 공연장의 변화로 인한 향유층의 변화 그리고 향유충의 변화로 인한 판소리의 변화로 이어졌다.[52] 판소리의 통속화에 대한 논란은 명창 송만갑으로부터 시작되었다. 잘 알려진 것처럼 정노식의 『조선창극사』에는 송만갑에 대해, 그의 "창조와 제작이 가문의 전통적 법제를 밟이(밟지) 아니하고 일종 특색의 제작으로 별립문호(別立門戶)하였다."[53]고 하면서, 이는 "시대적 요구에 순응하기 위하여 통속화한 경향"[54]이라고 했다. 천이두 또한 이를 그대로 받아들인다. 그런데 천이두는 이를 "고제 동편제의 창법에서 신식의 창법으로 넘어오는 중요한 분기점에 송만갑이 위치하고 있다는 것을 말하는 것"(58쪽)으로 보았다. 천이두는 여기서 "신식의 창법"을 "서편제의 기교적인 창법"(59쪽)이라고 했다. "이러한 기교화의 경향이 청중들의 감상적인 취향에 영합하게 될 때 이른바 통속화 경향을 띠게 되는 것"(60쪽)이라고 하였다.

천이두는 판소리의 직접적인 통속화의 원인을 다음과 같이 말하고 있다.

송만갑·정정렬 등 이른바 5명창 이후의 한국의 판소리가 계면조를 위주로 하는 애련·처절한 톤으로 자꾸 기울어가고, 그에 따라 자꾸 기교화되어 간 데에는 그들 이후의 판소리가 비극적인 식민지시대를 살아야 하였었다는 역사적 조건과 긴밀히 관련되는 것이 아닐까 한다. 즉, 우조 위주의 판소리가 식민지시대에 들어서면서부터 차츰 계면조 위주의 그것으로 기울어져 간 것이 아닐까 한다.

이러한 계면조의 가락이 그 본래의 치열한 예술성을 상실하고 안이한 기

---

52  이에 대한 자세한 사항은 이보형, 「판소리 공연문화의 변동이 판소리에 끼친 영향」, 『한국학 연구』 7집, 고려대학교 한국학연구소, 1995, 300-316쪽 참조.

53  정노식, 『조선창극사』, 조선일보사출판부, 1940, 183-184쪽.

54  정노식, 위의 책, 184쪽.

교에로만 치닫게 될 때 이른바 감상적인 '넋두리조'가 나오게 되는 것이다. 이런 넋두리조가 판소리의 가락에 끼이게 된 데는 바야흐로 대두한 창극의 부정적 영향이 컸으리라고 생각된다. 판소리에서는 이른바 '노랑목' 쓰는 것을 타부시하거니와 노랑목이야말로 전형적인 창극조인 것이다.(60쪽)

천이두는 식민지시대를 살아야 했다는 역사적 조건 때문에 판소리가 슬픈 계면조 위주의 창법으로 기울어지고, 창극의 부정적인 영향으로 감상적인 넋두리조인 노랑목이 나오게 되었다고 보았다. 판소리에서는 노랑목을 쓰는 것을 금기로 여기는데, 이 노랑목이야말로 전형적인 창극조라는 것이다. '노랑목'은 "애원성(哀怨聲) 일변도의 육자배기목이 예술적 치열성을 결여하여 달콤한 감상적인 창조로 기울어진 경우를" 이르는데, "육자배기목은 자칫하면 이런 안이한 감상으로 기울어질 위험성이 짙"(95쪽)다고 하였다. 그런데 임방울은 이러한 위험을 벗어나 예술성을 최대한 승화시킨 성공적인 소리꾼이었다고 한다.

그리고 이동백이 개탄했던 바 변모되어가는 청중들의 기호에 적절하게 부합되는 새로운 창법을 개발한 천재적인 광대가 바로 임방울이었던 것이다. 왜냐하면 임방울이야말로 그의 선대 가객들이 노랑목으로 기울어질 위험이 짙다 하여 경원하던 계면조를 최상의 예술적 창조(唱調)로 개발해낸 가객이라고 생각되기 때문이다. 이는 물론, 그가 계면만을 불렀다는 말도 아니고, 우조를 기피했다는 말도 아니다. 또 임방울 이전에는 우조만 있었고 계면조는 없었단 말도 아니다. 계면의 예술성을 최대한으로 승화시킴으로써 그것이 수반하는 노랑목으로 전락할 위험성을 극복했다는 말이요, 우조의 가락 속에 계면의 감칠맛을 부여함으로써 그것을 더욱 우조답게 고양시켰다는 말이다. 이런 점에서 그는, 앞서 말한 바, 새로운 독자적 가풍(歌風)을 수립하기 위하여 자기 가문(家門)의 우조 위주의 법제에 반역한 송만갑의 시도와 방불한 모험을 더욱 대담하고도 철저하게 수행한 가객이라 할 수 있다.(154쪽)

여기서 이동백이 개탄했다는 것은 명고수 김득수가 말해 주었다는 일화에 나온다. 1940년대 후반쯤 이동백이 죽기 직전 이리(익산)에서 협률사가 열렸다고 한다. 이동백이 온다는 말을 듣고 구름같이 청중들이 몰려들었는데, 이동백이 등장하여 '이제는 내가 죽을 날이 가까웠어'라고 탄식하면서 「적벽가」를 부르기 시작했다. 「적벽가」 초두 진양조 우조의 '삼고초려' 대목을 부를 때는 도무지 반응을 보이지 않던 청중들이 '화공 대목'을 거쳐, '새타령'을 지나 '호로곡 패주'에 이르러 전형적인 진양조 계면조 가락에 이르자 용트림하기 시작하더니, "묻노라, 저 백구야."하는 애련·처절하게 치닫는 진계면에 이르자 추임새가 터져 나왔다. 열광하는 청중들을 이윽히 바라보던 백발이 성성하던 이동백은 "니기미헐 놈들, 용개목 쓰닝개야(쓰니까) 환장들 허네그려."(152-153쪽)라고 했다는 것이다. '용개목'은 '간드러지게 늘여빼는 계면조 노랑목'(153쪽)을 가리킨다. 이동백이 개탄했던 것은 계면조 노랑목만을 좋아하는 청중들이었다.

그런데 임방울은 노랑목으로 기울어지기 쉽다는 계면조를 최상의 예술적 경지로 개발해낸 가객이었다는 것이다. 또한 "우조의 가락 속에 계면의 감칠맛을 부여함으로써 그것을 더욱 우조답게 고양시켰다"고도 하였다. 이러한 평가에 모든 사람이 다 동의하지는 않을 수도 있다. 그러나 임방울 소리의 가장 중요한 부분을 설명하고 있는 것만은 분명하다. 이렇게 해서 천이두는 임방울의 음악가로서의 업적 또한 효과적으로 드러내고 있다.

## 5. 맺음말

이상으로『판소리 명창 임방울』의 판소리 연구사적 위치와 임방울에 대한 평가에 대해 살펴보았다. 임방울은 우리나라가 일제의 강점에 들어가기 직전인 1904년에 출생하여 4.19혁명이 일어난 다음해인 1961년에 별세한 근세 최고의 명창이다. 임방울에 대한 평가는 사람에 따라 다를 수 있겠으나, 임방울이 당대 최고의 인기를 구가한 소리꾼이라는 사실을 부인할 수 있는 사람은 없다. 이 글은 이러한 임방울의 판소리를 사랑했던 한 판소리 애호가의 판소리 이론만을 떼 내어 그 가치와 의의를 짚어본 것이다.

천이두 판소리론의 판소리 연구사적 위치에 대해서는 현장 밀착형 용어 사용, 현장성·즉흥성·다층성이라는 판소리의 속성 규정, 음악적 연구와 문학적 연구의 통합, 명창론의 개척이라는 점으로 정리했다.『판소리 명창 임방울』은 판소리 이론서가 아니기 때문에 판소리에 관한 이론을 정치하게 펼쳐 보여주진 않는다. 그러나 부분적, 단편적으로 서술되고 있는 것들을 종합해 보면 논리 정연한 체계를 갖고 있다. 그리고 이러한 이론들이 당시 판소리 연구의 성과와 어깨를 나란히 하거나 선도하는 위치에 있음이 확인된다.

이 책의 결론이라고 할만한 '임방울의 예술'은 당시까지 명창의 간략한 전기와 일화 그리고 더늠 소개에 그쳤던 명창론을 한 단계 전진시킨 것으로 파악하였다. 여기서 천이두는 임방울을 "조선조적인 영광의 잔영도 누려볼 수 없었고, 또 인간문화재로서의 제도적 보장도 받아보지 못한, 그 어간의 불행한 시대를 살다간" "전형적인 시골뜨기문화의 역군"으로 규정하고, 이러한 임방울의 위치가 역설적으로 판소리를 "진짜 광대의 예술이 되게 함으로써 판소리 그 본래의 존재양식을 가능케 하였다"고 평가하였다.

또 임방울은 통속화된 가락인 계면조를 최상의 예술적 경지로 개발해낸 가객이라고 하였다. 이렇게 해서 천이두의 임방울론은 명실 공히 명창론의 선편을 잡았던 것이다.

『판소리 명창 임방울』은 판소리를 사랑했던 한 문학평론가가 우리의 전통문화인 판소리 연구에도 크게 기여한 업적으로 남을 것이다. 전문 판소리 연구자들도 이 책을 통해 많은 영감을 얻을 수 있을 것으로 믿는다. 천이두의『판소리 명창 임방울』은 판소리 이론서로서도 늘 곁에 두고 참고해야 할 책이기 때문이다.

## 참고 문헌

강한영, 『판소리』 세종대왕 기념사업회, 1977.

김동욱, 『한국가요의 연구』 을유문화사, 1961.

김흥규, 「판소리의 구조」 조동일·김흥규 편, 『판소리의 이해』 창작과비평사, 1978.

김흥규, 「판소리의 사회적 성격과 그 변모」 한국사회과학연구소 편, 『예술과 사회』 민음사, 1979.

김흥규, 「판소리 연구사」 조동일·김흥규 편, 『판소리의 이해』 창작과비평사, 1978.

김흥규, 「판소리에 있어서의 비장」 『구비문학』 3집, 한국정신문화연구원 어문학 연구실, 1980.

서종문, 「판소리의 개방성」 정양·최동현 편, 『판소리의 바탕과 아름다움』 인동, 1986.

이국자, 『판소리 연구』 정음사, 1988.

이보형, 「판소리 공연문화의 변동이 판소리에 끼친 영향」 『한국학 연구』 7집, 고려대학교 한국학 연구소, 1995.

이태화, 「20세기 초 협률사 관련 명칭과 그 개념」 『판소리연구』 제24집, 판소리학회, 2007.

전주문화방송 30년사 편찬위원회, 『전주문화방송 30년사』 전주문화방송, 1995.

정노식, 『조선창극사』 조선일보사출판부, 1940.

정회천, 「판소리 완창의 역사적 배경과 의의」 국립창극단, 『완창 판소리 30년 맞이 특별공연』 학술대회 발표집, 2014.

조동일, 「흥부전의 양면성」 『계명논총』 5집, 계명대학교, 1969.

조동일, 「판소리의 전반적 성격」 조동일·김흥규 편, 『판소리의 이해』 창작과비평사, 1978.

조동일, 「판소리의 장르 규정」, 조동일·김흥규 편, 『판소리의 이해』, 창작과비평사, 1978.

천이두, 『한국문학과 한』, 이우출판사, 1985.

천이두, 『판소리 명창 임방울』, 현대문학사, 1986.

천이두, 『전설의 명창 임방울-고독한 광대의 생애』, 한길사, 1998.

최동현, 『판소리란 무엇인가』, 에디터, 1994.

최동현, 『판소리 연구』, 문학아카데미사, 1991.

최동현, 「20세기 전반기 판소리 향유층의 변동과 음악의 변화」, 『판소리 연구』 제12집, 판소리학회, 2001.

최동현, 「문화 변동과 판소리」, 『판소리 연구』 제31집, 판소리학회, 2011.

최동현, 『최동현 문선』, 신아출판사, 2019.

Maud Karpeles, *An Introduction to English Folk Song*, Oxford University Press, 1973.

Michil Benamou·Charles Caramello edit., *Performance in Postmodern Culture*, Center for Twentieth Century Studies, 1977.

# 한의 구조, 시대와 문학을 읽는 방법

## 1. 『한의 구조 연구』와 시대

천이두는 1985년에 『한국 문학과 한』을 낸 후, 한에 관한 본격적인 연구서 『한의 구조 연구』를 1993년에 냈다. 두 저서의 출간연도를 강조하는 것은 우리 사회에서 한에 관한 관심이 가장 비등했던 시기가 1980년대라는 점을 확인하기 위해서다. 그것은 또한 『한의 구조 연구』가 나올 수밖에 없었던 시대적 운명을 말하기 위해서이고, 『한의 구조 연구』를 정점으로 우리 사회가 한에서 조금씩 멀어졌다는 것을 드러내기 위해서이다. 이런 점을 통해 우리는 『한의 구조 연구』가 철저하게 시대와의 교감 속에서 탄생했다는 사실을 인정할 수밖에 없다. 이를 뒷받침하듯 천이두는 『문학과 시대』(1982), 『우리 시대의 문학』(1998)처럼 '시대'를 통해 문학의 자리를 마련하고자 했다.

문제는 시대와 문학의 결속이 단단해질수록 한의 생명력이 짧을 수밖에 없다는 사실이다. "세상과 삶 전체의 운명이 개인적인 숙명의 핵심과 의미를 구성한다는 사실, 그리고 다른 측면에서 보면 개인적인 것은 전적으로 주관적인 성찰이나 쾌락과 고통의 덧없는 상태에 따라 타당성을 지니지 않고, 초개인적 의미에 따라 객관적 존재로서 그것이 지닌 가치에 따라 타당성을 지닌다는 사실"[55]을 인정한다면, 시대의 힘이 개인에게 미치는 절대적

---

[55] 게오르그 짐멜, 김덕영 옮김, 『예술가들이 주조한 근대와 현대』, 길, 2007, 45-46쪽.

영향력으로부터 우리는 자유롭지 못하다는 사실도 받아들여야 한다. 한의 시대적 소명이 다한 탓인지 90년대 이후 한은 사회적 담론에서 거의 자취를 감추고 말았다.

그렇다면 『한의 구조 연구』가 1980년대와 그 어름을 배경으로 할 수밖에 없는 이유는 무엇일까? 다양한 이유가 있겠지만, 문학과 시대와의 밀착이 어느 때보다 긴밀해졌다는 데서 출발하고자 한다. 문학이 시대가 드리운 그림자이거나 역으로 시대를 밝히는 등불이라는 인식은 우리 근현대문학의 전개 과정에서 중요한 화두였다는 걸 의심할 필요는 없다. 특히 한국문학의 경우 정치사회적 상황의 악조건과 줄기차게 대결/대립해왔고, 이 과정에서 문학이 시대를 진단하는 윤리적/정치적 도구로 기능하기도 했다. 그리하여 한국문학은 문학을 통해 민족의식을 고취하고, 민중을 역사 발전의 주체로 내세웠으며, 나아가 민주적인 삶을 지향했다.

한국문학이 정치성을 띠게 된 것은 문학을 둘러싼 정치적 상황들과 무관하지 않다. 우선 인간과 시대를 바라보는 문학의 입장과 정치의 입장은 같지 않았다. 문학과 정치가 내세우는 역사와 시대의 전망도 강하게 충돌했다. 이러한 시대 여건에서 한국문학의 일군은 1970년대부터 본격적으로 민족·민중·민주라는 3민 문학을 창작 원리로 다듬었고, 1980년대 들어 가시적인 성과를 만들어냈다. 그 중에서 눈에 띄는 것은 민중이 문학 창작의 주체로 부상한 것이다. 역사 발전 과정에서 한 번도 역사의 전면에 등장하지 못했던 노동자, 농민 등 기층 민중들이 문학 창작 주체가 됨으로써 1980년대 문학을 둘러싼 시대 상황은 민중의 '한풀이'적 성격을 분명하게 노출했다. 이렇게 1980년대까지의 한국 근대문학의 전개 과정은 새로운 '문학 주체'를 잉태하고 탄생시키는 노력이었다.

한이라는 말이 한국 문학 내지 한국 문화를 운운하는 경우, 또는 한국 내지 한국인의 아이덴티티나 에토스를 운운하는 경우에 자주 화제에 오르곤 한다. 또 이 한에 관한 논의가 그 동안 심심치 않게 진행되어온 것도 사실이다. 특히 유신 체제를 거쳐 제5공화국 시대에 접어들면서 일련의 민권 운동 세력측에서 민권 운동의 문제와 관련하여 한의 논의를 전개하기도 하였었다.[56]

천이두는 『한의 구조 연구』 머리말에서 한국문학에서 한이 언급되는 경우의 하나로 "민권 운동의 문제"를 거론하고 있다. 이때 민권은 기본적으로 근대적인 관점에서 개인의 양심과 자유를 타자(정부 및 여타의 기관과 개인)로부터 지켜내는 권리이다. 따라서 민권은 인권과 동의적 개념 맥락을 형성한다. 중요한 것은 1970-80년대 민권 운동이 근대적 개인으로서는 가장 기본권이라고 할 수 있는 시민으로서의 정치적 자유를 추구했다는 점이다.[57] 그런데 한국 사회에서 정치적 자유를 단순히 통치체제에 국한해서 이해하면 곤란하다. 정치적 통치가 동원하고 있는 교육, 문화, 윤리, 경제 같은 실질적인 억압 요인은 다양했고, 이것들이 해소되어야 근대적 시민으로서의 진정한 자유를 확보할 수 있었다.

이렇게 정치적 통치를 구현하고 있는 실질적 요소들이 오랫동안 민중의 삶을 억압할 때 발생하는 것이 '한'이다. "한은 무의식 밑바닥에 맺힌 삶의 응어리이다. 그것은 오랜 세월 쌓이고 쌓인 아픔, 분노, 좌절, 상실의 감정

---

56  천이두, 「머리말」, 『한의 구조 연구』, 문학과지성사, 1993, 10쪽.

57  1970-80년대의 민권 운동은 인권 운동 차원에서 바라볼 수 있다. 인권은 제1세대부터 제3세대까지 점진적으로 확장되어 왔다. 바작에 따르면 시민적·정치적 인권을 제1세대 인권으로, 사회적·문화적 권리를 제2세대 인권으로, 그리고 경제발전권·평화권·환경권·인류 공동유산에 대한 소유권·인간적 도움을 요구할 권리 등을 제3세대 인권으로 본다. 세대별 인권은 각각 자유중심인권, 평등중심인권, 박애를 바탕으로 하는 연대중심인권이라고 할 수 있다. 인권에 관한 자세한 내용은 홍성방, 「인권과 기본권의 역사적 전개」, 『한림법학 FORUM』7, 한림대학교 법학연구소, 1998, 88-89쪽 참조.

이며, 이 세상의 삶에 대한 미련과 아쉬움의 감정, 그리움과 바람의 집념 어린 감정이다."[58]라고 한 것처럼, 한은 '삶'과 관련된 비정상적 '감정'이다. 이러한 비정상적 감정을 발생시키는 것은 삶의 정상성을 일그러뜨리는 시대의 비정상성이고, 한국 사회의 경우에는 정치적 비정상성에서 대부분의 한이 발생한다고 말할 수 있다.

천이두는 『한의 구조 연구』에서 시대의 비정상성과 한의 발생 구조를 논의한다. 이 과정에서 논증에 동원되는 자료는 대부분 전근대 사회의 문학 작품들이다. 이는 천이두가 민권·인권 의식이 없었던 시대의 산물을 통해 한에 접근하고 있다는 것을 암시한다. 그리하여 천이두는 단편적으로 제기되었던 한을 종합적으로 연구·정리하면서, '삭임'이라는 독자적인 한의 발생과 해소의 구조를 체계화했다.

## 2. 『한의 구조 연구』의 논리

천이두는 『한의 구조 연구』에서 한국적 한의 개념을 정리한 후, 그것이 구체적으로 어떻게 작품 안에서 구조화되는지를 분석하고 있으며, 이를 통해 '삭임'이라는 한국적 한의 미학을 제안한다. 천이두에 따르면 "한이란, 이런 부정적인 감정상태에서 연유되는 것이지만, 언제나 그 어두운 감정상태 속에 침잠함으로써 오히려 그 어두운 미로를 벗어나는 지혜로운 투사행위까지를 동시에 포괄하고 있는 것"이면서 "우리 민족이 발견해낸 독특하고도 가치 있는 투사장치"이자 "이 겨레 민중들이 자기에게 부딪쳐 온 엄청난 설움의 덩이를 객관적으로 투사함으로써 그것을 형상화한 예술적 승화

---

**58**  김승종, 『치유와 회복의 정신과 문학』, 역락, 2021, 104쪽.

장치라고 할 수 있고, 자기가 감당해야 했던 엄청난 불행을 딛고 일어서는 윤리적 조절장치"[59]이다.

따라서 천이두에게 한은 부정적인 감정을 투사·승화·조절하는 감정에 해당한다. 그리고 "미학적으로 볼 때는 한 그것이 끊임없이 삭고 익어서 향취 높은 술(예술)로 빚어지는 꾸준한 발효과정이라 할 수 있고, 윤리적으로 볼 때는 한 그 속에서 사람의 심성이 끊임없이 삭고 익어감으로써 그의 사람됨이 성숙되어가는 일종의 성숙과정"[60]이라고 하여 한을 과정적인 기능으로 접근한다. 그러나 『한국문학과 한』에서 천이두는 '한' 개념을 정한(情恨)의 관점에 국한하여 해명하는 인상이 짙다. 그의 한론(恨論)은 인정(人情)에서 출발한다. 『한국소설론』에서 천이두는 한국문학에서 한의 모습을 이렇게 정리했다.

> 「정읍사」 이래의 한국 서정시의 주조는 한결같이 한의 가락이었다. 그것은 미래에 대한 희망의 노래가 아니라, 과거를 향한 회한의 노래다. (…중략…) 이 계열의 문학의 밑바닥에 흐르는 또 하나의 성격, 즉 선의적 인정주의적 성격 역시 한적인 것과 마찬가지로 반 산문적 발상의 다른 일면에 불과하다. 한국적 인정주의는 결코 서구 휴머니즘과는 동일한 것이 아니다. 절대자에의 안티테제로서 비롯된 서구 휴머니즘은 부정비판의 정신을 토대로 하고 있다. 그러나 한국적 인정주의는 모든 것을 선의적으로 관용하려는 자세에 서 있다. 자기편 뿐 아니라 원수까지라도 선의적으로 긍정하려는 아량을 미덕으로 삼는다.[61]

---

**59** 천이두, 「한의 미학적 윤리적 위상」, 『한국문학과 한』, 이우출판사, 1985, 15-17쪽.

**60** 천이두, 「한과 판소리」, 위의 책, 36-37쪽.

**61** 천이두, 「한과 인정」, 『한국현대소설론』(개정판), 형설출판사, 1993, 140쪽. 이 내용은 천이두가 발표한

이렇게 천이두는 1960년대에 한국문학에 나타난 '한'적인 모습에 주목
했으며, 그것을 한국적 '인정주의'와 관련하여 해명했다. 이에 앞서 그는
「한국적 한의 시대적 반영-하근찬 「야호」」에서 하근찬의 소설이 "현대적 도
회인들에게서는 찾을 수 없는 순박하고 따뜻한 인정을 찾아 왔던 것이며,
그들의 애처로운 삶의 모습 속에서 한국적인 한을 찾아 왔던 것이다. 그리
하여 그들이 발산하는 따뜻한 인정의 밑바닥에서, 그리고 애처로운 한의
몸짓의 밑바닥에서 풍요한 시적 여운을 우러나게 하였던 것"[62]이라고 한 바
있다. 천이두의 초기 비평에서부터 한은 그의 관심 영역 안에서 한국문학
을 이해하고 해석하는 도구로 기능해왔지만, 『한국문학과 한』에 이르기까
지 천이두에게 한은 '정한'적 개념을 벗어나지 못했다. 그러던 것이 『한의
구조 연구』에 오면 한의 다양한 양상과 기능을 구조적으로 해명한다.


### (1) 한국적 한의 구조와 양상

『한의 구조 연구』에서의 한론은 정한론(情恨論), 원한론(願恨論), 복합체
한론, 원한론(怨恨論), 민중적 한론 등 다섯 가지이다.

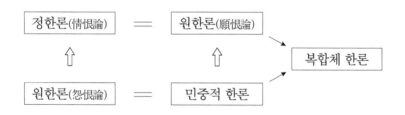

「한적 인정적 소설론」(『문학』 7호, 1966)과 「한적 인정적 특질」(『현대문학』 152호, 1968)을 수정한 것이
다. 이를 통해 천이두가 1960년대 중반에 한국문학과 '한'의 상관성에 주목하였다는 사실을 알 수 있다.

**62** 천이두, 『종합에의 의지』, 일지사, 1974, 280쪽. 천이두는 「정읍사」 등의 고대가요를 비롯하여 송강·황
진아·매창 등의 시조, 한용운과 김소월에서 서정주로 이어지는 일련의 서정시의 흐름이 '한'의 흐름이
라고 짚어내고 있다. 이때 한은 여성성과 깊이 관련되어 나타난다.

천이두는 다섯 가지 한의 기본적인 속성을 밝음의 내포와 어두움의 내포로 구분한다. 전자의 경우 '정(情)으로서의 한', '원(願)으로서의 한'을, 후자의 경우 '원(怨)으로서의 한', '탄(嘆)으로서의 한', '설움[悲哀]으로서의 한'을, 그리고 긍정과 부정이 통합된 한으로 '복합체 한론'을 제안함으로써 기본적인 한의 구조를 마련하였다. 천이두는 민중적 한론이 "원한론(怨恨論)과 궤를 같이하는 한계를 지니고 있다"[63]라고 하여 어두움의 내포에 포함하였다. 이러한 구분은 오랫동안 이어져 온 정한론 중심의 한 개념을 확장한다는 의미가 있지만, 천이두가 기획한 것은 근본적인 차원에서 한의 해소/풀이 구조를 해명하는 것이었다. 이를 위해 천이두는 정한에서 원한(願恨)을 개별화하고 원한(怨恨)과의 대립 구도를 설정한 후, 이러한 이원적 한의 발생 구조를 갈등과 충돌이 아니라 화해를 지향하게 함으로써 '삭임'의 자리를 만들어냈다. 삭임이라는 한의 내재적 기능은 정한과 원한(怨恨)의 대립을 해소하는 과정이기도 하다. 그 이유는 "한은 한국 문화에 있어서 지극히 다면적·다층적인 내포성을 간직하고 있다. 원(怨)·탄(嘆) 등 어두운 자락으로 시작하여 점차로 정(情)·원(願)이라는 밝은 자락에로 질적 변화를 이룩해"[64]가는 특성이 있기 때문이다.

한에 대한 밝음/어두움이라는 이원적 접근은 문순태와 임헌영의 한론을 수용한 결과이다. 문순태는 "한(恨)보다는 원(怨)이, 그리고 원(怨/원망)보다는 원(寃/원통)이 더 강하다."라고 하면서 "한은 자학적이며, 원(怨)이나 원(寃)은 가학적인 의미"를 띤다고 했다. 따라서 "한 자체는 자기 내부에 무엇인가 희구하는 감정에서 비롯되는 것이기 때문에 체념의 단계에서 끝나지

---

**63**  천이두, 『한의 구조 연구』, 앞의 책, 98쪽.

**64**  위의 책, 115쪽.

만, 원은 피해 감정에서 생기기 때문에 복수를 하거나, 용서나 화해 없이는 해원이나 승원이 되지 않는다"[65]라고 하여 정한의 체념적 속성과 원한의 공격적 속성을 강조하였다. 이때 문순태가 말하는 '한'은 정한의 의미를 띠는데, 천이두는 문순태의 원(寃)을 원(怨)으로 통합하였다.

임헌영의 경우 한을 '원한'과 '정한'으로 구분한 후, "원한-보복감정-신명풀이-사회의식화-혁명화"의 과정을, "정한-체념과 포기-신명풀이-현실순응-민족적 허무주의"의 과정을 도식적으로 정리하였다. 그런 후 한국문학을 논의하는 유파에 따라 "정한을 주장하는 쪽은 순수주의의 대명사처럼 한의 문학을 해석했으며, 그 반대로 원한의 감정에 기반을 둔 주장자들은 사회적 비판의식의 문학관에 한의 문학론을 접합시키고자 했다"[66]는 점을 강조했다. 임헌영은 "순수주의로서의 한의 문학론은 천이두에 의하여 이론적 체계를 세우게 된다"[67]고 밝혔는데, 임헌영이 말한 것처럼『한의 구조 연구』의 전반에 흐르는 천이두의 한론은 정한론에 무게를 두고 있다. 이는 천이두가 한국적 한의 구조를 해명하기 위해 춘향가, 심청가 등 판소리 서사를 활용하는 것을 통해 알 수 있다. 그렇지만 임헌영의 글 이후, 천이두는 한국적 한의 양상으로 '민중적 한론'을 개진함으로써 사회의식화 내지 혁명화를 기약하는 원한으로서의 한을 구조적으로 수용하였다.

그러나 천이두가 한의 구조에서 강조하고자 한 것은 정한-원한의 대립적 한이 아니라, 한의 개별적 양상들이 전개되어 해소되는 과정, 임헌영 식으로 말하자면 '신명풀이'의 방법이다.

---

**65**  문순태,「한이란 무엇인가」, 서광선 엮음,『한의 이야기』, 보리, 1987, 145쪽.

**66**  임헌영,「한의 문학과 민중의식」, 서광선 엮음, 위의 책, 107쪽.

**67**  같은 글, 104쪽. 임헌영이 근거로 삼은 글은 천이두의「한적 인정적 소설론」(1966),「한적 인정적 특질」(1967),『한국현대소설론』(1983) 등이다.

필자의 견해로는, 한국적 한의 진정한 독자성은 그 자체의 원(怨)·탄(嘆)과 같은 공격적·퇴영적 속성을 스스로 '여과·증류'하는 내재적 기능을 갖고 있다는 데서 찾을 수 있다고 보는 것이다.[68]

한국적 한의 진정한 독자성은 그런 갈등의 심리를 끊임없이 초극하여 우호성·진취성을 획득해가는 데 있는 것이며, 그리하여 점차 정서적 안정을 획득해가는 데 있는 것이다.[69]

인용문을 통해 알 수 있는 것은 천이두가 한국적 한[70]의 독자성을 형성하는 "내재적 기능"으로 한의 "여과·증류"의 속성을 들고 있으며, 한국적 한의 궁극적인 목표는 "갈등의 심리"를 "초극하여 우호성·진취성을 획득"하고 "정서적 안정을 획득"하는 것이라는 사실이다. 천이두가 말하는 여과·증류·초극의 방법은 임헌영의 신명풀이에 해당한다. 천이두는 "한국적 한에 있어서의 정과 원은 원이나 탄이 초극되어 끊임없이 질적 변화를 이룩해가는 과정에서 표상되는 정서 현상이라는 것, 그리고 그러한 질적 변화를 가능케 하는 것은 한국적 한에 내재하는 삭임의 기능이라는 것을 간과하여서는 안 된다"[71]라고 하여, 한국적 한은 '삭임'을 통해 풀이된다는 점을 강조하였다.

---

**68** 천이두, 『한의 구조 연구』, 앞의 책, 72쪽.

**69** 위의 책, 80쪽.

**70** 천이두가 '한국적 한'을 사용하는 이유는 "한민족에게만 한이 있다거나, 한민족의 한이 유달리 넓고, 깊고, 짙다거나, 그러한 이유에서가 아니고, 그것을 초극해가는 삶의 양식 자체가 다른 민족의 그것과 다르다는 이유에서일 것이다. (…중략…) 한국 민족은 자기 몫의 한을 '삭이면서' 살아왔던 것이다. 적어도 한을 '삭이면서' 살아가는 것을 윤리적 덕목으로 생각하였던 것이다. 한국인은 한을 삭이면서 인간으로 성숙해가고, 그 한을 즐기면서 멋을 구하였던 것이다."라고 하여 한국적 한의 고유성을 인식했기 때문이다.

**71** 천이두, 『한의 구조 연구』, 앞의 책, 97쪽.

### (2) 삭임: 한국적 한의 미적·윤리적 생성 원리

천이두가 한국적 한의 내재적 지향성으로서 삭임의 기능을 제시한 것은 "한국인은 자신의 한을 '삭이면서' 살아가는 과정에서 인간으로 성숙하는 것이며, 그 '삭은' 한을 '푸는' 과정에서 이를 즐기는 민족"[72]이라고 보기 때문이다. 이러한 한국인 상(像/image)은 『한의 구조 연구』에 일관하는 천이두의 인간관이다. 한이 감정을 표출하는 양상이라는 점에서, 그러한 감정 표출의 주체인 인간을 어떻게 바라보는가는 중요한 요소가 된다. 천이두가 자기감정을 '삭이면서' '푸는' 존재로 한국인을 바라보는 관점 자체에 이미 한이 해소되는 방법적 자질이 반영되어 있다.

> 이제까지의 한의 논의에 있어서는 거의 예외 없이 '삭임'의 기능을 간과하여왔다. 정한론·원한론(願恨論)의 경우는 한국적 한의 긍정적 속성(情·願)만을 강조하였을 뿐, 그러한 긍정적 속성이 성취되기까지의 한국적 한의 내재적 가치 생성의 기능을 보지 못하였으며, 또 한의 가치 생성의 기능성에 주목한 원한론(怨恨論)·민중적 한론의 경우는 맺다·풀다의 이원 대립의 틀에 의존함으로써 그 가치 생성의 기능을 한국적 한의 내재적·일원적 속성으로 포착하는 데 실패하였던 것이다. 한국적 한의 내재적·일원적 가치 생성의 기능, 그것이 다름아닌 '삭임'의 기능인 것이다.[73]

인용문에 따르면 '삭임'에는 '가치 생성의 기능'이 있다. 이때 생성되는 가치는 삶의 미학적·윤리적 가치이다. 원한이라는 부정적이고 병적인 심

---

**72** 위의 책, 101쪽.
**73** 위의 책, 108쪽.

리적 반동(reaction) 상태를 정(情)·원(願)의 밝고 건강한 긍정적인 속성으로 변모시키는 것이 삭임의 기능이 되는 것이다. 천이두는 판소리 심청가에서 심청의 한이 원(願)으로 나아가는 것이나, 춘향가에서 춘향의 한이 정(情)으로 발전해가는 궤적을 통해 삭임이 생성하는 새로운 미학적·윤리적 가치를 드러낸 바 있다.[74] 이러한 접근방식을 통해 알 수 있는 것은 천이두가 한을 구체적인 민중들의 '삶'에 토대를 두기보다는 문학·예술이라는 심미적 가치 및 현실의 삶을 초극한 윤리적 가치로 풀어내고 있다는 사실이다. 김동인 소설 「배따라기」를 통해 삭임의 카타르시스적 기능을 논의하는 자리에서 천이두는 한의 생성적 기능이 '삶'에서가 아니라 '노래(예술)'에서 발생한다는 점을 분명히 한다.

> 그는 자신의 "삭이지 못할 뉘우침"을 소리로 '삭이며' 살아온 것이다. "삭이지 못할 원한과 뉘우침"을 소리로 삭이는 과정을 통하여 그는 그 뉘우침을 끊임없이 투사시키고 그 투사의 과정에서 그는 거기에서 해방되기에 이른 것이다. 그가 '운명의 힘'이 제일 세다는 깨달음에 당도한 것도, 그리고 "바다의 넓고 큼이 유감없이 나타나고 있는" '좋은 눈'의 소유자일 수 있게 된 것도 요는 삭이지 못할 자신의 한을 삭이는 데 성공하였기 때문이다. 삭이지 못할 뉘우침을 소리로 삭이는 데 성공함으로써 거기에 '시김새'가 붙었고, 한 인간으로서도 "바다의 넓고 큼이 유감없이 나타날" 정도의 '그늘'을 드리우기에 이른 것이다.[75]

---

74 천이두는 「심청의 한과 원(願)」, 「춘향의 한과 정(情)」을 통해 심청과 춘향의 부정적인 심리 상태가 삭임의 과정을 통해 원과 정으로 변모해가는 과정을 밝혔다. 자세한 내용은 천이두, 『한의 구조 연구』, 앞의 책, 143-185쪽 참고.

75 위의 책, 213쪽.

「배따라기」에서 들려주는 뱃사람의 이야기는 현실의 삶에서는 '삭이지 못할 뉘우침'이다. 그런데 그는 '소리'를 하면서 '소리' 안에 자기 삶의 '삭이지 못할 뉘우침'을 삭여낸다. 이러한 삭임의 과정은 민중의 삶에서 실존적으로 발생하는 공격적이고 복수적인 심리 현상인 부정성으로서의 원한(怨恨)이 문학·예술이라는 형이상학적인 차원에서 미학적·윤리적으로 해소하게 한다. 또한 삭임의 방식은 한을 발생시킨 실존적 상황에 맞서 극복하는 것이 아니라, 현실적·객관적 조건을 수용하는 대신 그것을 미적·윤리적으로 초극하려는 소극적인 대응이다. "그늘을 최상의 미적 지향점으로 하고 있는 판소리는 한국적 한의 속성을 가장 완벽하게 표상하는 예술"[76]이라고 한 것은 천이두가 한을 미적 차원에서 개념화하고 있음을 알게 한다. 물론 천이두는 '삭임' 행위가 실존적인 차원에서 참고 견디는 소극적 행위라는 것을 알고 있다. "그러나 '삭임'의 행위는 윤리적 차원에서 볼 때 보복의 악순환을 원천적으로 차단하는 끈기가 있다."[77]라고 함으로써 『한의 구조 연구』에서 다루고 있는 한이 미적·윤리적 차원에서의 일이라는 것을 부정하지 않는다.

이와 같은 이유로 『한의 구조 연구』는 판소리 예술에 나타난 한국적 한을 집중적으로 규명해간다. 반면 개인의 실존적 조건과 지속적으로 갈등하고 충돌하는 민중적 한이나, 공격적이고 보복적인 원한(怨恨)에 관해서는 논의를 축약하거나 생략했다. 그러면서 "한국적 한에 있어서의 삭임의 기능은 고도의 자기집중을 전제로 하며, 그것은 자생적·자족적인 가치 지향성이다. 한국적 한의 삭임의 기능은 내재적이면서도 그 한의 당사자의 주

---

**76** 위의 책, 118쪽.
**77** 위의 책, 117쪽.

체적 지향성을 전제로 한다."[78]라고 하였다. 이는 한국적 한의 삭임이 '고도의 자기집중'에서 비롯하는 '당사자의 주체적 지향성', 다시 말해 실존적 고통의 당사자인 개인 주체의 미적·윤리적 태도에서 비롯한다는 의미이다. 그런데 한국적 한은 삶을 대하는 개인의 실존적 태도에서가 아니라 개인의 삶을 규정하는 역사적·정치적 구조의 부정성에서 발생해왔다. 그러함에도 천이두는 "한에 있어서나 판소리에 있어서나 '삭이는' 주체자의 역할이 얼마나 중요한가"[79]라고 강조함으로써 한을 사적 차원에서 해소하고자 했다.

그러나 "한의 정서를 지녔던 계층은 아무래도 봉건사회 아래서 설움을 받았던 다수의 민중이었다는 사실"[80]과 "한은 민중 속에서의 문학, 오늘의 노동자 문학이나 농민시에서 새로운 생명으로 극복·전개될 가능성"[81]이 있다는 사실, 그리고 한은 "민중의 생활세계 속에서 일종의 '정동체험' 또는 '감정복합체'로서 자리하고 있으며 어디까지나 역사적이고 구조적인 현상"[82]이라는 점을 부정하기 어렵다. 한의 이러한 민중적 전개와 해소는 개인 주체의 미적·윤리적 태도만으로 해명하기에는 한계가 있다. 특히 삭임이라는 한의 미적·윤리적 생성 가치를 민중 적층 예술인 판소리에서 가져왔음에도, 판소리 서사의 민중적·적층적 특성을 감안하지 않고 개인 주체의 지향성으로 한을 원(願/심청가)이나 정(情/춘향가)으로 풀어낸 것은 얼마간 아쉬운 대목이 아닐 수 없다. 그런 점에서 천이두의 『한의 구조 연구』는

---

**78**  위의 책, 228쪽.

**79**  위의 책, 113쪽.

**80**  임헌영, 앞의 글, 108쪽.

**81**  고은, 「한의 극복을 위하여」, 서광선 엮음, 앞의 책, 46쪽.

**82**  한완상·김성기, 「한에 대한 민중사회학적 시론」, 서광선 엮음, 위의 책, 65쪽.

한국적 한의 다층적·다면적 측면을 인식하고, 그것들의 발생 양상과 삭임을 통한 발전 구조를 밝혀냈지만, 한을 사적 차원의 윤리로 바라보았다는 한계를 안고 있다. 특히 본격적으로 한의 구조를 탐색하던 당대(1980년대) 민중의 원(怨)과 원(願)의 구도 및 탄(嘆)과 정(情)의 발생과 해소를 위한 미적·윤리적 입장으로 나아가지 못한 점은 『한의 구조 연구』를 미완으로 남게 했다.

## 3. 한의 새로운 정동: 혐오

『한의 구조 연구』 이후에도 천이두는 「한의 여러 궤적-박경리」(1994), 「한의 여러 얼굴-서정주」(1998) 등을 통해 한국적 한의 발생과 삭임을 논의했다. 그러나 "모든 사람이 각기 자기 나름의 한의 얼굴을 이룩해가는 까닭은 각자의 주체적 선택 및 지향성의 다름에서 연유되는 것"[83]이라고 한 것이나, "한은 어디까지나 살아 있는 그 개개인이 스스로의 삶의 지향성으로써 '삭이어야' 할 몫"[84]이라고 함으로써 한이 개인적 차원의 윤리라는 입장을 유지했다. 그렇다고 해서 천이두가 한의 민중성·집단성을 부정한 것은 아니다. "한은 원과 탄의 어두운 늪을 헤쳐나가는 과정에서 단단하고 질긴 생명력, 즉 간절한 꿈을 형성해가는 추진력으로 작용하는 것이다. 그리고 바로 한의 이런 점이야말로 좌절의 신화인 동학혁명과 연결되는 속성인 것"이라고 하면서 '새야 새야 파랑새야' 노래에서 "한국 민중의 한, 즉 좌절에서 연유되는 탄의 표상"을 읽어내고 '갑오세 가보세 을미적 을미적하다

---

**83** 천이두, 『한의 구조 연구』, 앞의 책, 300쪽.

**84** 위의 책, 226쪽.

가는 병신 되면 못 간다'는 민요에서 "동학혁명의 귀추에 대한 당대 민중들의 간절한 소망의 표백"[85]을 읽어낸 바 있다.

그러나 시간이 흐르면서 한의 발생 맥락과 그것이 표출되는 양상이 변하고 있다. 한과 유사한 종류의 감정이 유동하면서 우리 사회 곳곳에서 부정적인 현상을 만들어낸다. 억눌렸던 감정을 삭임 과정 없이 날것 그대로 표출하기 시작했고, 그러한 결과로 사람들 사이에 갈등이 비등하는 중이다. 그 중에서 특히 눈길을 끄는 것은 한의 원(怨)적 속성을 지닌 '혐오' 감정이다. 혐오는 기본적으로 외부를 향한 공격적 태도를 지니고 있으며, 그 내면에는 좌절이나 상실에 따른 자책과 박탈감이 자리하고 있다. "역사 속에서 혐오가 특정 집단과 사람들을 배척하기 위한 사회적 노력의 강력한 무기로 이용되어 왔다는 사실을 알게 되면 혐오를 더욱 의심의 눈초리로 바라보게 된다."[86] 이러한 혐오 감정은 천이두가 "좌절·상실을 당하여 상대방에 대하여 갖는 외향적 공격성(怨)이 한의 일차적 정서 현상이요, 뒤이어 무력한 자아를 되돌아보고 스스로를 자책하고 한탄하는 내향적 공격성(嘆)이 이차적 정서 현상"[87]이라고 한 것과 일치한다.

타자에 대한 편견과 혐오감은 누구나 갖고 있다. 정도의 차이는 있겠지만 편견과 혐오를 전혀 가지고 있지 않은 사람은 없다. 문명사회에서 타자 혐오의 감수성은 법·제도·교육·문화 등 다양한 사회적 압력에 의해 순치되고 억눌러진다. 그러나 어떤 사회적 조건들과 만날 경우 이 감수성이 '활성화'되는 것처럼 보인다. 즉 타자혐오 경향이 사회적 압력을 밀어낼 정도

**85** 천이두, 「동학혁명과 전봉준과 아기장수의 신화」, 『삶과 꿈 사이에서』, 청한, 1989, 256쪽.

**86** 마사 누스바움, 조계원 옮김, 『혐오와 수치심』, 민음사, 2016, 200-201쪽.

**87** 천이두, 『한의 구조 연구』, 앞의 책, 14쪽.

로 강해지거나, 사회적 압력이 타자혐오 경향을 누를 수 없을 정도로 약해지거나, 혹은 둘 다가 동시에 작용하는 경우다. 혐오의 분출을 억누르는 사회적 압력은 언제 약해지는 걸까. '하강기 또는 불황기 자본주의'라는 환경을 하나의 계기로 꼽을 수 있다. 일본의 사회학자 다카하라 모토아키는 한·중·일 세 나라 청년세대의 적대의식을 분석하는 책에서 일본 청년세대의 '원한감정'이 "극심한 사회유동화"라는 사회 환경의 변화와 관련이 깊다고 말한다.[88]

사회적 존재인 인간에게 타자를 향한 혐오는 본능적이고 본질적인 감정이다. 인간은 그러한 감정을 필요에 따라 조절하고 억누르지만, 어떤 조건이 주어지게 되면 혐오 감정은 '활성화'된다. 인용문에서는 그러한 시기가 "극심한 사회유동화"가 발생하는 순간이며, 그럴 때 "원한감정"이 발생한다고 주장한다. 이천년대 이후, 우리 사회가 극심한 유동화를 경험했던 순간은 2014년 발생한 세월호 참사일 것이다. 이 사건이 중요한 것은 우리 사회에 공동체적이면서 존재론적 불안이 새로운 양상으로 제기되었기 때문이다. 20세기의 실존적 불안이 강력한 국가 폭력에 의한 것이었다면, 세월호 참사는 역설적으로 국가 부재라는 모순된 감정을 경험하는 계기였다. "세월호 참사를 통해 우리에게 드러난 국가의 모습이 우리가 기존에 상식적으로 알던 국가 개념으로 쉽게 설명이 되지 않았"다는 것, 그리하여 "국가가 현존과 부재를 반복하는, 흡사 유령적인 위상을 지니고 있음을 확인"[89]함으로써 우리는 '극심한 감정유동화'와 마주하게 되었다.

**88**  박권일, 「혐오의 트리클다운―왜 약자가 약자를 혐오하는가」, 『말과 활』 6, 일곱번째숲, 2014, 194쪽.

**89**  정용택, 「국가란 무엇인가」, 『말과 활』 5, 일곱번째숲, 2014, 73쪽.

사회적·감정적 유동화 속에서 우리 사회의 적대적 감정과 타자 혐오가 분출되었다. 이때 혐오 대상은 '국가'라는 거대한 덩어리였다. 유가족과 시민들은 국가의 유령적인 위상 앞에서 실체적 국가를 향해 분노해야 하는 아이러니를 경험했다. 비유적으로 말하자면, 그러한 상황은 허깨비를 향해 겨눈 화살이었으며, 반향 없는 메아리처럼 끓어오를 수밖에 없었다. 국가를 향한 이들의 혐오는 원(願)이었다. 그런데 이런 원(願)을 공격하는 혐오가 발생한 사실을 우리는 잘 안다. 유령적 위상을 지닌 국가의 실체적 분신들이 등장한 것이다. 그들은 단식농성 현장 앞에서 취식 행위를 하고, 유가족과 그들과 함께 하는 사람들을 향해 '시체 장사'라는 혐오 발언을 서슴지 않았다. 이들에게 혐오 대상은 원(怨)의 대상이었다.

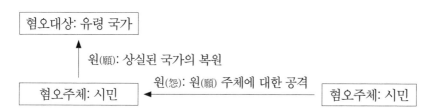

이런 도식에서 혐오는 혐오 자체의 원인으로 나타나기도 한다. 원(願)의 정동 자체가 원(怨)이 발생하는 계기가 됨으로써 혐오는 끊임없는 재생산 과정에 진입할 수밖에 없다. 이러한 부정적 재생산 구조가 이천 년대 우리 사회의 혐오 정동을 이끌고 있다. 그만큼 우리 사회의 유동화(사회적 및 감정적)가 심해졌다는 뜻이기도 하다. 이러한 혐오 감정은 세월호 참사를 다룬 문학 작품에도 반영되었다. 그런데 문학 작품에서의 혐오는 일차적으로 원(願)과 원(怨)의 태도가 공존하는 특징을 보인다. 그 이유는 현실에서의 혐오 감정을 언어로 형상화하는 과정에서 사태와 자기감정에 대한 객관적 응

시의 시간이 주어졌기 때문일 것이다. 이 과정은 천이두가 말한 '삭임'과 다르지 않다.

> 돌려 말하지 마라
> 온 사회가 세월호였다
> 오늘 우리 모두의 삶이 세월호다
> 자본과 그 권력은 이미
> 우리들의 모든 삶에서 평형수를 덜어냈다
> (…중략…)
>
> 돌려 말하지 마라
> 이 구조 전체가 단죄받아야 한다
> 사회 전체의 구조가 바뀌어야 한다
> 이 처참한 세월호에서 다시 그들만 탈출하려는
> 이 세월호의 선장과 선원들을 바꾸어야 한다
> 우리 모두가 이 위험한 세월호의
> 선장으로 기관장으로 갑판원으로 조타수로 나서야 한다
> 이 시대의 마지막 남은 평형수로 에어포켓으로
> 다이빙벨로 긴급히 나서야 한다
> 이 세월호의 항로를 바꾸어야 한다
> 이 자본의 항로를 바꾸어야 한다
>
> 송경동, 「우리 모두가 세월호였다」 부분[90]

---

**90** 고은 외 68인, 『우리 모두가 세월호였다』, 실천문학사, 2014.

송경동의 시에서 눈여겨볼 점은 세월호 참사를 통해 대상화하고 있는 혐오 대상이 '너'라는 타자가 아니라 '우리'라는 주체적 타자라는 사실이다. 대상을 자기화할 줄 아는 공감적 태도는 원(怨)의 감정을 원(願)으로 이행하게 한다. 대상인 '너'의 문제로부터 '우리'의 문제로 혐오라는 정동을 돌려놓을 때, 송경동의 표현을 가져오자면, 혐오 전체의 구조가 바뀌거나 혐오의 항로를 바꾸어 놓을 때, 혐오 감정은 부정적·퇴행적 상태로부터 긍정적·발전적 상태로 나아갈 수 있다. 이러한 '삭임'의 객관적 응시가 가능한 것은 혐오 대상인 타자를 향한 우리의 상상력이 발휘되기 때문이다. 혐오라는 자기감정으로 매몰되거나 타자 자체를 향한 협소화된 시각을 벗어날 때 공감적 상상력이 발현된다. "상상력이 빈약해지면 구체적으로 자기 앞에 있는 상대방에게조차 감정이입을 할 능력을 상실"하게 되고, 타자가 "자신과 매우 유사한 존재라는 것을 상상도 할 수 없는 사람은, 그들이 상처받기 쉬운 연약한 인간 존재라는 것도 인식하지 못"[91]한다. 세월호 단식 농성장 앞에서 취식 퍼포먼스를 했던 사람들이 원(怨)의 공격적·퇴행적 혐오 감정을 표출했던 것은 그들에게 타자에 대한 상상력이 빈약했기 때문이었다.

물론 혐오나 한의 감정은, 천이두가 지적한 것처럼, 일차적으로 공격적 성향을 띨 수밖에 없다. 그러나 그러한 감정이 문학 작품으로 창작되는 과정에서 혐오 감정에 대한 객관적 응시가 발생하고, 더불어 혐오(한)를 발생시킨 극심한 사회유동화(감정유동화)에 대한 상상적 공감이 일어나게 된다. 천이두가 말한 삭임의 본질이 여기에 있다. 삭임은 "이 처참한 세월호에서 다시 그들만 탈출하려는" 타자 혐오의 감정을 "우리 모두"의 문제로 재인식하는 일이자, 그들 혹은 나의 문제로부터 "구조 전체" 및 "사회 전체의 구조"의 문제

---

**91** 카롤린 엠케, 정지인 옮김, 『혐오사회』, 다산초당, 2017, 80-81쪽.

로 상상해내는 일이다. 그럴 때 삭임이 소극적 견딤이라는 차원에 머물지 않고 "나서야 한다", "바꾸어야 한다" 같은 주체 지향적 태도로 확장될 수 있다.

이렇게 혐오는 한의 또 다른 모습으로 우리에게 주어져 있다. 한이 전근대적 생활 감각에서 발생한 지배-피지배, 남성-여성 같은 수직적 권력 구조를 배경으로 한다면, 혐오는 유동하는 사회와 감정들 속에서 수평적 대립과 대결을 발생시키는 감정이다. 국가를 향한 혐오 감정의 한편에 시민과 시민 사이의 수평적 혐오 감정이 놓여 있는 것이다. 보편화된 혐오 감정들 속에서 요청되는 것은 '삭임'의 노력이다. 삭임 과정을 위한 시도는 사회적(감정적) 유동화 속도를 늦출 수 있는 방법이기도 하다. 이때의 삭임은 개인적 수준의 노력을 넘어 공적 차원에서 시도되어야 한다. 그럴 때 혐오의 정동 내지 한의 윤리가 부정적이고 퇴행적인 수준을 극복할 수 있다. 극심한 양극화와 비등하는 혐오 정동이 우리 사회를 유동하고 있는 시점에서 천이두가 제시한 삭임의 윤리와 미학은 혐오 정동을 발전적으로 승화시킬 수 있는 방법이 될 수 있을 것이다.

## 4. 나가며

천이두는 『한의 구조 연구』 「책머리에」에서 『한국문학과 한』(1985)에서 미진했던 것들을 "좀더 체계적으로 천착해보았으면 하는 생각"에 "근 10년의 세월이" 흐르는 "그 동안에 한에 관하여 생각하여온 바를 여기에 책으로 묶는다."라고 밝히고 있다. 『한의 구조 연구』가 집필되던 무렵의 우리 사회는 민주화를 향한 열망으로 들끓었고, 이 과정에서 수많은 젊은이들이 죽음으로 시대를 극복하고자 했다. 여기에는 민중공동체와 민주주의 그리고 민족통일이라는 공적인 수준의 원(願)이 있었다. 이러한 상황에서 『한의 구조 연구』가 출간된 것은 그 자체로 상징적인 장면이라고 할 수 있다.

하지만 엄밀하게 말하면『한의 구조 연구』에는 1980년대라는 당대적 원(願)과 원(怨)이 반영되어 있지는 않다. 천이두에게 '한'은 전근대 사회에서 스스로 힘을 갖지 못한 민중이 살아가기 위해 선택해야 했던 사적 정동에 가깝다. 춘향가나 심청가 같은 판소리를 통해 한의 해소, 즉 삭임을 집중적으로 논의함으로써, 천이두는 한이 발생하는 시대라는 전제를 괄호 속에 묶어놓은 상태에서 한의 구조를 해명하고자 했다. 그러다보니 '한의 구조'는 사적인 차원에서 개인의 부정적인 한이 어떻게 긍정적으로 해소되는지를 밝히는 과정적 구조를 해명하고 있으며, 시대가 괄호에서 풀려났을 때 개인이 살아가기 위한 방법으로 '삭임' 기능의 작동을 풀어내고 있다.

이렇게『한의 구조 연구』는 한의 삭임에 치중함으로써 한의 발생학적 구조 및 한의 사적 구조와 공적 구조, 나아가 삭임의 구조에서도 사적인 삭임과 공적 삭임 양상 등으로 확장하지 못한 아쉬움이 있다. 그렇다고 해서 1960년대부터 꾸준히 제기되었던 한국적 한의 구조를 명쾌하게 정리한 연구 성과가 부정되는 것은 아니다. 천이두의 '한의 구조'는 혐오 같은 새로운 정동을 해명하기 위한 이론적 토대가 되기에 부족함이 없다. 따라서『한의 구조 연구』가 집필될 수 있었던 시대적 상황에서 투쟁 구호로 끓어올랐던 당대적·민중적 한의 현장성을 비롯해, 이후에 발생하는 한과 그 언저리를 배회하는 혐오 같은 사적·공적 정동 연구는 후학의 몫이 될 것이다.

**참고 문헌**

게오르그 짐멜, 김덕영 옮김,『예술가들이 주조한 근대와 현대』, 길, 2007.
고은 외 68인,『우리 모두가 세월호였다』, 실천문학사, 2014.

김승종, 『치유와 회복의 정신과 문학』, 역락, 2021.

마사 누스바움, 조계원 옮김, 『혐오와 수치심』, 민음사, 2016.

박권일, 「혐오의 트리클다운-왜 약자가 약자를 혐오하는가」, 『말과 활』 6, 일곱번째숲, 2014.

서광선 엮음, 『한의 이야기』, 보리, 1987.

정용택, 「국가란 무엇인가」, 『말과 활』 5, 일곱번째숲, 2014.

천이두, 『삶과 꿈 사이에서』, 청한, 1989.

천이두, 『한의 구조 연구』, 문학과지성사, 1993.

천이두, 『한국현대소설론』(개정판), 형설출판사, 1993.

천이두, 『한국문학과 한』, 이우출판사, 1985.

천이두, 『종합에의 의지』, 일지사, 1974.

카롤린 엠케, 정지인 옮김, 『혐오사회』, 다산초당, 2017.

홍성방, 「인권과 기본권의 역사적 전개」, 『한림법학 FORUM』 7, 한림대학교 법학연구소, 1998.

2부

천이두의 비평

# 천이두, 황순원과의 화양연화

서철원

## 1. 천이두의 삶과 문학

천이두의 문학 대부분은 한국인의 삶의 방식과 관련하여 '한(恨)'의 정서를 보여주고 있다. 한국적 '한'에 국한하여 과거의 시간대를 살다간 자들의 삶의 모형을 한의 정서로 풀어낸 그의 인생은 문학 자체만으로 희망과 긍정의 기류를 형성한다.

천이두는 1929년 남원에서 태어났다. 전북대 국문학과에서 문학을 전공했으며, 졸업 후 교토(京都) 불교대에서 문학박사 학위를 받았다. 1958년 『현대문학』에 평론 「인간 속성과 모럴(황순원론)」이 추천돼 전북을 대표하는 문인의 길을 열어갔다.

천이두에겐 황순원이 문학의 시작이었고, 문학이 곧 삶이었다. 민족적 자강이 접목된 그의 문학사적 관점은 가장 한국적이면서 가장 천이두다운 면모를 보여준다. 무엇보다 "문학은 첫째로 사회적 전달 수단인 언어를 매체로 하는 점에서 사회로부터 절대적인 빚을 지고 있으며, 둘째로 사회적 존재인 인간을 표현 대상으로 하고 있다는 점에서 사회 현상을 반영하고 있다. 셋째로 문학은 실제적이든 가상적이든 결국 일정한 독자를 예상하고서야 성립된다는 점에서 하나의 사회적 행위로 현존하는 것"[92]이라고 천이두는 말한다.

---

[92]  천이두, 『문학과 시대』, 문학과지성사, 1982, 24쪽.

천이두에게 문학이란 인간 삶의 본연의 의무이자 무대로서 당대의 시대상을 반영하는 철저한 자기고백과 같다. 그 때문에 문학의 보편성이나 세계성의 인식은 인간 삶의 모럴과 방식을 반영하는 정서·사상·이데올로기의 벽을 넘어 한국적인 사유의 폭을 넓혀나간다.

창극 작가인 동시에 판소리 연구자로서 금자탑을 쌓아온 천이두는 한국인의 정서를 대표하는 '한의 구조'를 통해 무형의 유산으로서의 가치를 실현한다. 그의 대표 저서 『한국현대소설론』과 『한의 구조 연구』, 『한국문학과 한』, 『문학과 시대』, 『한국 소설의 흐름』, 『한국 소설의 관점』, 『천하명창 임방울』 등에서 보여주는 문학사적 업적은 현대문학상, 전북문화상, 월탄문학상, 모악문학상, 동리문학대상 등의 수상경력이 말해준다.

특히 『한국현대소설론』은 일제강점기를 포함한 한국 현대소설의 주류에 대해 면밀한 고찰을 보여준다. 김동인, 나도향, 염상섭, 현진건, 이광수, 최서해, 채만식, 이효석, 김동리, 황순원 등 시대를 풍미한 작가들의 작가론·문학론을 성찰하면서 그가 이룬 문학적 업적은 현시대에도 유효한 메시지를 던져준다.

이 가운데 황순원에 대한 비평의식은 천이두의 일생을 관통하는 큰 울림을 선사한다.

「별」의 소년의 모습을 통해서 볼 수 있었던 황순원의 서정시적 회고적 자세에는 그가 쉽사리 겨레의 숨결 속에 정들여온 전설이나 민족 설화의 세계에서 자기 혈연을 발견하게 되리라는 개연성이 암시되어 있다. 전설이나 설화야말로 오랜 세월 동안 우리의 정서를 다스려온 민족의 자장가가 아닌가?[93]

---

**93** 천이두, 『한국현대소설론』, 형설출판사, 1985, 170쪽.

황순원에 대한 천이두의 마음은 마치 소설에 등장하는 '별'과 같다. 일제강점기 황순원 문학의 디딤돌이 된 「별」(1941)을 통해 천이두는 황순원의 문학적 이상향을 확인한다. 천이두가 발견한 문학적 이상향의 접점은 한국적 신화로서 '전설'과 '설화'를 의미한다. 우리가 '전설'이나 '설화'의 기원을 알 수 없는 까닭은 무지해서가 아니라 어느 시대를 지나쳐가더라도 그 시간대에 유의미한 교훈적·선지적 메시지를 남기기 때문이다. 이와 같은 관계를 통해 "우리가 알 수 있는 것은 그들은 분명 한국인이라는 사실이며, 시대적·역사적 전후관계에서 유리된 순수추상으로서의 한국인"[94]이라는 신화적 진실을 외면할 수 없다는 사실이다.

낡고 오래 묵은 문인의 글은 때로 새것 같아서 받아들이기 힘들 때가 있다. 천이두와 황순원의 '인연'은 '문학적 환생'이라는 주제를 넘어 인간 내면의 근원성을 조망하는 데 의의가 있다.

## 2. 문학적 환생과 서사(敍事)의 서사(書史)

천이두와 황순원의 문학적 인연은 1970년대로 거슬러 올라간다. 두 문인이 실제 만났을 가능은 높아 보이나 확인할 만한 자료는 나타나지 않았다. 황순원에 관한 천이두의 비평적 시선 이전에 우리가 알고 있는 황순원에 대한 객관적 고찰이 우선해야할 것으로 보인다.

황순원은 1915년 평남 대동에서 출생했다. 숭실중학교와 와세다 제2고등학원을 거쳐 와세다대학(早稻田大學) 영문과를 졸업했다. 1931년 시 「나의 꿈」을 『동광』에 발표하면서 시 창작을 이어갔다. 1937년부터 소설 창작

---

**94** 위의 책, 171쪽.

에 전념하여 『황순원 단편집』(1940), 『목넘이 마을의 개』(1948), 『기러기』(1951), 『곡예사』(1952), 『학』(1956), 『잃어버린 사람들』(1958), 『너와 나만의 시간』(1964), 『탈』(1976) 등의 단편집을 출간했다. 장편소설로는 『별과 같이 살다』(1950), 『카인의 후예』(1954), 『인간접목』(1957), 『나무들 비탈에 서다』(1960), 『일월』(1964), 『움직이는 城』(1973), 『신들의 주사위』(1982) 외에도 수많은 작품을 발표했다.

일제강점기에서 현대사로 이어지는 황순원의 문학적 연대기는 다양한 관점과 시각이 요구된다. 먼저 "역사주의 비평(the historical criticism)"[95]의 시각으로 바라볼 필요가 있다. 역사주의적 비평이란 "작가에 대한 생애를 연구하는 전기적 연구와 서지비평(textual criticism)을 포괄"[96]하는 개념을 의미한다. 여기에는 일정한 질량의 작가적 생애와 직면한 자전적 의미에서의 작품성을 전제로 한다.

응원서의 경우, 황순원 단편집 『기러기』를 통해 "작가의 초기 작품들 속에는 일제하에서의 작가의 정신적 자세가 반영되어 있으며, 작가의 내적 절규가 내재해 있다"[97]라고 말한다. "작가의 가문과 가족사적 일화를 작가론에 접근"[98]하여 기술한 김동선은 황순원의 작품에 대한 역사기술적인 의미를 구체화 하고 있다. 이와 함께 "작가의 인간적 면모를 통해 작품의 성격"[99]을 규명하고 있는 최정희는 황순원의 작가로서의 자질과 그 내적 울림

---

**95** Grebstein, *Perspectives in Contemporary Criticism* (New York : Harper & Row, 1968) Edmond Wilson, *Historical Criticism, An Introduction to Literary Criticism*, K. Danziger & W.S. Johnson (Boston : D.C. Heart And Company, 1968), PP.277-287.

**96** 장현숙, 『황순원 문학 연구』, 푸른사상사, 2005, 21쪽.

**97** 응원서, 「그의 인간과 단편집 『기러기』」, 『황순원 문학전집』 제3권, 삼중당, 1973.

**98** 김동선, 「황고집의 미학, 황순원 가문」, 『정경문화』, 1984.

**99** 최정희, 「황순원과 나」, 『말과 삶과 自由』, 문학과지성사, 1985.

에 대해 선악을 넘어 인간적 본질에 대한 휴머니즘을 강조하고 있다.

한편, "형식주의 비평(the formalistic criticism)"[100]에 의한 시각으로는 천이두의 견해가 지배적이다. 형식주의적 측면에서 "선의의 미덕과 한국적 이미지의 추구"[101]에 집중하고 있는 황순원의 작품은 한국적 전통·풍속·의례와 긴밀한 정서를 유지하고 있다.

특히 천이두는 "황순원이 토속세계에 집착하는 것은 그의 예술적 방법의 한 방편임을 시사"[102]한 바 있으며, 여기에는 일정한 물리량의 법칙과 같은 이미지화된 공식이 존재한다. 이처럼 인간의 문학 행위는 오래전 굴절되거나 조각난 시간·공간 이미지로부터 소환된 자아의 실존성에 대한 성찰의 시편(詩篇)을 주체적으로 인식하기 마련이다. 텍스트 내부적으로 작중인물의 생존 방식은 주체자로서 작가의 근원에 해당된다. 이것은 황순원의 소설 텍스트 내부에 건설된 역사·신화·민속·야담·제의와 연관되어 나타날 수밖에 없으며, 천이두의 비평에서 드러나듯 황순원의 토속세계는 과거 사건에 대한 시간·공간 이미지의 "소환 콤플렉스(summons complex)"[103]와도 긴밀하다.

황순원의 경우, 소설 내부의 시간·공간 이미지의 구조는 비평자로서의 활성화 이전에 작가의 체험과 상상력에 의해 구조화 되거나 재구성된 산물/부산물에 해당된다. 따라서 작가에 의해 주도적으로 구동된 텍스트적

---

**100** '형식주의 비평(the formalistic criticism)'은 언어와 형식, 문체 등 주로 문학작품의 미학적 구조와 방법론에 대한 분석적 연구를 의미한다. 장현숙, 앞의 책, 22쪽.

**101** 천이두, 「황순원의 「소나기」」, 『한국현대소설 작품론』, 문장, 1993.

**102** 천이두, 「토속적 상황설정과 한국소설」, 『사상계』 제188호, 1968.

**103** 소환 콤플렉스(summons complex)는 일생을 살아오면서 의식 아래로 가라앉은 기억의 잔해를 불러 오는 일련의 행위로 간주된다. 여기에는 시간 이미지의 파생적 접근을 위한 역동성이 존재하면서도 심층 공간에는 무의식적 상황이 발견된다. 이것은 오래도록 깊은 내면에 떠도는 사건의 원형을 찾아나면서 나타나며, 기억과 망각의 충돌로 인한 내면의 증폭과정 자체가 '소환'을 추동하는 무의식 작용으로 이해된다. 서철원, 「『혼불』의 소환 콤플렉스」, 국어문학 제77집, 국어문학회, 2021, 291쪽.

산물/부산물의 현존성은 일차적으로 작가의 내면에 부합하는 기억의 소환에서 비롯되며, 이것은 작가의 삶의 내력으로서 이미지화된 내적 구조물에 불과하다.

황순원 문학의 근원적 모티프가 되고 있는 "애정의식, 모성의식, 생명의식(죽음의식), 선(善)지향성"[104] 등의 심층적이고 복잡한 작가의 심리적 요인이 기억의 욕망으로부터 멀지 않은 곳에 존재한다는 것의 의미는, 의식의 작용에 대한 무의식의 반발과 유관하다. 여기에는 욕망을 기원으로 하는 기억의 재생·소환으로부터 무의식의 기저에 가라앉은 산물/부산물을 기반으로 하며, 이것은 특정하게 분류된 황순원만의 일상적/비일상적 욕망의 기호와 언어 혹은 비언어적 활동까지 포괄한다.

황순원의 문학적 전략은 그가 살아온 삶의 연대기와 맞물려 있다. 일제강점기 어둡고 암울한 식민지 시대를 살아온 자들의 고향과도 같은 황순원의 문학적 환생은 '한국적 소설'을 정서적으로 제시하는 점에서 한국인의 전통과 향수의 정체성을 담고 있다.

이런 측면에서 황순원 문학의 전략적 원리는 다분히 역설적이다. 일제강점기 어둡고 암울한 시대상을 먼 거리에서 조망하는가 하면, 집과 땅과 고향을 잃어버린 자들에게 존재의 근원성을 귀 기울여 들려주고 있다. 이처럼 "문학이 사회와 긴밀히 관련지어져 있다고 하는 이유는 그것이 어떤 다른 예술 양식보다도 직접적으로 사회 현상을 표현 대상으로 하고 있다"[105]는 데서 찾을 수 있다. 그 삶이 말해주듯 황순원의 문학은 일제강점기를 기점으로 하여 한국의 근현대사를 정면에서 바라보고 느끼며 살아간 역사적

---

**104** 장현숙, 앞의 책, 44쪽.

**105** 천이두, 『문학과 시대』, 문학과지성사, 1982, 26쪽.

주역으로서 전통적인 한국인의 정서를 반영하고 있다.

## 3. 황순원 문학에 대한 '한(恨)'의 지평

문학은 언어로 구성된 문화적·사회적 기술을 의미한다. 소설의 텍스트에 투영된 언어적 국면은 이를 읽는 독자나 비평가에 의해 새로운 형질의 세계로 분화되어 나타나기도 한다. 여기에는 필연적으로 작가의 삶의 반경과 멀지 않은 곳에 축적된 '경험'의 구체적 진술이 가능하며, 작가 혹은 화자로부터 무의식적으로 전해오는 현실상황과 긴밀히 연결될 수밖에 없다.

황순원의 소설에 관한 천이두의 비평의식은 투명하면서도 정결하다. 한국문학을 이해하는 중요한 이론적 배경이 되고 있는 『한의 구조 연구』를 원류로 할 때, 황순원의 소설은 천이두의 문학적 이상과 유연한 매듭을 형성한다. 황순원의 소설 곳곳에 발견되는 '결별'·'죽음'·'좌절' 등의 모티프는 인간적 '한'에 기초한 직설적인 서술 방식에서 찾을 수 있다. 이와 같이 "소설에서 가장 중점적으로 주목해야할 근본적인 요소 가운데 하나는 바로 서술의 문제"[106]를 얼마나 적확하게 풀어 가느냐의 문제와 직결된다.

문학 텍스트 내부에 구성된 서술은 대부분 '인연'에서 출발한다. 인연으로부터 시작된 '만남'은 필연적으로 '결별'을 경험하고, 좌절하며, 기억하기까지 일련의 과정을 지난다. 삶의 과정에 마주하는 기억은 늘 새로우면서도 어느 면에서는 잊히기를 거부하는 영역으로 향하게 된다. 그곳은 작가의 의식/무의식과 연결된 하나의 통로를 형성하면서도 삶의 주체적인 측면에서 인식과 사유의 한 부분을 차지한다. 또한 그곳은 인간과 인간의 사유

---

**106** W. Kayser, 김윤섭 역, 『언어예술작품론』, 대방출판사, 1982, 310쪽.

가 충돌하는 광활한 광야인 동시에, 인생을 살아가면서 겪는 시간·공간 이미지로서 "헤테로토피아(Heterotopia)"[107]로 작용한다.

이렇듯 천이두와 황순원의 인연은 '만남'과 '결별'의 체험을 통해 새로운 비평의식이라는 이상적인 이미지를 구축하면서도 한편으로는 문학적으로 원숙한 경지의 울림을 선사한다.

우선 천이두의 집필에서 발견되는 황순원의 문학적 재발견은 소박하지만 정갈하고, 넓지 않은 대신 깊은 우물을 들여다보듯 강렬하다. 『종합에의 의지』(1974)에서 천이두는 황순원 시와 산문에 대해 깊이 있는 탐색을 보여주고 있다. 『한국 소설의 관점』(1980)에서는 '원숙과 패기'를 주제로 하여 황순원의 작품에 대한 밀도감 있는 분석을 제시하고 있다. 『문학과 시대』(1982)를 통해 황순원의 대표작인 「소나기」를 '시적 이미지의 미학'의 의미로 조명하고 있다. 『한국 문학과 한』(1985)에서는 황순원의 「인간접목」에 대한 '밝음의 미학'을 원류로 하여 '어둠'에 대한 '밝음'의 원리를 깊이 있게 성찰하고 있다. 『한국 소설의 흐름』(1998)에서는 '문학활동의 장수불로'의 주제로 황순원의 근황과 신작 『신들의 주사위』에 대해 평하고 있다.

이와 같이 천이두의 황순원에 대한 다양한 비평들은 동시대를 살아온 작가와 비평가로서 '만남'을 기반으로 언젠가는 헤어지게 될 '결별'의 순간만큼이나 굵고 강렬한 인상을 보여준다. 개인을 넘어 한국 문학의 역사적 주역으로서의 황순원에 대한 천이두의 비평적 신념에는 '한국적 한'의 정서로부터 유발되는 은근과 끈기의 밀도가 감지된다. 여기에는 "진정한 근대

---

[107] 인간에 의해 상상과 실재가 혼합된 헤테로토피아(Heterotopia)는 실제로는 양립할 수 없는 '다른 공간들'(espaces différents) 또는 '이질적인 공간'(espace hétérogène)의 여러 위상의 공간들에 대한 근간을 제시한다. 공간의 중첩성은 부정적이든 긍정적이든 어느 시대, 어느 장소를 막론하고 존재할 수밖에 없는 장소성을 극복한다는 점에서 푸코의 헤테로토피아는 의학용어인 '이소성(異所性)'의 제한적 의미를 유토피아 개념에 접목하여 공간에 대한 방대한 철학적 원리를 새롭게 정의했다. Michel Foucault, 이상길 역, 『헤테로토피아』, 문학과지성사, 2014, 14-15쪽.

역사의 출발점이 된 해방의 의의가 개인의 삶에서 어떻게 구체적으로 경험"[108]되었는지를 보여주는 황순원의 문학사적 의의가 무엇보다 크게 작용하고 있다.

한편, 황순원 소설에서 원형적 공간들은 시간적 제약을 뚫고 태생과 삶과 죽음의 구체적 진술로서 터전의 근원성에 대해 무수한 질문을 던진다. 일제강점기 폐허가 된 조국의 이미지가 투영된 원형적 공간들은 그가 그토록 바라마지 않던 상실의 고향과도 같다. 이러한 원리는 천이두의 '한의 구조'에서 특성화된 정서와 무관하지 않으며, "메타픽션적 특성이 드러나는 자전적 글쓰기를 통해 재현되는 현실과 허구는 한 텍스트와 함께 인접하게 병치됨으로써 통합적 관계"[109]를 구성하는 것과 같은 원리로 파악할 수 있다.

이처럼 삶의 과정에 경험하는 '한의 정서'는 인간의 보편적 정서로서 '연민'이나 '그리움', 혹은 '기다림'과 '기억'으로부터 멀지 않은 정서로 대치되고 대물림되는 것이 일반적인 현상이다. 이러한 근원성은 구체적 경험이나 학습을 통해 물려받는 것이 아니라 본래적이고 생래적인 태생과 함께 귀결되는 정서를 의미한다. 따라서 황순원의 작품에 내재된 '한의 정서'는 어둡고 불길하며 암울함만이 전부가 아닌, 최후의 선택지로서 '밝음'과 '긍정'을 지향하고 있음을 알 수 있다. 이것은 사람들 저마다 어두운 상황에 노출되다 보면 점차 밝고 따뜻하며 순한 곳을 지향하기 마련이며, 이 마음이 천이두가 말하는 '다정다한(多情多恨)'의 본래적 의미이다.

  원망도 한탄도 모두가 부질없는 일이다, 하는 철저한 체념의 의식에서 달

---

108 김윤정, 『황순원 문학 연구』, 새미, 2003, 121쪽.

109 노승욱, 『황순원 문학의 수사학과 서사학』, 지식과 교양, 2010, 173쪽.

관으로 나아가고, 거기에서 삼라만상의 덧없음에 눈을 뜨는 계기가 올 수 있다고 말한 바 있거니와 철저한 후회에서 또한 세상사의 덧없음에 눈을 뜰 수 있는 계기를 만날 수 있고, 그것이 존재의 근원에 대한 개안(開眼)의 계기에로 연결될 수 있는 것이다.[110]

천이두는 황순원의 소설을 통해 사회적·시대적 어두운 국면을 한층 밝은 지향으로 승화시키면서 텍스트 내부의 이미지화에 고도의 전략적 모색을 추구한다. 그 전략적 층위는 황순원의 소설마다 다르게 나타날 수 있지만, '한'의 본질에 근접하여서는 천이두의 비평이 무엇보다 큰 역할을 담당한다.

## 4. 황순원 문학의 '어둠'과 '밝음'

황순원 문학에 대한 천이두의 비평은 다양한 매체에서 발견된다. 『종합에의 의지』에서 『한국 소설의 흐름』까지 황순원 문학의 텍스트에 관한 비평은 당대의 사회적·시대적 상황과 무관하지 않다.

비평가가 문학 자체의 현상학적인 내용보다 문학의 과정을 중요하게 생각하는 것은 문학을 형성하는 사회적·시대적 기류 속에 내재된 특수하면서도 다양한 현상으로서의 감성과 느낌의 개별성 때문이다. 텍스트 내부에 존재하는 무형의 언어적 정서·감성·인지 체계를 의미화 하는 과정은 작가로부터 발생하는 인간의 사유와 인식에 관한 인류 공통적인 물음에 해당된다.

황순원의 문학 텍스트를 해석하는 천이두의 언어 전략은 사회적·시대적

---

**110** 천이두, 『한의 구조 연구』, 문학과지성사, 1993, 25쪽.

인지국면, 즉 사회와 시대를 바라보는 이성과 감성의 감응력을 바탕으로 하고 있다. 텍스트 내부의 과거 기억(사건)에 대한 이성과 감성을 기반으로 한 언어 현상을 이해할 때, 황순원이 지닌 방대한 언어적 전략과 의미를 심층적으로 분석해낼 수 있는 것이다.

이런 측면에서 볼 때, 천이두의 서사적 비평 전략은 황순원이 살아온 삶의 연대기와 맞물리면서 그 살아온 날의 시대적 격변과 어둡고 암울한 사회적 상황을 고려한 '어둠'과 그 반대편에 자리 잡은 '밝음'에 대한 이성적·합리적 판단에 기초하여 설명되고 있다.

### (1) 시와 산문·황순원

「시와 산문·황순원」은 1974년에 출간된 『종합에의 의지』에 실린 글이다. 이 글은 황순원의 초기 시집에서부터 소설에 이르는 방대한 비평을 담아내고 있다. 황순원 문학의 전략적 층위를 체계적으로 제시하고 있는 이 글은 일제강점기 어둡고 암울한 시대를 살아온 자들의 '서사적 한풀이'를 다루고 있다. 이와 더불어 시대적 격랑을 뚫고 살아가는 민중의 삶의 방식으로서의 고락과 애환과 극복의 시대상을 반영하고 있다.

천이두의 글에는 황순원의 첫 시집 『放歌』(1934)에서의 소박하고 자연발생적인 서정 시인의 모습이 관찰된다. 황순원에게 일제강점기 암울한 현실과 유리된 자연에 대한 시편을 보여준 것은 시인으로서의 삶의 지평을 열어가는 한 가지 길이었을 것이다. 그 내면에는 비애에 젖은 자아의 정체성과 식민지 그늘에 잠긴 조국의 자연에 대한 연민을 보여준다. 존재와 생명에 대한 믿음은 자연과 더불어 살아갈 수밖에 없다. 미래지향적인 역사의식으로서의 서사적 단초를 보여주는 민족 혹은 전통의 내적 이미지는 시인으로서 당연한 귀결이었을 것이다.

이와 함께 황순원의 두 번째 시집 『骨董品』(1936)에 대한 천이두의 시선은 밝고 따사롭다. 첫 시집 『放歌』에서 들려주는 식민지 그늘에 잠긴 자연의 메아리와는 차원이 다른 밝은 이미지로서의 『骨董品』은 마치 이지적이며 재치 넘치는 박물관의 풍경을 옮겨놓은 듯한 인상을 보여준다. 이처럼 『放歌』와 『骨董品』에서 볼 수 있는 이미지는 '어둠'과 '밝음'으로 나누어진 극명한 "감성의 분할(le partage du sensible)"[111]에서 찾을 수 있다.

『放歌』에서 볼 수 있는 소박한 서정성과 『骨董品』에서 볼 수 있는 지적인 측면은 서로 상반되는 요소라고 할 수 있겠으나, 실상 이 두 가지 요소가 씨와 날이 되어, 그 뒤의 그의 문학 세계를 형성하고 있다고 볼 수 있다. 황순원의 문학에서는 한결같이 아늑한 서정시적인 분위기를 느끼게 되는데, 이러한 서정성의 밑바닥에는 그의 치밀하고 지적인 절제가 뒷받침되고 있다는 사실로써도 그것은 반증이 된다.[112]

『放歌』의 제목에서 볼 수 있듯 식민지 상황에도 불구하고 '거리낌 없이 큰 소리로 노래를 부르는 것'은 황순원만이 보여줄 수 있는 시인으로서의 덕목이다. '큰 소리'로 자연을 대상으로 하여 시를 짓는 황순원의 태도는

---

**111** '감성의 분할(le partage du sensible)'은 랑시에르(Jacques Rancière)의 정치 또는 문학의 관점을 대표하는 개념으로, 저자 스스로 "공동 세계에의 참여에 대한 위치들과 형태들을 나누는 감각 질서"라고 규정하고 있다. 랑시에르가 이처럼 확장된 개념으로 사용하고 있는 감성은 칸트(Immanuel Kant)의 『순수이성비판』에서 '초월적 감성학'을 논할 때 말하는 감성을 염두에 둔 것으로, 모든 시민은 통치 행위와 피통치 행위에 '참여하는 자'로서 정치성을 띠고 있다는 점에서 아리스토텔레스의 의견을 존중하고 있다. 이런 측면에서 분할의 한 다른 형태는 참여하기에 우선하며, 이것은 '말하는 자'로서 동물, 즉 인간은 정치적 동물이라고 규정한 아리스토텔레스의 규정에 의거함으로써 랑시에르는 어떤 공통적인 존재, 그리고 그 안에 각각의 몫들과 자리들을 규정하는 경계설정을 동시에 보여주는 감각적 확실성(évidences sensibles)의 체계를 '감성의 분할'이라고 정의하고 있다. Jacques Rancière, 오윤성 역, 『감성의 분할』, 도서출판 b, 2008, 13-14쪽.

**112** 천이두, 『종합에의 의지』, 일지사, 1974, 128쪽.

'치밀'하면서도 '절제'된 지적 산물로서의 시를 생산하는 시인의 모습, 그것 이다. 여기에는 시를 통한 문학의 정치적 지향 이전에 식민지 상황이라는 특수한 시대상의 의미에 대해 황순원 스스로 가시적인 '자연의 상태'와 비 가시적인 '내면의 상태'에 대한 절제된 미학의 태도를 보여준다.

일찍이 보아왔듯 문학의 정치는 "실천과 가시성 형태, 즉 하나 혹은 여 러 형태의 공동체를 구획하는 '말의 양태'들 간의 관계에 개입하는 이성적 지각의 매듭짓기"[113]의 한 가지 방법으로 활용된다. 이처럼 '문학'의 역사적 의미는 시대적 맥락을 관통하는 대중의 언어적 산물보다 시대적·대의적 질서아래 '말할 수 있는 자'로서 글쓰기가 훨씬 더 고결하며 위대하다는 것 이다.

천이두의 황순원 문학에 대한 '치밀하고 지적인 절제'에는 고도의 전략 이 자리 잡고 있다. 일제강점기 시대적 억압과 모순은 '살아남은 자의 울분' 과 다르지 않다. 문명의 괴리를 신체로 각성한 황순원의 문학은, 문학 자체 의 의미보다 어두운 현실 상황에 직면하여 '자연과 서정'이라는 새로운 돌 파구를 찾아나서는 정적인 구도와 긴밀하며, 그에 따른 시편들 또한 유용한 가치를 지닌다. 이러한 문학적 표현 방식은 황순원이 지닌 개별적 언어·역 사·사유로부터 멀지 않은 '밝음'의 추구로부터 연동한다고 볼 수 있다.

이런 측면에서 황순원 문학이 식민지 저항문학으로서 유효한가에 대한 물음은 천이두의 '치밀하고 지적인 절제' 속에 내재될 수밖에 없다. 식민지

---

**113** 삶을 규율하는 법칙과 정치의 관계에 있어서 공동체는 어떤 특정한 형태의 지형(地形)이 있어야 한다. 정치란 특정한 경험들의 영역을 구성하는 것으로, 이 영역 안에서 어떤 대상들은 공동적인 것으로 간주 되며, 어떤 주체들은 이 대상들이 무엇인지 지칭하고 대중에게 그 이유를 설명하는 역량을 지닌 사람들 로 취급된다. 이런 의미에서 문학의 정치란 극도의 계급적으로 분할된 사람들 사이에서 자기 일 외에 는 다른 것을 해낼 수 없는 '몫 없는 자'들이 분노하고 고통 받는 자체에 머무르는 것이 아닌, 공동체에 참여하면서 비로소 '말할 수 있는 존재'라는 것을 자각하기까지 시간과 공간, 위치와 정체성, 말과 소음, 가시적인 것과 비가시적인 것 등을 배분하고 재배분하는 과정에서 발생하는 '감성의 분할'을 의미한다. Jacques Rancière, 유재홍 역, 『문학의 정치(제2판)』, 인간사랑, 2011, 10-11쪽.

시대를 정면에 서서 살아온 그 자체만으로 황순원은 '어둠'을 뚫고 '밝음'을 지향하는 저항 시인으로서의 중요한 내용을 함의하고 싶다.

### (2) 시적 이미지의 미학 : 황순원의「소나기」

천이두는 1982년『문학과 시대』에서 황순원의「소나기」를 통해 시적 이미지의 미학에 관해 접근을 시도하고 있다. 이미지의 구체적 형상화는 '공간'의 재구성을 의미한다는 점에서「소나기」는 시각적으로 매우 고무적인 글쓰기의 양태를 보여준다.

천이두에 의하면 황순원의 소설은 "아련한 시적 여운과 함께 매우 면밀한 지적 절제에 의해 뒷받침된다. 작가로서의 황순원의 일관된 노력은 한국적 인간상을 부각시키는 데 있으며,「소나기」의 경우 시골의 토속적 상황을 배경"[114]으로 하여 사춘기에 접어든 소년소녀의 비일상적 공간을 보여주고 있다. 여기에는 시적이면서 고도로 절제된 황순원의 지적 세련미가 일상의 공간을 떠나 새롭고도 다른 공간으로의 '시간여행'을 안내한다.

이와 같이 '다른 공간'으로서의 황순원의 소설 속 이미지의 재현은 사실과 비사실이 공유된 새로운 지점(공간)에 해당되며, 이 공간은 시적으로 이미지화된 시각적 산물로서 합리적 헤테로토피아를 형성한다.

사실주의적인 세부 묘사가 아니라, 그 단편적인 이미지의 포착을 통하여 대상을 선명하게 부각시키는 이 작가의 뛰어난 솜씨를 볼 수 있다. 꽃묶음을 안고 있는 소녀 앞에서 평소에 곧잘 하던 대로 소년은 보란 듯이 송아지

---

[114] 황순원의 소설에 등장하는 인물들은 대개의 경우 시대적·역사적 기반에서 유리되어 있다. 그가 추구하려는 인간상은 특정한 시대적 조건 속에 예속되어 있는 인간상이 아니라, 모든 시대에 한결같은 모습으로 이어져 내려온 이미지로서의 한국적 인간상이다. 천이두,『문학과 시대』, 문학과지성사, 1982, 284-285쪽.

등에 올라탄다. 이 부분까지는 간결한 액션의 제시에 그쳐 있다. 그러나 '소녀의 흰 얼굴이, 분홍의 스웨터가, 남색 스카프가, 안고 있는 꽃과 함께 범벅이 된다'는 부분에 이르면 視點은 내레이터로부터 소년에게로 옮아간다. 껑충거리며 돌아가는 송아지 등 위에 있는 소년의 어지러운 시선을 통해서 포착된 소녀의 모습. 그것은 분명 사실주의적 묘사에 의하여 포착된 것이 아니라 인상파 화가의 경우와 같은 어느 한 순간에 포착된 시각적 영상인 것이다.[115]

여기서 '인상파 화가의 경우' 같은 시각적 이미지의 극대화는 소년과 소녀가 놓인 현실 상황과는 대조적인 '다른 공간'으로의 이행을 보여준다. 이 공간은 황순원에 의해 고안된 고도의 지적이며 절제된 텍스트 내부 공간으로, 천이두로부터 새롭게 부각되는 공간이기도 하다.

푸코는 '다른 공간'으로 지칭되는 헤테로토피아의 고유한 영역에 대해, "신화적인 동시에 현실적으로 이의제기의 대상이 되는 상이한 공간들에 대한 '독해(lecture)'의 체계적인 기술 원리와 방식을 '헤테로토폴로지(hétérotopologie)'"[116]로 정의하고 있다. 여기서 공간의 '독해'는 독자이거나 비평가의 시각에 의해 판단되는 '다른 공간'을 의미한다.

본질적으로 인간 삶의 원류는 개별적인 공간의 규정에 따라 그 존재가 실체화되는 부분도 적지 않다. 따라서 천이두의 '시각적 영상'에 의해 창조된 텍스트 내부의 세계는 소년과 소녀의 실존성을 증명하는 유일한 공간으로서의 헤테로토피아가 되는 것이다.

---

**115** 위의 책, 286-287쪽.

**116** Michel Foucault, 앞의 책, 48-49쪽.

이러한 원리는 헤테로토피아의 근간을 일으켜 세우는 개념으로, "역사적으로 존재해온 사회의 공간은 시대마다 완전히 다른 방식으로 작동시킬 수 있으며, 시대마다의 일정한 기능을 지닌 헤테로토피아는 그것이 위치하는 문화적 '공시태(synchronie)'에 따라 기능적으로 달라질 수 있다"[117]는 데 근거한다. 왜냐하면 '사실주의적 묘사'가 아닌, '인상파 화가의 경우'와 같은 시각적 이미지는 천이두에 의해 새롭게 부각되는 이미지이기 때문이며, 이것은 문화적으로 진보한 비평가의 관점에 의해 드러난 황순원 소설 내부의 '다른 공간'에 대한 증명인 셈이다.

이와 같이 「소나기」에서의 시적 이미지의 형상화는 황순원의 문학에 대한 현상학적 탐구의 의미를 넘어 천이두에 의해 새롭게 감지되는 텍스트 내부에서의 "그토록 멀리 나아가려고, 그토록 깊이 내려가려고 하기에, 방법상의 의무로 하여 감정적인 반향의 차원을 넘어서야 한다"[118]는 데 일정한 기율(紀律)이 적용될 수밖에 없다. 왜냐하면 황순원이 염원한 문학의 결정은 「소나기」라는 소설의 개별적 창조 이전에 인간의 순수한 지향-그리움·기다림·기억으로 지배되는 보편적 인간의 심리-과 그로부터 멀지 않은 '고향'에 대한 근원적 향수에 있기 때문이며, 이것은 천이두에 의해 증명된 시적 이미지로의 형상화에 이르는 텍스트 내적 공간성을 의미한다.

한편, 황순원의 「소나기」에서 발견되는 시적 이미지와 함께 '한의 정서'는 다분히 역설적이다. 천이두의 '한'은 죽음·결별·기다림·그리움의 결정에 치우친 어두운 정서만을 보여주는 것은 아니다. 그 삶이 말해주듯 천이두는 일제강점기 식민주의를 기점으로 하여 한국의 근현대사 국면을 정면

---

**117** 위의 책, 50쪽.
**118** 가스통 바슐라르, 곽광수 역, 『공간의 시학』, 동문선, 2003, 50쪽.

에서 바라보고 느끼며 걸어간 역사적 주역으로서 한국인의 정서를 반영하고 있다.

이와 같은 이유로 하여 천이두는 황순원의 「소나기」에서 '스웨터'에 얽힌 소녀의 마지막 유언은 소년에게 지울 수 없는 '한'의 의미로 남겨둔다. 소녀가 소년에게 던진 '하얀 조약돌'의 의미가 소녀의 마음을 상징한다면, 죽기 직전 소년의 체온이 남은 '스웨터'를 입혀서 묻어달라는 소녀의 유언은 소년과 소녀 사이 끊어낼 수 없는 '영원의 징표'로 남게 되는 것이다. 여기서 '영원의 징표'는 결별·기다림·그리움·기억 등과 같은 지울 수 없는 '한'의 어두운 내포와 함께 그 너머 밝음을 표상하는 가능성을 보여준다.

> 이 작품이 사랑이라고 하기에는 너무도 여리고 순결한 어린 소년 소녀 사이의 마음의 교류를 그린 그런 점에서 아련한 서정시적 여운을 풍겨 주는 작품임에도 불구하고, 인간의 보편적인 정감의 세계에로 연결되는 것은 그 때문이다. 이런 정감의 세계가 그의 단편문학의 주조인 恨의 직결로 연결될 수 있음은 말할 것도 없다.[119]

황순원의 「소나기」에서 발견되는 '한의 정서'는 결별·기다림·그리움·기억 등과 같은 어두운 내포가 없지 않지만, 그보다 더 한국인의 정서에 친숙한 아이덴티티로서 천이두가 지향하는 '밝음'으로서의 한의 정서적 측면도 적지 않다. 소년과 소녀 사이에 나타나는 '정감의 세계'는 나이가 많고 적음에 관계없이 인간 본연의 '홀로서기'에 맞추어진 듯하지만, 실상은 한국적 정서로서의 '한'에 관계하여 어둠을 지나 밝음으로 나아가는 긍정의 속성

---

[119] 천이두, 앞의 책, 288쪽.

을 말해준다.

이와 같은 한의 결정들이「소나기」의 외피를 둘러싼 중요한 정서를 이루고 있으나, 그 근원은 한국의 전통적인 사랑과 결별을 통한 한의 극복에 있다. 비록 '한'은 고통을 동반하는 것이지만, 문학적 가치 생성을 위한 제재로서 오랜 시간 작가들의 신체와 정신의 지표로 삼아온 무형의 산물인 것이다.

천이두는 한국적 '한의 정서'를 '어두운 내포'로서 부정성과 그 반대의 입장에서 '밝음의 지향'을 추구하는 한의 긍정성을 확인시켜줌으로써 한의 속성을 의미화하고 있다. 이런 측면에서 황순원 소설에 나타난 '한의 정서'는 한국인의 문화와 예술 전반에 미학의 동력을 불어넣는 동시에 문학적 감성까지도 승화시킨다고 볼 수 있다.

### (3) 綜合에의 의지 : 황순원의『움직이는 城』

「綜合에의 의지 : 황순원의『움직이는 城』은 황순원의 단편소설과 장편소설에 대한 천이두의 비평을 담아낸 것으로 황순원 문학의 다양한 양상을 제시하고 있다.

황순원의『움직이는 城』을 조명하면서 천이두는 한국적인 아름다움을 추구하려는 노력과 인간의 숙명적인 고독의 의미에 대해 천착하는 완고한 작가적 정체성을 발견해낸다. 전자의 노력은 황순원의 단편 문학의 성과로 이해할 수 있으면서도 후자의 노력은『나무들 비탈에 서다』와『日月』같은 장편 문학의 결실로 이어진다. 이러한 완고함이 황순원을 일으키는 동력이 되어왔던 것도 사실이다. 특히 황순원의 단편문학에서 볼 수 있는 '시대 현실을 외면한 순박한 인간상'은 천이두의 내면을 울리는 화두로 자리 잡고 있으며, 이것은 '순박한 인간상'을 통해 따뜻한 인정과 서정시적인 애처로움[恨]을 느끼게 하는 근원이 된다.

천이두가 황순원의 소설에서 느끼는 '순박한 인간상'은 인간 삶의 양태를 분할하기보다는 감성적으로 매우 근원적인 속성을 지닌다. 여기에는 고향에 대한 회귀와 한국적 토속을 위주로 하는 근원성을 내포하면서도 그 언저리에서 묻어나는 '동심의식'은 소설의 흐름을 유지하는 현상을 보여준다. 황순원의 소설에 나타난 동심의식은 "근본적으로 설화적 상상력에 기초하고 있으며, 서사 구성 방식 역시 현대적 변형과 세련의 과정을 통해 여과된 것이지만, 설화적 서사 구성에 기반하고 있음"[120]에 주의할 필요가 있다.

이런 측면에서 천이두는 인간의 궁극적인 의미에서 근원적인 자아의 재발견을 통한 서사에 집중하는 것을 황순원 문학의 본질이라고 정의한다.

> 단편 작가로서의 황순원의 시선이 고유한 토속적인 세계에 집중되어 왔었고, 장편 작가로서의 그의 시선이 주로 현대적·도회적 세계에 집중되어 왔었다는 것이다. 낡은 전래적인 한국과 새로운 외래적인 한국이 작가 황순원에 있어서 이제껏 별개의 차원에서 양립되어 왔었던 것이다. 말하자면 낡은 한국과 새로운 한국이 일반적인 지평 위에서 상호 보완적인 관계를 형성해 왔다기보다도 각기 별개의 공간에서 별개의 미학적 영역을 구축해 왔었다는 것이다. 그의 문학 세계가 간직하여 온 불행한 이원주의는 바로 이점에 있었다.[121]

---

120 황순원은 소설 창작에 발을 들여놓은 시점인 해방 이전의 작품들에서부터 한국전쟁 발발 후 5년간에 걸쳐 발표한 작품들에 이르기까지 집중적으로 소년, 소녀를 주인공으로 등장시키고 있으며, 소년 소녀의 세계를 그린 황순원의 작품들은 인간의 본질적 문제를 모성성과 휴머니즘의 문제와 결부되는 양상을 드러낸다. 정수현, 『황순원 소설 연구』, 한국학술정보, 2006, 12쪽.

121 천이두, 「綜合에의 의지 : 황순원의 『움직이는 城』」, 『황순원 - 작가론총서8』, 새미, 1998, 167쪽.

천이두의 입장에서 황순원의 '토속 지향성'은 현대사회에 대한 불신과 불완전한 '터전'으로서의 의미가 강하게 연상된다. 그럼에도 불구하고 천이두는 황순원의 한국적 원형으로서 '토속 지향성'에 있어 궁극적인 지향점은 부정적인 정서보다 긍정과 애정 어린 시선을 보낸다.

특히 천이두가 바라보는 『움직이는 城』에는 개인과 개인의 존재성, 집단과 집단의 예속과 종속의 양립성, 신앙과 샤머니즘의 의식 혹은 무의식적 대립, 삶의 불안과 사회적 광기 등 다양한 모습을 보여주고 있다. 여기에는 삶의 터전으로서 텍스트 내부에 건설된 시간·공간 이미지가 작가의 '토속 지향성'과 대척점에서의 존재에 관한 불안·단절·허무·광기 등의 관념을 보여주는 동시에 근원적으로는 삶의 터전과 관련하여 인간적 해방을 지향한다.

이와 같이 작가의 내면은 과거의 '기억'을 중심으로 현재를 해석하기를 바라고, 현재의 삶조차도 '기억'의 중간지대에 놓인 향수나 추억에 의해 재구성된다. 소설을 기획하고 창조하는 작가의 경우, 그 존재를 증명하는 유일한 단서는 텍스트 내부적으로 기억의 소환에 의지할 수밖에 없다. 이것은 인간 삶의 현실적 안착지로서 '터전'에 대한 공간지각이 기억에서 출발하여 망각에 이르는 "소멸의 역설(paradox of extinction)"[122]까지도 포괄한다.

『움직이는 城』의 외피는 한국의 토속적인 '샤머니즘'과 '기독교'의 양립을 대척적인 지점에서 상징화 하고 있다. 이 소설의 본질은 샤머니즘과 기

---

[122] 소멸의 역설(paradox of extinction)은 엄격한 자기검열의 과정에서 발생한다. 누구든 과거의 기억을 소환할 때는 대상을 필요로 하지만, 여기에는 잊힐 권리에 대한 심리적 요인이 발생한다. 과거의 상처·피해·억압의 상황으로부터, 자아의 결여, 타인의 죽음 등에서 파생된 사건의 핵심이 드러나기를 원하고, 불가피하게 사건의 중심으로부터 멀어지거나 소멸되길 원한다. 따라서 '소멸의 역설'은 핵심적인 과거 역사·사건을 둘러싼 기억의 소환을 거칠 때 완성되며, 과거 기억의 부정성에 대한 자기검열 과정을 통해 화해·치유·회복의 긍정성을 확보하는 데 의미가 있다. 서철원, 「오정희의 「옛우물」에 나타난 소환 콤플렉스 양상 연구」, 『현대문학이론연구』, 2019, 90쪽.

독교를 넘어선 자리, 즉 과거의 삶의 양태 속에 드러나는 토속 지향적 근원성의 회귀에 있다.

> 황순원의 『움직이는 城』에 있어서 문제는 우선 샤머니즘 대 기독교라는 명제로써 제시되어진다. 이 경우 샤머니즘이 낡은 전래적 요인으로서의 한국을 기독교가 새로운 외래적 요인으로서의 한국을 상징하고 있음은 물론이다. 상징적인 차원에서뿐만 아니라 실제적인 자리에서 생각해 보아도 샤머니즘과 기독교는 오늘의 한국인의 심층 의식과 표면 의식을 지배하고 있는 두 갈래의 기본적인 요인임이 사실이다. 그런 점에서 이러한 두 갈래의 기본적 요인을 정면으로 대질시키고 있는 이 작품은 오늘의 한국인의 이원적 의식구조를 근원적인 자리에서 검토하려는 것이라 할 수 있고, 한국 소설이 당면한 이율배반을 정면에서 극복하려 한 것이라 할 수 있는 동시에 작가 황순원 자신이 간직한 바 이원적인 문학세계를 일원적으로 종합하려는 것이라 할 수 있다. 이 작품이 제기하는 일차적인 흥미의 초점이 바로 이 점에 있다.[123]

'한국 소설이 당면한 이율배반을 정면에서 극복하려 한 것'에 대한 천이두의 비평은 오늘날 퇴색되어가는 한국인의 정서·풍토·터전의 상실에서 찾을 수 있다. 보다 근원적으로 신앙/종교의 문제가 아닌, 샤머니즘 자체에 깃든 한국인의 정서는 결별·죽음·기다림 등과 친숙한 소재로서 '한'의 이면적 속성을 충실하게 반영하고 있다. 이것은 어둡고 부정적 속성의 '한'을 넘어 극복과 회복·치유의 기능을 담당하는 정신적 산물로서 한국인의 정

---

**123** 천이두, 앞의 책, 169쪽.

서를 통합하고 유인하며 조망하는 단계의 밝고 원숙한 긍정의 정서를 가리킨다.

## 5. 화양연화의 꿈

지금까지 황순원의 문학에 대한 천이두의 비평적 내용에 관해 살펴보았다. 이를 통해 황순원의 방대한 텍스트 가운데 결별·그리움·기다림·기억 등의 단편적인 의미소를 기반으로 하여 일정한 기율(紀律)의 한의 성과와 그 긍정의 측면에서 '어둠'과 '밝음'의 구조화의 원리에 대한 탐색의 시간을 가졌다.

먼저 '황순원 문학에 대한 한의 지평'에서 그의 문학 텍스트 내부의 서술은 대부분 '인연'에서 출발하고 있으며, 인연으로부터 시작된 '만남'은 필연적으로 '결별'을 경험하고, 좌절하며, 기억하기까지 일련의 과정을 거치는 것으로 확인되었다. 이렇듯 천이두와 황순원의 인연은 '만남'과 '결별'의 체험을 통해 문학적으로 원숙한 경지의 울림을 선사했다. 특히 천이두의 집필에서 발견되는 황순원의 문학적 재발견은 소박하지만 정갈하고, 넓지 않은 대신 깊은 우물을 들여다보듯 강렬했다.

'황순원 문학의 어둠과 밝음'에서 천이두는 『종합에의 의지』에 실린 「시와 산문·황순원」을 대상으로 하여 일제강점기 어둡고 암울한 폐허의 시대를 살아온 자들의 '서사적 한풀이'에 대해 비평하고 있다. 여기에는 첫 시집 『放歌』를 통해 일제강점기 암울한 현실과 유리된 자연에 대한 황순원의 시편이 그 내면의 비애에 젖은 '자아'와 식민지 그늘에 잠긴 조국의 자연에 대한 '연민'을 보여주는 것으로 평가되었다. 특히 두 번째 시집 『骨董品』에 대한 천이두의 시선은 식민지 그늘에 잠긴 자연과는 차원이 다른 밝은 이미지로서 이지적이며 재치 넘치는 박물관의 풍경을 통해 '어둠'과 '밝음'으로 분화된 '감성의 분할'을 보여주었다.

『문학과 시대』에 실린 「시적 이미지의 미학 : 황순원의 「소나기」」에서 천이두는 시적이면서 고도로 절제된 지적 세련미를 통해 새롭고도 다른 공간으로의 '시간여행'을 안내했다. 본질적으로 인간 삶의 원류는 개별적인 특수한 공간에 따라 그 존재가 실체화되는 것이며, 천이두의 '시각적 영상'에 의해 창조된 텍스트 내부의 세계는 소년과 소녀의 실존성을 증명하는 유일한 공간으로서의 헤테로토피아로 규정되었다. 이런 측면에서 황순원 소설에 나타난 '한의 정서'는 소년과 소녀가 생존하던 텍스트 내부의 '다른 공간'에 의한 이미지의 형상화에 기여하였다.

「綜合에의 의지 : 황순원의 『움직이는 城』」에서 천이두는 한국적인 아름다움을 추구하려는 노력과 인간의 숙명적인 고독의 의미에 대해 천착하는 황순원의 완고한 작가의식에 대해 평했다. 특히 천이두가 황순원의 소설에서 느낀 '순박한 인간상'은 인간 삶의 양태를 근원적인 속성에 비유하여, 고향에 대한 회귀와 한국적 토속을 위주로 하는 '동심의식'을 보여주었다. 여기에는 황순원의 내면으로부터 발생하는 '한'의 동력이 거시적으로는 '소환 콤플렉스'와 일정한 접점을 구성하였으며, 이것은 밝고 긍정적인 내면적 울림을 기반으로 하였다.

황순원에 대한 천이두의 비평은 다양하면서도 깊고 방대한 확언에 차있다. 문학 작품을 평할 때, 작가와 비평가의 관계는 서로에 대한 신뢰감에서 시작되며, 그 끝은 개인적·의식적·비평적 사유로부터 멀지 않은 감성을 공유하게 된다. 그 내면의 힘까지도 서로 공유하는 것이 황순원 문학에 대한 천이두의 필념(筆念)일 것이다.

'화양연화(花樣年華)'[124]는 이루어질 수 없는 사랑을 의미한다. 이것은 남녀 간의 사랑만이 아닌, 고결하면서도 열정이 가득한 인간적 정감과 애정을 말한다. 천이두의 시선에 사로잡힌 황순원의 문학은 애정 그 자체이다. 넘치는 수사가 아닌, 있는 그대로의 차분하면서도 냉정한 시선은 글을 읽는 독자로 하여금 그 마음의 밝고 따뜻하며 순한 인상을 그대로 물려받게 한다.

천이두의 문학정신은 세상에 대한 끈기 있는 서사력을 바탕으로 하고 있다. 그 내면의 힘을 이 시대에 다시금 조명하는 일은 글을 노동으로 삼는 자로서의 순한 용기를 불러온다. 과연 천이두는 그 특유의 문학정신과 필력으로 황순과의 '화양연화'를 꿈꾸었을지 모를 일이다.

**참고 문헌**

가스통 바슐라르, 곽광수 역, 『공간의 시학』 동문선, 2003.
김동선, 「황고집의 미학, 황순원 가문」 『정경문화』 1984.
김윤정, 『황순원 문학 연구』 새미, 2003.
노승욱, 『황순원 문학의 수사학과 서사학』 지식과 교양, 2010.
미셸 푸코, 이상길 역, 『헤테로토피아』 문학과지성사, 2014.
서철원, 「오정희의 「옛우물」에 나타난 소환 콤플렉스 양상 연구」 『현대문학이론연구』 2019.
서철원, 「『혼불』의 소환 콤플렉스」 국어문학 제77집, 국어문학회, 2021.
응원서, 「그의 인간과 단편집 『기러기』」 『황순원 문학전집』 제3권, 삼중당, 1973.
쟈크 랑시에르, 오윤성 역, 『감성의 분할』 도서출판 b, 2008.
장현숙, 『황순원 문학 연구』 푸른사상사, 2005.
정수현, 『황순원 소설 연구』 한국학술정보, 2006.

---

**124** 양조위와 장만옥이 주연한 영화. '사랑'과 '불륜' 사이 깊은 내면의 울림을 선사하는 작품으로 제53회 칸 국제영화제 남우주연상과 기술대상을 수상했다.

천이두, 「토속적 상황설정과 한국소설」, 『사상계』 제188호, 1968.

천이두, 『綜合에의 의지』, 일지사, 1974.

천이두, 『문학과 시대』, 문학과지성사, 1982.

천이두, 『한국현대소설론』, 형설출판사, 1985.

천이두, 『한의 구조 연구』, 문학과지성사, 1993.

천이두, 「황순원의 「소나기」」, 『한국현대소설 작품론』, 문장, 1993.

천이두, 「綜合에의 의지 : 황순원의 『움직이는 城』」, 『황순원-작가론총서8』, 새미, 1998.

최정희, 「황순원 나」, 『말과 삶과 自由』, 문학과지성사, 1985.

W. 카이저, 김윤섭 역, 『언어예술작품론』, 대방출판사, 1982.

# 천이두가 쓴 박경리 작품론에 대한 이해와 질문

현순영

## 1. 천이두가 쓴 박경리 작품론 '다시' 읽기

'그'가 남겨 놓은 평론을 '다시' 읽는 이유는 무엇인가? 그것은 '그'가 텍스트를 해석하고 평가한 관점과 내용을 확인하고 기억하기 위해서이고, 그 평론 속에 시간을 '이겨내고' 남아 있는 어떤 틈새와 균열과 징후를 드러내기 위해서이다. 텍스트와 '그'의 비평적 의식이 치열하게 상호작용하는 과정에서 형성되었을 그 틈새와 균열과 징후는 과거의 것이지만 과거의 것만은 아니다. 그것들은 시간을 '이겨내고' 남아 있으므로 현재의 것이며, 텍스트에 대한 새로운 비평적 인식을 촉발할 수 있으므로 미래의 것이다.

본고에서는 천이두의 박경리 작품론들을 '다시' 읽고자 한다. 천이두의 박경리 작품론은 다음과 같이 모두 세 편이다. 「에고적 측면과 초에고적 측면」(『현대문학』, 1968. 5.), 「정통과 이단 – 박경리·박상륭」(『문학과지성』 20호, 1975), 「한의 여러 궤적 – 박경리」(『현대문학』, 1994. 10.). 이 세 편의 글에서 천이두가 박경리의 작품을 해석하고 평가한 관점과 내용을 또렷이 파악하는 것을 첫 번째 과제로 삼는다. 그리고 세 편의 글에서 부연이 필요한 부분을 짚고, 논의를 심화하거나 확대할 만한 가치가 있는 문제들을 추출하는 것을 두 번째 과제로 삼는다. 두 번째 과제를 수행하는 과정에서 천이두의 박경리 작품론 속에 시간을 '이겨내고' 남아 있는 틈새와 균열과 징후를 드러낼 수 있을 것이다. 그 틈새와 균열과 징후를 사유함으로써 우리는 박경리의 작품들에 대해 어떤 견해를 가질 수 있을 것이며 천이두의 비평 의식을 현재와 미래의 것으로 되살리고 지속시킬 수 있을 것이다.

## 2. 천이두가 쓴 박경리 작품론에 대한 이해와 질문

### (1) 「에고적 측면과 초에고적 측면」[125]-'에고'의 의미와 박경리의 「우화」 읽기

「에고적 측면과 초에고적 측면」은 천이두가 『현대문학』 1968년 5월호에 쓴 소설 월평으로서 『월간중앙』 창간호(1968. 4.)에 발표된 김동리의 단편 소설 「꽃 피는 아침」과 박경리의 단편소설 「우화(寓話)」를 평한 글이다.

천이두는 이 글의 서두에서 '작가의 에고적 조건이 하나의 작품으로 형상 화되기까지 과연 어느 정도의 굴절 과정을 거쳐야 할까?'가 소설 미학의 가 장 초보적이지만 가장 궁극적인 물음이고, 이 물음은 '무엇'을 '어떻게' 쓸 것인가 하는 물음이기 전에 작가, 그 사람의 원초적 생명의 비밀과 직결되 는 물음이라고 전제했다. 이런 전제 아래 그는 좋은 소설이란 작가의 에고 의 측면을 드러내는 동시에 그것을 초월해 보편적 차원을 이룬 작품이라고 말했다. 천이두는 김동리의 「꽃 피는 아침」과 박경리의 「우화」는 기법상의 특질은 다르지만 "작가의 에고적 상황과 작중 상황의 관계가 비교적 정당한 역학 관계 위에서 이룩되어졌다고 느껴졌기 때문"에 재미있었다고 밝히고, 지면의 분량을 감안해 김동리의 「꽃 피는 아침」에 대해서만 상론했다.

김동리의 「꽃 피는 아침」은 주인공 '나'가 친지들과 화투를 치며 밤샘을 하고 봄날 아침 가랑비를 맞으며 우울한 기분으로 귀가하다 길에서 꽃나무 를 산다는 이야기다. 천이두는 주인공 '나'의 고독한 모습에서 작가 김동리

---

**125** 「에고적 측면과 초에고적 측면」은 천이두의 『한국소설의 흐름』(국학자료원, 1998)에 재수록되었다. 본 고에서는 『한국소설의 흐름』에 실린 것을 텍스트로 삼는다.

의 에고의 일면을 어렵지 않게 느낄 수 있는데 이 이야기에는 작가의 에고 이상의 보편적 차원도 반영되어 있다고 평했다. 즉 주인공의 고독이 인간 일반의 숙명적 소외감으로 확장되어 있다고 했다. 또 주인공의 고독은 역설적으로 그의 옵티미스틱(optimistic)한 행위를 통해서도 드러나는데, 그 옵티미즘(optimism)도 주인공의 개인적 에고의 차원을 벗어나 있다고 했다.

「에고적 측면과 초에고적 측면」에 대해 다음 두 가지 문제를 생각해 볼 필요가 있다. 첫째는 천이두가 쓴 "에고적"이라는 말의 뜻이다. 둘째는 천이두가 박경리의 「우화」을 어떻게 읽었을까 하는 것이다.

먼저, 천이두가 쓴 "에고적"이라는 말의 뜻을 이해하기 위해 가장 먼저 주목해야 하는 것은 그가 쓴 "초에고적"이라는 말이다. 천이두는 "에고적"이라는 말과 함께 "초에고적"이라는 말을 제목에 썼다. 그런데 본문에서는 "초에고적" 대신 "보편적"이라는 말을 썼다. "초에고적"이 '보편적'과 같은 말이라면 "에고적"은 '개성적'라는 뜻으로 이해할 수 있다. 말하자면, 천이두는 「에고적 측면과 초에고적 측면」에서 소설에 있어서의 '개성'과 '보편'의 문제에 대해 논한 것이다.

이상섭이 '개성'에 대해 상세히 설명한 바 있다.[126] 그의 설명을 참조해 천이두가 '에고'라는 말로 표현한 '개성'이란 어떤 것인지 이해해 보기로 한다.

이상섭은 개성을 "한 개인을 다른 개인들에게서 구별 짓는 내적 특질들의 총합"이라 정의하고, 개성이라는 말 대신 '주관', '주체성', '자아'라는 말이 쓰이기도 한다고 설명했다. 이어서 이상섭은 문학적 표현에 개성이 관여하는 방식에 대한 논란이 있다고 전제하고, '문학은 개성의 표현이다.'라는 명제를 분석했다. 그에 따르면, '문학은 개성의 표현이다.'는 '개성은 문

---

**126** 이상섭, 『문학비평용어사전』, 민음사, 1984. 14-15쪽.

학적 표현의 주체이다.', '개성은 문학적 표현의 대상(목적)이다.', '개성은 문학적 표현의 수단이다.' 등 세 가지 의미로 해석될 수 있는 애매한 명제이다. 이상섭은 그 세 가지 의미를 자세히 설명했다. 그 내용을 '개성'이라는 말의 의미를 중심으로 정리하면 다음과 같다. 첫째, '개성은 문학적 표현의 주체이다.'라고 할 때, '개성'은 실제 문인을 가리킨다. 문인도 사회인으로서 이웃과 같은 점을 가지고 그것에 의지해 사회생활을 한다. 그러나 문학적 표현 주체로서의 문인은 심리적·사회적으로 특수한 인물이다. 문인은 창작할 때는 개인으로서 자신의 특수한 입장을 예민하게 의식한다. 그렇다고 해서 문인이 창작할 때 개인의 특수성만 고집하는 것은 아니다. 문인은 소재 및 주제를 선택하고 배열하고 조직하는 등의 작업을 할 때 문학적 전통과 독자를 의식하는 등 사회적 고려를 한다. 요컨대, 문학적 표현 주체로서의 개성, 즉 문인은 사회적 공통성과 개인적 특수성을 모두 가지고 있고 그것들은 긴장 관계를 이룬다. 둘째, '개성은 문학적 표현의 대상(목적)이다.'라고 할 때 '개성'은 개인의 특수한 정신 내용을 가리킨다. 개인은 자신의, 남과 다른 특수한 정신 내용을 귀중하고 아름답게 여길 수 있다. 그러나 그것을 남들도 그렇게 느낄 것을 보장할 수는 없다. 더욱이 극도로 개인적인 특수한 것은 남들이 이해하기 어려울 수도 있다. 또 개성은 불변하므로 한 번 작품으로 표현하면 다른 작품으로는 표현할 수 없게 된다. 셋째, '개성은 문학적 표현의 수단이다.'라고 할 때 '개성'은 문인의 예술적 선택의 원리, 관찰의 각도, 미적 감각, 인생관 등을 가리킨다. 그런 개성에 의해 표현되는 것은 객관적인 사물이다.

개성과 문학적 표현에 대한 이상섭의 설명을 따르면, 천이두는 '자아'라고 번역할 수 있는 '에고'를 '개성'의 뜻으로 썼다고 판단할 수 있다. 또 그는 '개성'을 문학적 표현의 '대상(목적)'으로 간주했다고 볼 수 있다. 그가 김동리의 「꽃 피는 아침」에 대해 평한 내용을 보면 그렇다. 그는 김동리가 그 작품에 에고, 즉 개성으로서의 고독과 옵티미즘을 표현했는데 그것이 그의 개성에 머물지 않고 보편적 차원으로, 인간이면 누구나 공감할 수 있는 것으로 확장되었다고 판단한 것이다.

「에고적 측면과 초에고적 측면」에서 천이두 평론가는 박경리의 「우화」에 대해서는 상론하지 않았기 때문에 그가 「우화」에서 "작가의 에고적 측면과 그것을 초극하는 보편적 측면의 역학 관계"를 어떻게 파악해냈는지 알 수는 없다. 그러나 그것을 추정해 볼 수는 있다. 「우화」에 등장하는 인물들의 개성, 즉 인물들 개인의 특수한 정신 내용은 주인공인 소설가 송 선생에 의해, 그가 쓰는 소설을 통해 보편적 차원으로 확장된다.

송 선생의 친구인 이상진은 환도 무렵 낡은 건물에서 학교를 열어 정열과 성실과 이상으로 키웠다. 그는 원래 학교의 공동 경영주였는데 언제부턴가 고용 교장처럼 되어 버렸다. 이사장 측은 교육보다는 돈벌이에 혈안이 되어 있다. 학교 운영 자금을 유용해 비단 공장, 화장품 공장에 투자하고, 이상진에게는 여러 가지 혜택을 주며 학교 운영에 관여하지 못하게 한다. 이사장 측의 비행을 보고만 있을 수 없는 이상진은 그들과 싸워야 할지, 학교를 떠나야 할지 고민하고 있다.

송 선생의 사촌 누이 혜숙은 부모에게 물려받은 유산이 적지 않았는데 결혼한 뒤 내내 남편에게 사업 자금을 대주면서 남편과 불화를 겪었다. 게다가 남편은 일본에 내연녀를 두었다. 그런데도 혜숙은 이혼하지 않았다. 남편을 사랑해서도, 남편과 헤어지기 싫어서도 아니었다. 남편에게 이용당하고 있다는 의식, 자기혐오를 극복하지 못하는 한 남편을 사랑하지 않는다고 명확히 판단할 수 없다고 생각했고, 무일푼이 되어야만 남편에게 이용당하고 있다는 의식, 자기혐오를 극복할 수 있다고 생각했기 때문이다.

혜숙은 남편의 사업 자금을 대다 큰 빚까지 졌고 채권자들에게 시달리고 있다. 무일푼이 되고 싶다는 그녀의 바람이 이루어진 것이다. 송 선생은 혜숙이 모든 것을 잃었지만 그녀 자신만은 잃지 않았다고 생각한다.

송 선생은 이상진의 방문을 받고 부인에게서 혜숙의 근황을 전해 들으며 소설을 쓴다.[127] 돌이와 용이 부부의 갈등이 그 소설의 주요 내용이다. 돌이 집 마당 소나무에 까치 내외가 집을 짓고 있다. 까치들은 곧 알을 낳을 것이므로 종일 날개가 찢어지게 집 짓는 일에 몰두한다. 원래 까치들은 돌이의 이웃 용이네 집 뒤편 낙엽송에 둥지를 틀었었다. 그런데 용이가 무슨 심술 때문인지 그 둥지를 털어 버렸다. 땅도 처자도 없는 돌이는 품팔이꾼이었다. 그런데 작년 가을, 아무도 거들떠보지 않는 자갈땅을 일구어 아이 머리만한 고구마를 다섯 섬이나 거뒀다. 그 뒤 돌이는 품팔이를 그만두었다. 그리고 올가을에 분이를 아내로 맞이하려고 씨고구마도 묻어 두고 나뭇짐과 숯도 해다 팔면서 준비하고 있다. 돌이가 고구마 농사에 성공한 뒤 마을 사람들은 그를 질투하고 따돌렸다. 용이의 질투는 노골적이다. 어느 날, 돌이는 한 여인이 집 안에서 뒤꼍으로 달아나는 것을 목격했다. 용이의 아내였다. 돌이는 그날 새끼만 있는 까치집을 공격하는 까마귀 두 마리와 싸움도 벌여야 했다. 까마귀들은 까치 내외가 돌아와 목숨을 걸고 덤비자 달아났다. 이튿날 돌이는 뒤꼍으로 달아나는 용이 아내를 또 봤다. 그리고 씨고구마 모아둔 곳에 그녀가 언제부턴가 뜨거운 물을 부어 씨고구마를 다 썩혀 버렸다는 것을 알게 되었다. 돌이는 용이네를 찾아갔지만 발뺌하는 용이 부부에게 제대로 따지지 못했다. 마을 사람들은 용이 부부 편만 들고 돌이의 말은 들으려고도 믿으려고도 하지 않았다. 돌이는 혼수감을 팔아서라

---

127 박경리의 「우화」는 액자소설이라고 할 수 있다. 송 선생이 쓰고 있는 소설이 내화(內畵)이다.

도 씨고구마를 사겠다고 소리치며 분통을 터뜨렸다. 그런데 다음날 돌이는 혼수감을 도둑맞았다. 돌이는 용이네를 찾아가 혼수감을 내놓으라고 했다. 용이는 돌이를 미친 사람 취급하며 그를 헤칠 연장을 찾았다. 돌이가 '혼수감'을 외치며 마을 느티나무 밑으로 달려가자 마을 사람들이 모여들어 돌이가 병에 걸렸다고, 용이가 운수가 나쁘다고 수군거렸다. 돌이는 다시 용이네 집으로 쫓아가서 모아둔 돈이 있다고, 그 돈으로 씨고구마를 사서 자기 밭에 심고 말겠다고 외쳤다. 이튿날 아침, 돌이는 돈마저 없어진 것을 발견했다. 그는 사지가 멀쩡한 이상 읍내에서 머슴을 살아서라도 '내 밭에 씨는 넣고 말겠다'고 외쳤다. 그리고 눈물을 흘리며 느티나무 밑으로 달려가 마을 사람들에게 용이가 자기 돈까지 가져갔다고 알렸다. 마을 사람들은 그가 완전히 미쳤다고 수군거렸다. 세상에 이런 법도 있느냐는 말만 한나절 외치다 지쳐 버린 돌이는 흐느끼며, 휘청거리며 다시 용이네 울타리 밑으로 가 자기는 사지가 성하니 자기 밭에 씨를 넣고 말 것이며 가을에는 머리통 같은 고구마를 열 섬은 거둘 것이라고 외쳤다. 그러나 아무도 그 소리를 알아듣지 못했다. 해 질 무렵, 돌이가 넋이 빠진 채 까치집을 올려다보며 까치들이 떠나면 자기도 다 버리고 떠나겠다고 중얼거리고 있을 때 용이 부부가 몽둥이와 낫을 들고 들이닥쳤다. 그들은 자기네를 도둑으로 몰았다며 돌이를 위협했다. 그런데 바로 그때 소나무에서 까치들이 날아 내려왔다. 돌이가 용이의 몽둥이를 머리에 맞고 피 흘리는 머리를 감싸며 쓰러질 때 까치들이 용이 부부의 눈알을 쪼았다. 용이 부부가 피 흘리는 눈을 누르고 비명을 지르며, 살려달라고 소리치며 느티나무 밑을 향해 달아날 때 까치들은 미친 듯이 우짖으며 돌이 곁을 맴돌았다. 용이 부부가 돌이 집에 눈깔 빼먹는 귀신 까치가 나타났다고, 살려달라고 미친 듯이 소리치자 마을 사람들이 순식간에 모여들었다. 돌이가 귀신 까치를 시켜 자기들 눈을 쪼게 했고 돌이를 죽이지 않으면 마을이 다 망할 것이라는 용이의 말에 장정들은 집으로 달려가 연장과 화살을 들고 나왔다. 그리곤 돌이를 죽이고 까치들도 죽였다.

송 선생의 소설은 일종의 알레고리[128]이다. 돌이와 용이 부부의 갈등은 이상진과 이사장 측의 갈등, 혜숙과 남편과의 갈등에 대한 비유로 볼 수 있으며 나아가 한 보편적인 인간 갈등의 구조에 대한 비유로도 볼 수 있다. 송 선생은 알레고리를 통해 이상진과 혜숙 개인의 문제를 인간 보편의 문제로 확대하여 제시했다고 말할 수 있다. 송 선생에게 작가 박경리의 개성이 드리워져 있는 것은 물론이다. 천이두는 바로 이 점을 주목해 박경리의 「우화」에서 '개인'이 '보편'으로 확장되는 양상이 보인다고 평했을 것으로 추정된다.

### (2) 「정통과 이단」,[129]-장편소설의 관습과 작가의 현실 인식

「정통과 이단 – 박경리·박상륭」은 박경리의 장편소설 『단층(斷層)』(세대사, 1975)[130]과 박상륭의 장편소설 『죽음의 한 연구』(문학과지성사, 1973)에 대

---

**128** 알레고리(allegory)는 이중적 의미를 가지는 이야기의 유형을 지칭한다. 행위자의 행동, 때로는 그 배경까지가 일차적 수준에서 일관된 의미를 구성하는 데에서 나아가 이차적 의미를 구성하도록 고안된 이야기이다. 따라서 알레고리는 두 가지 수준(어떤 경우에는 세 가지 또는 네 가지 수준)에서 읽히고 해석되며 이해될 수 있는 이야기이다. 알레고리는 우화[fable]나 비유담[farable]과 밀접한 관계를 갖는다. 우화는 도덕적 명제나 인간 행동의 원리를 예증하는 짧은 이야기로서 대개 결말 부분에서 화자와 작중인물 중 하나가 경구[Epigram]의 형식으로 도덕적 교훈을 진술한다. 가장 흔한 것이 동물우화[beast]이다. 비유담은 작가가 독자에게 알리려고 하는 명제 또는 교훈과 작품의 구성 부분 사이의 암묵적이면서도 상세한 유사성을 강조할 수 있게 제시되는 짧은 설화이다. 이상섭, 앞의 책, 193-195·210쪽 ; 한용환, 『소설학 사전』, 문예출판사, 1999, 305-307쪽 ; M. H. 아브람스 저, 최상규 역, 『문학용어사전』, 보성출판사, 1994, 6-10쪽 참조.

**129** 「정통과 이단 – 박경리·박상륭」은 천이두의 『한국소설의 관점』(문학과지성사, 1980)에 재수록되었다. 본고에서는 『한국소설의 관점』에 실린 것을 텍스트로 삼는다.

**130** 『단층』은 1974년 2월 18일부터 12월 31일까지 「동아일보」에 연재된 작품이다. 연재 완료 후 세대사에서 상·하 두 권으로 출간되었다. 본고에서는 지식산업사에서 1986년에 출간한 전집본을 참고하였다.

한 글로서 1975년『문학과지성』20호에 실렸다. 두 작품이 막 출간되었을 때 천이두가 잡지사의 요청으로 쓴 서평이다.

이 글에서 천이두는 박경리의『단층』과 박상륭의『죽음의 한 연구』가 소설이라는 양식의 두 극단적 측면을 각각 대표한다고 평가했다. 그는 구상화(具象畵)와 추상화(抽象畵)의 차이를 환기하며 글을 시작했다. 즉 구상화와 추상화의 차이는 현실에 대한 화가의 태도의 차이, 화가가 그림과 현실 사이의 연계성을 전제로 하느냐, 하지 않느냐의 차이에서 비롯되는데 화가가 현실과 어느 정도의 연계성을 갖느냐 하는 문제는 그림에 현실을 얼마나 반영하느냐의 문제로 귀결되며 화가가 현실로부터 얼마나 자유로울 수 있느냐 하는 문제는 그림이 얼마나 순수할 수 있느냐의 문제로 요약된다고 설명했다. 그는 그런데 모든 예술(예술가)은 '순수하고 싶은 염원', '현실로부터 도피하고 싶은 염원'을 가지고 있고 추상화는 그런 염원을 회화라는 장르로써 표현한 것이지만 문학, 특히 소설은 추상화나 음악처럼 순수할 수 없는 숙명적 조건을 지닌다고 했다. 문학의 도구인 언어 자체가 현실과 관련을 맺을 수밖에 없고, 소설의 기본적 요소인 액션(action)도 일정한 현실 ─ 그것이 아무리 가공적, 허구적 현실일지라도 ─ 을 전제로 할 수밖에 없기 때문이라는 것이다. 그는 박경리의『단층』과 박상륭의『죽음의 한 연구』도 소설의 그런 숙명적 조건을 지니고 있다고 했다. 이 두 작품에도 인물이 등장하고 액션이 전개되고 일정한 현실이 펼쳐진다는 것이다. 그러나 그는 두 작품에 펼쳐지는 현실은 그 차원이 다르다고 판단했다. 박경리의『단층』속 현실은 실제 현실과 긴밀하게 연계된 현실이지만『죽음의 한 연구』속 현실은 실제 현실과 완전히 유리된, 과거에도 없었고 앞으로도 있을 수 없는, '인공(人工)의 현실'이라는 것이다. 두 소설의 그런 특성이 갖는 의의를 그는 현대소설의 정통과 이단이라는 관점에서 논했다. 그는 '소설과

현실-소재로서의 현실이든 가공적 작중 현실이든-과의 관계는 무엇인가?'
라는 물음이 현대소설이 제기해 온 핵심적 물음이고 소설 문학의 정통은
실제 현실과의 긴밀한 연계 위에 문학적 현실, 즉 작중 현실을 구축하려고
시도해 온 과정이었으며 20세기의 실험적 소설들은 실제 현실과의 연계를
되도록 단절하려는 시도들이었다고 전제했다. 그 전제 아래 그는 박경리의
『단층』과 박상륭의『죽음의 한 연구』는 소설 문학의 정통과 이단을 각각 전
형적으로 따른다고 판단했다.

이어 천이두는 각 작품에 대해 상론했다. 여기서는 그가 박경리의 『단
층』에 대해 논한 부분만을 자세히 살피기로 한다.

먼저, 천이두는 박경리의 『단층』은 장편소설로서의 컨벤션(convension)
을 비교적 충실하게 준수한 작품이라고 평가하고 그 이유를 두 가지 제시
했다. 첫째는 이 작품에 설정된 현실이 실제 현실과 긴밀한 연계를 맺고 있
다는 것이다. 즉 실제 현실과 작중 현실 사이에서 방법론적인 굴절, 왜곡이
그다지 심하게 이루어지지 않았다는 것이다. 둘째는 작중 현실을 바라보는
작가의 관점이나 입장이 실제 현실을 바라보는 작가의 관점이나 입장과 크
게 다르지 않다는 것이다. 천이두는 이 작품의 언어적 특징, "평명한 일상어
를 기반으로 한 사실적 묘사문"이 "주축을 이루고 있는 사실"을 그 근거로
들었다.

다음으로, 천이두는『단층』의 주제 분석에 집중했다. 그는 '가족 구성원
들 간의 뒤틀린 관계 또는 관계의 단절'을 첫 번째 주제로, '6.25의 상처 극
복'을 두 번째 주제이자 핵심 주제로 파악했다. 천이두는 첫 번째 주제가 근
태의 가족 이야기와 근태의 사촌 누이 재선의 가족 이야기를 통해 모두 제
시된다는 것을 분석적으로 밝혔다. 그리고 이 작품의 제목 "단층"은 '가족
구성원들 간의 뒤틀린 관계 또는 관계의 단절'을 상징한다고 해석했다. 나

아가 천이두는 이 작품 속 인물들의 관계가 뒤틀리거나 단절된 근본 원인이 6.25 전쟁이라는 점을 주목했다. 인물들이 6.25의 상처로 인해 나름의 삶의 방식을 취하는 과정에서 관계의 왜곡과 단절이 비롯되었다는 것이다. 그는 근태, 재선, 수용의 경우를 통해 그 점을 설명했다. 천이두가 가장 중시한 것은 인물들이 6.25의 상처를 극복하는 계기와 양상이다. 그는 그것을 이 작품의 두 번째 주제이자 핵심 주제로 보고, 윤희와 수영 그리고 근태의 경우를 분석했다. 그런데 그에 따르면, 윤희의 이야기는 이 작품을 통속적인 것으로 격하시키는 면이 있고 수용의 경우에는 6.25의 상처를 극복하는 "달라짐"의 계기가 분명하지 않다. 결국 그는 근태의 경우를 통해 '6.25의 상처 극복'이라는 주제가 설득력 있게 제시되고 있다고 판단했다.

근태가 자기 생모의 장례식에 참석을 하고 이부(異父)동생으로부터 물욕과 아집으로 일관한 생전의 생모의 행적을 듣고, 심신이 아울러 지친 몸으로 돌아와 평소의 말벗인 권씨와 지난날을 이야기하는 것, 그것은 그에 있어서는 중요한 삶의 전환점으로 된다. 권씨에게 더듬거리며 늘어놓는 근태의 이야기들, 그것은 근태에 있어서는 일종의 고백이었던 것이다. 권씨가 근태의 고백을 들어주는 것, 그것은 권씨의 말마따나 신부노릇을 하여주는 셈이 되는 것이며, 근태로 볼 때 자기는 고해 성사에 참여한 셈이 되는 것이다.

사실상 근태는 이 고해 성사를 통하여 재생의 계기를 포착한 것이다. (…중략…) 자신의 과거를 확인함으로써 주눅 들렸던 자신의 삶의 의지를 되찾은 것이요, 치유될 수 없는 응어리로 남아 있었던 6.25의 상처를 치유할 수 있는 계기를 포착한 것이다.[131]

---

**131** 천이두, 「정통과 이단」, 『한국소설의 관점』, 문학과지성사, 1980, 65-66쪽.

주제 분석에 이어 마지막으로 천이두는 『단층』에서 현실에 대한 작가 박경리의 시야가 넓어지고 깊어지고 있다는 것을 확인할 수 있다고 했다.

이 작품에서 우리가 주목할 수 있는 것은 자기의 대 현실 자세가 보다 한 걸음 앞으로 다가선 듯한 인상을 주고 있는 점이다. 가령 작가 자신의 입장이 비교적 잘 반영되어 있다고 할 수 있는 재선의 자세를 통해 그것은 잘 드러난다. 그것은 물론 한국의 중년 여인으로서의 온건한 것이기는 하지만, 아무튼 젊은 세대의 입장(가령 오인환이나 부용의)을 이해하려는 적극적인 노력이 나타나고 있는 것은 사실이다. 이런 측면은 시대 현실에 대한 이 작가의 시야가 점차 넓어져 가고 있다는 사실을 반영하고 있는 것으로 간주해도 좋을 것이라 생각되는 점이다.[132]

천이두가 박경리의 『단층』에 대해 평한 내용 중에도 부연하거나 논의를 심화하고 확대할 만한 문제들이 있다. 첫째, 『단층』이 장편소설의 컨벤션을 비교적 충실하게 준수한 작품이라고 평가한 이유 중 두 번째 것은 다소 모호하다. 작중 현실을 바라보는 작가의 관점이나 입장이 실제 현실을 바라보는 관점이나 입장과 크게 다르지 않다는 것을 어떻게 확인할 수 있는지, 평명한 일상어를 기반으로 한 사실적 묘사문이 작품의 주축을 이루고 있는 사실이 그것을 어떻게 뒷받침한다는 것인지 분명히 이해하기 어렵다. 둘째, 천이두는 『단층』이 현실에 대한 작가 박경리의 시야가 심화·확대되고 있다는 것을 보여준다고 평가하였는데, 그 평가는 박경리 소설 연구의 쟁점이 될 만한 것으로서 검토가 필요하다. 박경리가 『단층』 이전에 쓴 장편소

---

**132** 위의 글, 67쪽.

설들[133]과 『단층』을 현실의 반영 정도, 실제 현실과 작중 현실에 대한 작가의 관점과 입장의 면에서 비교하고 대조해 볼 필요가 있다.

### (3) 「한의 여러 궤적」[134]–'한의 삭임'과 서정성 또는 예술성

「한의 여러 궤적 – 박경리」는 천이두가 『토지』 완간에 맞춰 『현대문학』 1994년 10월호에 쓴 글이다. 이 글에서 천이두는 『토지』의 소설사적 의의를 밝히고 『토지』 속 인물들의 삶을 '한(恨)의 궤적'으로 보고 논했다.

먼저, 천이두는 박경리의 『토지』가 지니는 소설사적 의의를 이 작품이 세운 기록들을 근거로 하여 여섯 가지로 밝혔다. 첫째, 『토지』는 분량 면에서 우리 문학사에 기록을 세운 작품이라는 것이다. 『토지』는 전질 16권, 원고지 4만 장 분량의 소설로서 그 분량이 벽초 홍명희의 『임꺽정전』을 능가할 것이라고 천이두는 추정했다. 둘째, 『토지』의 시간적·공간적 배경이 기록적이라는 것이다. 조선 왕조가 열강의 침략을 받는 19세기 말부터 일제 강점기를 거쳐 1945년 8.15광복까지 거의 1세기에 달하는 기간이 『토지』의 시간적 배경이라는 점, 『토지』의 공간적 배경이 경상도 하동 평사리에서 진주, 서울, 만주 등지로, 파노라마 식으로 바뀌며 확대된다는 점이 그 근거이다. 셋째, 『토지』에 등장하는 인물들의 숫자, 관계, 다양성, 다변성이 기록적이라는 것이다. 즉 이 소설의 중심인 최참판 네 인물들뿐만 아니라 최참

---

**133** 박경리가 『단층』 전에 쓴 장편소설들은 다음과 같다. 「표류도」, 『현대문학』, 1959. 2-11. 「성녀와 마녀」, 『여원』, 1960. 4-1961. 3. 「노을진 들녘」, 「경향신문」, 1961. 10-1962. 6. 「가을에 온 여인」, 「한국일보」, 1962. 8-1963. 5. 「재혼의 조건」, 『여상』, 1962. 11-1963. 4. 「녹지대」, 「부산일보」, 1964. 6-1965. 4. 「파시」, 「동아일보」, 1964. 7-1965. 5. 「타인들」, 『주부생활』, 1965. 4-1966. 3. 「환상의 시기」, 「한국문학」, 1966. 3-12. 「토지(1부)」, 『현대문학』, 1969. 9-1972. 9. 「토지(2부)」, 『문학사상』, 1972. 10-1975. 10. 작품 연보, 원주시 박경리 문학문학공원, https://www.wonju.go.kr/tojipark/contents.do?key=4167&, 검색: 2021. 11. 3.

**134** 「한의 여러 궤적-박경리」는 천이두의 『우리 시대의 문학』(문학동네, 1998)에 재수록되었다. 본고에서는 『우리시대의 문학』에 실린 것을 텍스트로 삼는다.

판 네와 직·간접적으로 관련 있는 인물들도 거의 3, 4대에 걸친 집안 내력을 업고 등장하는데 그들의 사회적 계층이 다양하고 다변적이며 성격 유형[type]도 다양하다는 것이다. 넷째,『토지』의 집필 기간이 기록적이라는 것이다. 박경리는 1969년에『토지』를『현대문학』에 연재하기 시작했다.『토지』가 완간된 것은 1994년(10월 8일)이다. 박경리는『토지』를 25년 동안 썼다. 다섯째,『토지』는 주인공이 없는 소설인데 그 점이 소설사에 기록될 만하다는 것이다. 즉 천이두는『토지』의 인물들은 각기 자기 시대에만 주인공일 뿐 그 시대가 지나면 중심부에서 사라지므로『토지』는 주인공 없는 소설이라고 할 수 있으며 그런 점에서『토지』는 소설사에 하나의 기록을 세웠다고 평가했다. 여섯째,『토지』는 소설이라는 장르의 거의 모든 속성을 다 포괄하고 있다는 점에서 기록적이라는 것이다. 천이두는『토지』는 대하소설이고 연대기소설이며 사회소설인 동시에 성장소설이라고 했다.

이와 같이, 천이두는『토지』가 여섯 가지 측면에서 기록을 세운 작품이라고 평가하며『토지』의 소설사적 의의를 밝혔다. 그런데 그가『토지』를 고평한 가장 중요한 까닭은『토지』의 가장 핵심적인 문제, 즉 주제를 '한(恨)의 추구'라고 판단했기 때문이다. 우리 문학 및 문화 연구 중 손꼽을 만한 업적인 천이두의, 한에 대한 연구와 걸작『토지』가 만나는, 비평사적으로 의미 있는 장면이「한의 여러 궤적 — 박경리」에 담겨 있는 것이다.

천이두는『토지』에서는 여러 경우에 여러 인물이 한을 운위할 뿐만 아니라 거의 모든 인물이 제 나름의 한을 가지고 살아간다고 보고, 그 양상을 설명했다. 그 내용을 요약하면 다음과 같다.

윤씨 부인의 삶은 그 자체가 한이다. 청상과부가 된 뒤 그녀는 불륜으로 아들을 낳았다. 그 아들 구천이 큰아들 최치수의 아내, 즉 며느리와 불륜의 관계를 맺고 행방을 감춘다. 편집광적인 복수심의 포로가 된 큰아들 최치수가 그들을 집요하게 추적한다. 그러나 윤씨 부인은 자신의 죄업 때문에 미구에 일어날지도 모를, 아들들 사이의 살육 행위를 말리지 못한다. 그러던 중 최치수가 김평산 등의 음모로 무참히 살해된다. 참혹한 불행을 잇따라 겪으면서도 손녀 서희가 걱정되어 죽지도 못하는 윤씨 부인의 삶은 그 자체가 한이다.

윤씨 부인의 큰아들 최치수도 한에 들려 있다. 그는 불륜으로 인한 죄의식 때문에 마음의 문을 닫아버린 어머니에게서 사랑을 받지 못한 데다가 철저히 개인 위주의 윤리를 강조하는 스승 장암의 학문적 영향을 받아 극단적으로 고립적이고 편집광적인 인물이 된다. 그는 남성의 기능을 상실한 터에 아내가 머슴 구천과 불륜의 관계를 맺고 행방을 감추자 강한 복수심을 품고 그들을 집요하게 추적한다. 최치수의 추적은 그의 짙은 원한에서 비롯된 행위라고 할 수 있다.

어머니의 출분, 아버지의 비명횡사, 할머니의 갑작스런 죽음으로 혈혈단신이 된 어린 최서희는 모든 일이 다 못마땅하고 원망스럽다. 악당 조준구에게 집과 전장을 빼앗기고 일신의 안위마저 위태롭게 되어 멀리 만주 용정으로 피신할 수밖에 없게 된 최서희의 가슴에는 복수의 일념, 한이 사무친다. 최서희가 오매불망 염원하는 것은 빨리 재물을 모아 귀향해 조준구에게서 집과 전장을 되찾는 일이다.

최참판 네 인물들뿐만이 아니다. 용이·월선·강청댁·임이네에서 홍이로 이어지는 가계, 봉순네, 봉순(기화), 양현으로 이어지는 가계, 김평산, 김두수·한복 등으로 이어지는 가계, 송관수, 송영광 등으로 이어지는 가계에서도 한이 업보처럼 흐른다. 또, 사랑하는 사람을 두고 딴 사내와 결혼함으로써 깊은 상처를 입게 되는 임명희, 일본인을 사랑하여 그의 아이를 낳지 않으면 안 되게 된 상황에서 결국 사랑도 자식도 버리고 방황하는 유인실, 의

지가지없이 외로움을 노래로 삭이며 세상을 떠돌아다니는 주갑 등도 모두 한을 안고 살아가는 인물들이다.

천이두는 『토지』의 인물들 거의 모두가 한을 안고 살아간다는 점을 근거로 하여 『토지』라는 시공간 안에서는 사람 사는 일 자체가 한이요, 인간 존재 자체가 한이라고 말했고 그런 맥락에서 "토지"라는 제목의 의미를 밝혔다. 그는 "토지"는 "한"이라고 했다. "토지"는 일차적으로는 하동 땅 평사리의 방대한 영토, 그 영토에서 살아가는 사람들의 삶을 의미하는데, 거기서 그치지 않고 사람이 살아가는 숙명적인 터전, 인간의 조건까지도 의미한다는 것이다. "인간의 조건"이란 '인간은 한을 안고 살아가게끔 운명지어져 있다'는 것이고, '인간은 한을 안고 살아가게끔 운명지어져 있다'는 것은 '인간은 땅, 즉 토지를 밟고 살아가게끔 운명지어져 있다'는 것과 같은 뜻이라는 것이 천이두의 생각이다.

그런데 천이두가 최종적으로 주목한 것은 각 인물의 '한의 궤적'이다. 인물들의 '한의 궤적'을 분석하기 위해 그는 한의 구조에 관해 일찍이 설명했던 내용 중 일부를 요약한다. 즉 바탕이 어둡고 충충한 정서인 한을 주체가 잘 삭이느냐 잘 못 삭이느냐에 따라 한의 궤적, 주체의 삶의 궤적이 달라진다고 전제한다. 한을 잘 삭인 사람은(사람의 삶은) 끊임없이 맑아지고 밝아질 수 있으나 한을 잘 못 삭인 사람은(사람의 삶은) 더욱 어둡고 충충해질 수 있다는 것이다. 이런 전제 아래 천이두는 최서희, 김두수, 구천, 김길상, 송관수 그리고 용이와 월선의 한의 궤적에 대해 논했다. 그 내용을 요약하면 다음과 같다.

김두수는 한을 삭이는 데 실패한 극단적인 예라고 할 수 있다. 김두수의 아버지(김평산)는 살인죄로 처형되고 어머니(함안댁)는 자살한다. 그 뒤 김두수는 살인자의 자식이라는 자의식 즉 한을 화인처럼 지니게 된다. 그는 자신을 살인자의 자식이라며 멀리하는 마을 사람들을 원망하게 되고 유일한 피붙이인 동생 한복을 제외한 모든 사람을 원수로, 나아가 동포를 적으로 생각하기에 이른다. 그가 일제의 밀정이 된 것은 그런 심리 때문이었다고 볼 수 있다. 그는 수족처럼 부리던 윤이병을 잔혹하게 살해하고 정의롭게 살아가려고 기를 쓰는 심금녀에게 가학 행위를 계속하고 철없는 공송애를 타락의 구렁텅이에 빠뜨린다. 김두수에게 한은 그를 끝 모를 야차의 나락 속으로 굴러떨어지게 하는 유인(誘因)이다.

백정이었지만 사회운동에 뛰어든 송관수의 아들, 송영광은 책도 많이 읽었고 예술적 재능도 탁월하고 인물도 훤칠하다. 그러나 그는 백정의 아들이라는 자의식, 한에서 해방될 수 없다. 그 한 때문에 송영광은 한 여인과의 사랑에서 실패하고 색소폰을 연주하며 떠돌아다니게 되고 양현을 진정으로 사랑하면서도 그녀의 사랑을 받아들이지 않는다. 자기 내면에 도사리고 있는 예측할 수 없는 파괴력이 옛 연인을 파멸로 이끈 것과 같이 양현도 파멸로 이끌지 모른다는 두려움을 느끼기 때문이다. 송영광의 한은 그가 행복해지는 길을 끊임없이 가로막는다.

김두수와 송영광이 한을 삭이지 못한 인물들인 반면, 최서희, 구천, 김길상, 송관수, 용이와 월선, 조병수는 주체적 선택과 가치 지향으로 한을 삭이려 했거나 삭인 인물들이다.

어머니의 불륜으로 태어나 부모의 사랑을 받지 못하고 자란 최서희의 한은 집과 전장을 가로채고 자기를 핍박한 조준구에게 복수하겠다는 집념으로 굳어진다. 그 집념으로 그녀는 부를 쌓는 데 성공하고 마침내 조준구에게서 집과 전장을 되찾는다.

구천은 윤씨 부인과 동학 지도자인 김개주의 불륜으로 태어났다. 그는 어머니 윤씨 부인의 집에 머슴으로 들어가 이부(異父) 형인 최치수의 아내

별당아씨와 사랑하게 되고 최치수의 끈질긴 추적을 피해 별당아씨와 팔도의 산중을 헤맨다. 그러던 중 별당아씨가 죽자 구천은 동학운동에 가담한다. 구천은 의로운 일을 함으로써 한을 삭이려 했던 것이다.

김길상은 인물이 출중하고 국량도 넓다. 그러나 그는 노비이다. 김길상의 한은 노비로서의 자의식에서 비롯된다. 그는 자기 신분에 걸맞지 않게 상전의 딸, 최서희를 사모한다. 그로 인해 그의 한은 더 깊어진다. 그의 인물됨을 신뢰하고 신분의 장벽을 무너뜨릴 용기와 고집도 있는 최서희는 김길상을 배필로 선택한다. 그러나 김길상은 최서희와 결혼해도 노비로서의 자의식을 떨쳐버리지 못한다. 만주에서 최서희는 고향으로 돌아가기로 하지만 김길상은 심각한 갈등 끝에 그대로 남아 독립운동에 투신하기로 한다. 그것은 노비로서의 한을 초극하려는 그의 선택이었다.

노비로서의 자격지심, 한을 극복하기 위해 독립투사가 되는 김길상과 비슷하게 송관수도 백정이라는 신분으로 인한 한을 초극하기 위해 사회 운동에 뛰어든다.

용이와 월선의 사랑은 '한의 삭임'이 어떤 것인지를 보여주는 대표적인 예이다. 무당의 딸 월선과 처자가 있는 남자 용이의 사랑은 만나서 누리는 경우보다 헤어져 그리워하는 경우가 더 많은 정한(情恨)으로서의 사랑이다. 김동리에 의하면, 정한이란 다른 무엇으로도 영원히 메울 수 없는 그리움의 감정이다(김동리, 「청산과의 거리 - 김소월」, 『문학과 인간』, 백민문화사, 1948). 용이와 월선의 정한은 용이의 아내 강청댁(임이네)으로 인해 뻗어나가지 못하지만 끊임없이 절제되고 내면화되면서 농도를 더해 간다. 잘 삭아가는 것이다.

조병수도 한을 잘 삭인 인물이다. 그는 악한 부모에게서 태어났고 꼽추이다. 조병수의 한은 거기서 비롯된다. 그는 최서희를 사랑하지만 자신의 처지 때문에 그녀에게 고백조차 못하고 그 사랑을 가슴에 묻는다. 그래서 그의 한은 더 깊어진다. 그러나 그는 자신의 한을 잘 삭여 나간다. 소목으로서 경지에 오르고 장가들어 자녀도 두게 된다. 한 사미승은 조병수를 보고 "어쩌면 눈이 저렇게 깨끗할까?"하고 감탄한다. 조병수가 맑고 깨끗한 눈의 소유자가 되었다는 사실은 그가 한을 삭여 깨끗한 물처럼 만들었다는 것을 뜻한다.

천이두가 한을 완전히 삭인 인물들에게 가장 큰 의의를 부여했다는 점을 숙고할 필요가 있다. 그는 그 인물들을 통해 『토지』의 예술성을 보증했다. 월선과 용이, 조병수에 대한 그의 논평을 다시 보자. 그는 용이와 임종(臨終)의 월선이 극도로 절제된 대화를 나누는 장면을 『토지』에서 가장 아름답고 격조 높은 장면으로 평가했다. 죽음을 앞두고 오로지 그리운 임을 조용히 기다리는 월선, 월선을 마침내 찾아가 다독이고 어루만지는 용이, 그들의 극도로 절제된 대화에서 정한이 고도로 농축되는 동시에 삭아 맑아진 경지를 목격할 수 있다고 했다. 또 천이두는 조병수를 한을 삭이어 맑게 승화시키는 데 성공한 가장 대표적인 인물로 평가하고 그가 다다른 지점이 작가 박경리가 지향한 지점일 것이라고 말했다.

천이두가 인물들의 '한의 삭임' 또는 '한의 승화'를 통해 『토지』의 예술성을 보증했다는 사실에 대해 논의를 심화하고 확대할 필요가 있다. 그 사실은 천이두가 소설에서 인물들이 세계와 대립하고 대결하는 양상만큼 세계와 화해하고 세계를 품는 양상을 중시했다는 것을 뜻하지 않을까? 그가 말한, '한의 삭임'이 자아와 세계의 합일이라는 의미의 '서정'과 통한다고 한다면 그는 소설에서 서사성 못지않게 서정성을 중시했던 것이 아닐까?[135]

---

**135** 「정통과 이단」의 한 부분. 박경리의 『단층』에 대한 그의 논평도 이런 추정을 뒷받침한다. 그는 『단층』의 인물들이 6.25의 상처를 어떻게 극복하고 삶을 끌어안는지에 최종적으로 주목했던 것이다.

나아가 천이두는 '한의 삭임' 또는 '서정성'을 좋은 예술 일반의 속성이자 조건으로 간주했던 것은 아닐까? 좋은 시, 좋은 소설, 좋은 판소리는 주체적 선택과 가치 지향으로 세계와의 대립과 불화를 극복하고 맑고 고양된 영혼과 마음으로 세계를 끌어안은 인간, 한을 삭여 '한 점의 맑음'을 획득한 인간을 보여준다고 그는 생각하지 않았을까?

## 3. 천이두가 쓴 박경리 작품론의 의의와 가치

지금까지 천이두가 박경리의 작품을 평한 글 세 편의 내용을 자세히 파악하고 각 편에서 부연이 필요한 부분, 논의를 심화하거나 확대할 만한 가치가 있는 문제를 짚어 보았다. 먼저, 천이두가 쓴 "에고"라는 말이 무슨 뜻인지, 그가 박경리의 「우화」를 어떻게 읽었을 것인지에 대해 생각해 보았다. 다음으로, 그가 박경리의 『단층』을 장편소설의 관습을 충실하게 준수한 작품이라고 평가한 근거가 타당한지, 『단층』이 현실에 대한 박경리의 시야가 심화·확대되고 있다는 것을 보여주는 작품이라고 판단한 근거가 무엇인지를 질문했다. 마지막으로, 박경리의 『토지』에 대한 그의 글을 통해 그가 말한 '한의 삭임'과 서정성의 관계에 대해, 그가 '한의 삭임' 또는 '서정성'을 좋은 예술의 속성이자 조건으로 간주했을 가능성에 대해 생각해 보았다.

이 문제들은 천이두의 박경리 작품론에 시간을 이겨내고 남아 있는 틈새이며 균열이고 징후이다. 이것들을 천착함으로써 우리는 박경리 소설에 대한 이해를 확대할 수 있을 것이다. 또 천이두가 박경리의 소설 나아가 소설 일반과 예술을 보았던 관점을 더 깊이 이해할 수 있을 것이다. 좋은 비평은 새로운 비평에 영감을 주고 새로운 비평을 낳는다. 천이두의 박경리 작품론들을 '다시' 읽으며 그 사실을 '다시' 확인한다.

# 참고 문헌

1. 텍스트

천이두, 「에고적 측면과 초에고적 측면」, 『한국소설의 흐름』, 국학자료원, 1998.

천이두, 「정통과 이단-박경리·박상륭」, 『한국소설의 관점』, 문학과지성사, 1980.

천이두, 「한의 여러 궤적-박경리」, 『우리 시대의 문학』, 문학동네, 1998.

2. 참고 자료

김동리, 「꽃피는 아침」, 『월간중앙』, 1968. 4.

박경리, 「우화」, 『월간중앙』, 1968. 4.

박경리, 『단층(박경리문학전집18)』, 지식산업사, 1986.

박경리, 『토지(1-16)』, 솔, 1993-1998.

이상섭, 『문학비평용어사전』, 민음사, 1984.

「작품 연보」, 원주시 박경리 문학문학공원, https://www.wonju.go.kr/tojipark/contents.
　　do?key=4167&,

천이두, 『한의 구조 연구』, 문학과지성사, 1993.

한용환, 『소설학사전』, 문예출판사, 1999.

M. H. 아브람스 저, 최상규 역, 『문학용어사전』, 보성출판사, 1994.

# 기억으로 재현한 상실의 역사

## - 천이두가 기록한 하근찬

김미영

## 1. 들어가며

억압과 폭력을 경험한 개인에게 상처를 공론화하려는 사회적인 움직임은 여전히 유효하다. 사회적으로 열악한 위치에 있는 이들은 폭력에 쉽게 노출되고, 죽음의 위협으로부터 자유롭지 못하기 때문이다. 역사적으로 개인을 보호해 줄 힘조차 갖지 못한 국가에 의해 개인은 신체적·사회적 죽음의 위협에 내몰려 왔다. 특히 국가 간의 전쟁이나 권력 기관의 압력에 의한 억압으로 개인은 신체와 기억에 지울 수 없는 상처를 입어 왔다. 그런데 누군가에게는 억압과 상실의 경험이 공감할 수 있는 상처로 인식되지만, 또 다른 이들에게는 기억하는 것조차 거부당하는 불운으로 치부된다. 상처를 차별적으로 인식하고 상실을 애도할 수 없게 만드는 구조적 차원의 문제가 우리 사회에 상존하고 있기 때문이다. 그렇기 때문에 상실의 슬픔을 지우고, 망각을 종용하는 정치적 움직임에 비판적으로 접근할 필요가 있다.

작가들이 억압의 상처를 재현하는 의도 또한 이와 다르지 않다. 작가들의 작품에 반복적으로 재현되는 과거에는 미해결된 문제가 잠재해 있다. 작가들은 기록되지 못하고 은폐된 상처에 이름을 부여하고 존재를 확인시키려 시도한다. 작가의 작품은 역사에서 지워지고 존재조차 망각된 이들에 대한 기록이자 작가 자신의 존엄성을 지키기 위한 인정투쟁의 결과물인 것이다. 작가들이 작품에 소환한 개인적 기억은 역사적 기억과 공명하며 그들의 현재에도 영향을 미친다. 그래서 작가에게 억압의 상처는 창작의 자원이면서 상처 입힌 자들에 대한 저항이자 끝나지 않은 '애도'를 추동하는 동력이다.

하근찬에게 전쟁과 식민지의 '기억'은 '과거'의 일이지만, 완결된 사건은 아니다. 하근찬은 과거를 "현재의 지속 가운데서 포착"[136]하고, 현재 속에서 의미를 찾고자 했다. 이는 단순히 과거를 고발하는 것에 그치는 "고발문학"[137]의 성격만을 취하는 것이 아니라, 공적 담론에서 소외된 한 개인의 상처를 조명하고자 했던 작가의 문제의식과 닿아 있다. 이런 그의 문제의식은 훼손되고 소멸된 것에 대한 복원의 문제와 조응한다. 그가 과거를 복원하고 상처를 드러내는 방식은 암담한 현실에 대한 고발을 넘어 "고유한 한국적인 것의 옹호"로 발현된다.

이 글에서는 하근찬의 1950-70년대 단편 중 전쟁과 식민지의 경험이 재현된 작품을 중심으로 살펴볼 것이다. 이 작품들 중 천이두가 개진한 바 있는 '문학과 역사'에 대한 인식 방식과 '민족 문학론적 관점', '인정'의 문제를 기준으로 하근찬이 반복해서 천착했던 "고유성"에 접근하고자 한다. 이 과정에서 하근찬의 작품 속에 내재된 상처와 치유의 의지 또한 읽어낼 수 있으리라고 본다.

## 2. 하근찬 문학에 투영된 전쟁과 역사의식

천이두는 문학과 역사의 관련성을 언급한 글에서 역사는 많은 경우에 문

---

136 천이두, 「오늘에 있어서의 과거」, 『한국 소설의 흐름』, 국학자료원, 1998, 219쪽.
137 위의 책, 291쪽.

학의 방법을 이용하고, 문학은 역사에서 제재를 빌려오기도 한다고 썼다.[138] 그는 문학과 역사의 "친연성"을 강조하면서 "소설(문학) 속에 표상되는 현실은 분명 가공의 현실임에도 불구하고, 그 안에서 우리는 살아 있는 특정한 한 시대의 삶의 양상이 직접·간접으로 반영되어 있음을 보게 된다."[139]라고 말한다.

> 허구의 세계를 빚어내는 작가나 시인의 문학행위 자체 또한 당대사회의 한 현상으로 존재하고 있다는 점에서 역사의 일부를 형성하는 것이다. 말하자면 작가나 시인이 빚어내는 문학적 공간이 비록 허구의 공간이라 할지라도 그것은 필연적으로 당대사회의 반영으로 될 수밖에 없다는 점에서 시대적·역사적 성격을 띠게 되거니와, 그러한 허구세계를 빚어내는 작가·시인의 문학행위 자체도 당대사회의 중요한 현상을 이루고 있다는 점에서 시대적·역사적 성격을 띠게 된다는 말이다.[140]

특히 그는 문학이 역사나 실제 현실에서 제재를 차용하지만, 현실은 허구적 공간 안에서 왜곡되고 "굴절된 양상"[141]으로 나타날 수밖에 없다고 말한다. 그럼에도 문학이 시대성을 띨 수밖에 없다는 것을 언급하면서 작가 또한 특정한 시대의 관점을 반영한 문학행위를 할 수밖에 없다고 말한다. 또한, 그는 문학은 항구성 내지 보편성을 추구해야 한다는 것도 인정한다. 그럼에도 작가는 자신이 살고 있는 당대사회의 문제와 조건 안에서 문학행

---

**138** 천이두, 「문학과 역사」, 『우리 시대의 문학』, 문학동네, 1998, 107쪽 참조.

**139** 위의 책, 105쪽.

**140** 위의 책, 106쪽.

**141** 위의 책, 109쪽.

위를 하게 된다고 강조한다. 그리고 작가는 "자기에게 주어져 있는 구체적인 상황에 입각하여, 그리고 동시대인을 향하여 글을 쓴다."라고 말한다. 그러나 작가가 기대하는 것은 동시대인들의 인정뿐만 아니라 먼 미래의 독자들의 관심까지도 아우르는 것이다. 이는 문학이 "시대성과 초시대성을 아울러 간직"해야 한다는 것의 반증일 것이다.

천이두가 강조하고 있는 것은 작가의 "역사의식"이다. 그래서 그는 "작가의 시대의식 내지 역사의식은 작가의 개성이나 취향에 따라서 강약의 차이가 있을 수 있고 또 적극성이나 소극성의 차이는 있을 수 있으나, 결국 필연적인 것"이라고 말한다. 그래서 "작가가 빚어내는 현실이 아무리 허구의 현실이라 할지라도, 그 허구의 현실을 빚어내는 구체적인 기반이 되는 것은 자신이 살고 있는 당대현실일 수밖에 없고, 따라서 의식적이든 무의식적이든, 또는 적극적이든 소극적이든 당대현실에 대한 관점이 전제"[142]된다고 말한다. 결국 문학 속 작중현실은 가공의 현실이지만 당대의 현실을 반영할 수밖에 없기에 시대성과 역사성을 수반하게 된다. 그래서 "작가는 그의 문학 행위의 과정에 있어서 자기에게 주어진 시대상황에 대한 일정한 역사의식을 전제로 하지 않을 수 없다는 점에서 역사와의 친연성을 갖고 있다고 할 것이다." 이상에서 살펴본 문학과 역사에 대한 천이두의 인식 태도는 그가 하근찬의 작품을 읽어내는 방식에 한 방향을 제공한다.

하근찬은 1931년 10월 21일 경상북도 영천에서 태어나 1930년대 말부터 해방 직전까지 중일전쟁과 태평양전쟁 상황을 경험하며 유년시기를 보낸다. 1940년 무렵 전북 죽산(현재 전북 김제시 죽산면)에 정착하고, 그곳에서 소학교를 졸업한다. 해방이 되던 1945년 4월 봄에 전주 사범학교에 입

---

142 위의 책, 107쪽.

학하고, 재학 중에 교원시험에 합격하여 1948년부터 초등학교의 교사로 재직하게 된다. 이처럼 그는 1937년의 중일전쟁, 1941년의 태평양전쟁, 1950년의 한국전쟁을 경험하며 성장한 것이다.

이후 그는 1957년 한국일보 신춘문예에 「수난이대」가 당선돼 소설을 쓰기 시작한다. 그는 소설가로 4.19 혁명과 5.16 군사정변을 경험하고, 이후 교육주보사 기자, 교육자료사 편집기자, 대한교련공제조합 새교실 편집부 기자를 거치면서 꾸준히 작품을 발표한다. 그는 1969년 전업 작가 생활을 시작하고, 1972년부터 유신시대를 겪는다. 이렇듯 그의 삶 곳곳에는 역사 속 사건이 각인돼 있다.

그의 삶을 관통해 온 전쟁 경험은 그를 전쟁의 작가로 알려지게 한 원천이 된다. 실제로 그의 작품에는 전쟁 경험을 반영한 내용으로 채워져 있다.[143] 지금까지 그의 작품 경향은 세 시기로 구분돼왔다. 그 첫 번째 시기는 1950-60년대에 창작된 작품으로 한국전쟁을 배경으로 한 대부분의 소설이 이 시기에 속한다. 이 시기에 하근찬은 민중의 삶에 투영된 전쟁을 다룬다. 하근찬의 작품은 민중들의 훼손된 신체로 전쟁의 참혹함을 가시화하고, 그들이 상처를 대하는 방식에 주목한다. 이 시기 작품에는 등단작인 「수난이대」를 비롯하여, 「낙뢰(落雷)」, 「나룻배 이야기」, 「흰 종이수염」, 「홍소(哄笑)」, 「분(糞)」, 「왕릉과 주둔지」, 「산울림」, 「붉은 언덕」, 『야호(夜壺)』 등이 있다.

두 번째 시기는 1970년대로, 이 시기에 하근찬은 일제 말엽 소년 시절의 체험을 바탕으로 한 소설을 발표한다. 이러한 작품으로는 「낙발」, 「족제비」,

---

**143** 하근찬은 자신을 "전쟁의 그늘 속에서 태어나 전쟁과 더불어 자랐"다고 회고한다. 왜냐하면 "꿈 많은 시절을 전쟁 때문에 괴로움으로 지샌 것만 같이 회상되기 때문"이고, "그런 결과인지 모르겠으나, 지금까지 내가 발표한 작품들의 대부분이 전쟁과 무관"하지 않다고 말한다. 그는 "한마디로 내 작품들의 성격을 규정한다면 '전쟁 피해담'"이라고 소개한다. 그 또한 자신의 경험이 작품에 반영돼 있다는 것을 부정하지 않는다. 하근찬, 「전쟁의 아픔을 증언한 이야기들」, 『내 안에 내가 있다』, 엔터, 1997, 289쪽.

「일본도」, 「죽창을 버리던 날」, 「삼십이매의 엽서」, 「조랑말」, 「수양일기」, 「노은사」, 「준동화」, 「월예소전(月禮小傳)」, 「산에 들에」 등이 있다.[144]

세 번째 시기는 1980년대 이후에 창작된 작품이 주를 이룬다. 이 시기에 하근찬은 전통문화와 죽음의 문제를 소재로 다룬다. 이 중 다수의 작품이 전통문화를 중심 소재로 삼고 있다. 이와 같은 계열의 작품으로는 「남행로(南行路)」, 「고도행(故都行)」, 「조상의 문집」, 「화가 남궁 씨의 수염」, 「공예가 심씨의 집」 등이 있다.[145]

이와 같은 분류는 천이두의 글에서도 확인할 수 있다. 천이두[146]는 하근찬의 1950-60년대 작품 연구에 국한하지 않고, 1970년대에 발표된 작품에도 주목한다. 그는 하근찬의 소설을 "첫째는 6.25를 제재로 한 것으로서, 「수난이대」, 「흰 종이 수염」, 「산울림」, 「붉은 언덕」, 「삼각의 집」, 「왕릉과 주둔군」, 『야호』(장편소설)"등을 발표한 시기로 상정한다.(「수난이대」가 당선된 1957년부터 「야호」를 완성한 1971년까지). 그리고 두 번째는 작가 자신의 어린 시절의 체험을 회상의 형식으로 담아낸 일제말기의 작품을 꼽는다. 「족제비」, 「일본도(日本刀)」, 「조랑말」, 『산에 들에』(장편소설)가 있다(1970년대 초에서 『산에 들에』가 완성된 최근까지). 앞선 두 갈래와 병행하여 제작한 "인정세태의 묘사, 부정적 현실에 대한 풍자 등을 시도한 작품"과 더불어 대체로 "자신의 신변의 이야기를 수필식으로 그려나간 작품"들을 셋째 갈래(「모일소묘」, 「서울 개구리」, 「전차 구경」 등이 해당)로 분류하고, "그의 일관성 있는 작가적 이슈", "전쟁의 비인간적 잔학상에 대한 항변"을 첫째 갈래와 둘째 갈래

---

144 위의 책, 294-295쪽. 하근찬 작품의 시기 구분은 작가의 분류를 인용했다.

145 최상민, 「하근찬의 식민지 배경 소설 연구」, 고려대학교 대학원 석사학위 논문, 2015, 2-3쪽 참조. 세 번째 시기 구분은 최상민의 시기 구분을 인용했다.

146 천이두, 「전쟁에의 공분(公憤)과 평화의 찬가」, 『삶과 꿈 사이에서-천이두 에세이』, 청한문화사, 1989, 85-87쪽.

모두의 업적으로 평가한다.

천이두는 이런 분류에 대해 그의 창작 경향의 "본질적인 전환은 아니며, 양자가 다같이 민족 개개인의 비극의 유인이었다는 점에서 하등의 다름이 없다."라고 규정한다. 그리고 천이두는 하근찬 문학의 본질적 속성이 전쟁의 잔학상에 대한 기록이자 항변이라는 점에 주목한다. 하근찬의 소설을 창작 시기를 기준으로 분류했지만, 앞서 천이두가 언급한 것처럼 그의 작품은 전쟁을 "민족 개개인의 비극의 유인"으로 바라본다는 측면에 있어서는 큰 차이가 없다.

하근찬 소설의 본류는 전쟁의 상처를 다루지만, 시대에 따라 소재가 조금씩 변화되어 가는 양상을 띤다. 이런 작품의 경향성은 그가 시대의 흐름과 조응했던 작가라는 반증일 것이다. 이는 천이두가 그의 작품 경향이 변화되는 양상을 짚어내는 부분에서도 확인할 수 있다. 천이두는 그의 평론 「작단의 조감도」(1970. 1.), 「소재와 그 의미의 전개」(1970. 2.), 「40대 작가들의 추억담」(1971. 10.), 「지속과 변모」(1972. 10.), 「두 50년대 작가의 근황」(1978. 3.)에서 하근찬의 변화에 주목한다. 천이두는 하근찬이 활동하던 1950년대는 한국전쟁이라는 현실을 고발하는 실재성에 무게가 있었다고 진단한다. 이후 1960-70년대로 진입하면서 전쟁의 긴장을 재현하는 것보다 과거를 담담하게 기억하고 성찰하는 방식으로 시대적 요구 또한 변화되었다고 지적한다. 이에 대해 50년대 작가들도 창작 방식에 변화를 시도하는데, 하근찬 또한 그 시대적 요구에 반응하며 변화를 시도했다고 평가한다.

천이두는 그의 1970년대 작품에 소년시절의 체험을 술회한 듯한 내용이 재현돼 있다고 진단한다. 그는 하근찬이 군국주의의 폭력성을 폭로하기 위한 장치로 때 묻지 않은 소년의 시선을 설정했다고 분석한다. 작품에는 작가 자신의 어린 시절을 회상하는 것으로 짐작되는 설정이 제시돼 있다. 이는 작가로서 겪은 "체험의 기록"이면서 억압의 시대를 살아야 했던 한 개인의 "삶의 기록"[147]이라는 반증일 것이다. 그러나 작가는 단순한 개인의 기록으로만 작품 속 내용을 축소시키지 않는다. 하근찬은 현재 시점에서 과거와 단절하려 시도하는 인물을 등장시킴으로써 억압의 역사를 현재로 소환한다. 하근찬은 과거의 상처를 망각하고 현실과 타협하는 인물을 '기록'하는 것으로 역사를 외면하려는 움직임을 우회적으로 거부한다. 이는 단순한 회상이 아니라 과거를 되살려 현재 속에서 상처를 재확인하고, 과거의 고통을 기억하려는 역사의식 또한 놓지 않으려는 작가의 의도로 읽힌다.

이전 시기와 다른 점은 그의 재현 방식이 "담담하고 여유 있는 분위기"를 지닌 '회상'으로 변화되었다는 것이다. 이는 과거의 상처가 고통스럽지 않았다는 오해를 불러올 수도 있다. 그렇지만 그가 기억을 되살려 과거를 현재로 불러온다는 점에 있어서 하근찬에게 과거는 여전히 현재 진행형이라는 의미일 것이다. 이는 역사적 사실을 반영한 창작물이라 하더라도 과거를 소환하는 것의 기저에는 치유되지 않은 상처가 내재해 있다는 반증일 것이다.

### 3. 한국적 인정과 전통문화로의 회귀

하근찬 문학의 소재는 전쟁의 부당함을 다루는 방식에서 어린 시절의 체험을 재현하는 방향으로 변화돼 왔다. 그는 소년 시절의 상황을 형상화하는 것으로 식민지 억압의 부당함을 대변하고자 했던 것으로 보인다. 어린 시절의 기억을 소환해 현재 시점에서 일제 강점기라는 과거를 돌아본다는

---

**147** 천이두, 「추억과 역사」, 『한국소설의 관점』, 문학과지성사, 1980, 193쪽.

시도에 있어서는 이전 작품과 다른 접근이다. 그러나 각각의 시대가 안고 있는 문제를 공론화한다는 점에서는 작가의 문제의식이 여전히 상처에 닿아있다는 것을 입증한다. 이런 점에서 그의 작품 활동은 상처를 치유할 방법을 모색하는 과정 속에서 변화돼 왔다고 할 수 있다.[148]

하근찬이 소재를 바꾸면서 추구하고자 했던 변화의 기저에는 "민족적 주체 의식"[149]에 대한 고민이 내재해 있다. 시대적 억압을 극복하기 위해서는 민족적 주체 의식이 필요했고, 그 주체의식은 외부가 아닌 내부에서 찾아야 한다고 판단한 것이다. 그리고 그 대안으로 모색했던 주체 의식은 '한국적 고유성'에 대한 탐문으로 귀결된다.

천이두는 하근찬의 문학을 "밑바닥에는 사회적·정치적 현실에의 강력한 고발적 자세가 깔려 있다."라고 평한다. 그러나 1950-60년대 참여파 작가들과 다른 경향도 보인다고 지적한다. 그는 일련의 참여파 작가들이 현대적·도회적인 내용으로 창작한 반면 하근찬은 "한결같이 재래적 토속적인 것"을 작품에 투영하고 있다고 말한다. 이는 하근찬이 작품에 재현해 온 전통문화적 속성과 상통하는 분석인데, 그의 창작 방식은 천이두가 개념화한 바 있는 민족문학론과도 연결된다.

천이두는 작가들의 창작 방식을 민족문학론의 견지에서 분석·평가한다. 천이두는 민족문학에 관한 논의를 세 가지로 구분하고 있다. 그는 각각의 논의를 "폐쇄적인 복고주의 문학, 코즈머폴리턴적인 서구 취향의 문학, 반제국주의·반식민주의적인 애국 투쟁의 문학"이라고 설명한다. 그는 이 논

---

**148** 상처와 기억, 치유에 관한 논의는 오창은과 이정숙의 논문에서 일부 확인할 수 있다. 오창은, 「분단 상처와 치유의 상상력」, 『우리말과 글』 52, 우리말글학회, 2011; 이정숙, 「전쟁을 기억하는 두 가지 방식-하근찬의 전쟁 서사 연구」, 『현대소설연구』 42, 한국현대소설학회, 2009.

**149** 천이두, 「민족문학의 반성과 전망 II」, 앞의 책, 29쪽.

의의 문제점을 "폐쇄적인 복고주의의 범주 속에 한정시킴으로써 결과적으로 우리 문학의 무한한 가능성을 지극히 한정된 테두리 안에 머물게 하는 오류를 드러내는가 하면, 어떤 이들은 민족 문학의 문제를 민족 문학 자체 내의 제반 특수성에는 충분한 성찰의 노력을 기울임이 없이 일거에 문학의 세계성의 문제로 비약시킴으로써 안이한 코즈머폴리터니즘에 안주하려는 위험성을 드러내고 있다."라고 말한다. 다른 한편으로는 "민족 문학의 성격을 반제국주의·반식민주의의 애국 투쟁의 문학으로 한정함으로써 문학이 수행할 수 있는 바 사회적 기능의 측면만을 외곬으로 강조하여" "다양성을 스스로 제약하는 모순"[150]을 드러낸다고 지적한다.

그렇기 때문에 각각의 논의가 가진 한계점을 보완하고 민족 문학의 개념을 정립하기 위해서는 "우리 문학의 전통에 관한 올바른 의식을 전제"해야 한다고 강조한다. 특히 전통은 "폐쇄적인 반동주의일 수도, 완고한 배타주의일 수도 없는 것이며", "무성격적인 편승주의나 감상적인 코즈머폴리터니즘"일 수 없다고 주장한다. 그는 "민족 문학으로서의 개성(고유성)과 세계 문학적 보편성(일반성)"을 갖추는 일이 민족문학이 지향해야 할 과제라고 제시한다. 또한 올바른 민족 문학은 "주체 의식이 확립된 토대" 위에서만 그 전통이 성립될 수 있다고 말한다.

천이두가 개념화하고 있는 민족 문학으로서의 조건은 그가 분석한 '한적·인정적 계열'의 작품과 맥을 같이 한다. 천이두는 이 계열의 문학이 갖는 공통적 특징을 "한국적인 고유성"이라고 규정한다. 이 계열의 1930년대 작가들에게서 확인할 수 있는 한국의 고유성은 "세련된 논리적 회화, 과학적 사고방식, 합리적 타산, 신경질적 자의식, 창백한 우울증 등등 현대적 도

---

**150** 천이두, 「민족문학의 반성과 전망Ⅱ」, 앞의 책, 22쪽.

회인들이 간직하는 온갖 속성 대신에 미신과 선의와 낙천과 원시적 건강성을 간직하고 있"고, "그들의 생태는 한결같이 변함없는 한국의 강산과 밀착되어 있다."라는 점이다. 즉 "일체의 외래적 요소에 의하여 한번도 침해받은 일 없는 재래적인 한국인의 모습"[151]인 것이다.

한적·인정적 계열의 소설은 1950년 한국전쟁 이후 서구적 경향의 문학에 대응하기 위해 소설의 성격을 정형화해 나간다. 이들은 "한국적 사실주의를 기초로 하고 있고, 추구하는 세계가 시대착오적인, 그러나 고유한 한국적 세계"를 지향한다. 또한, "그 작가들의 대현실적 자세가 사회적·정치적 명제를 한결같이 외면"하고 있는 것으로 특징지을 수 있다. 이들이 전통적인 것을 옹호하고, "반 산문적 서정시적인 자세"를 견지하는 기저에는 상실한 것에 대한 고통이 내재해 있다. 이 계열의 작가들은 전통적인 것을 고수하는 것으로 상실한 것(조국)에 대한 애도를 이어가고 있는 것이다. 천이두는 이런 일련의 경향을 추구하는 작가로 김동리·황순원·오영수·하근찬을 소개하고 있다.

그는 「왕릉과 주둔군」(1963), 「산울림」(1964)을 한적·인정적 계열의 대표작이라 평가한다. 그 중 「왕릉과 주둔군」은 조상의 왕릉을 지키는 것을 일생의 보람으로 생각하는 박첨지를 중심으로 사건이 전개된다. 그런데 왕릉 주변에 미군이 주둔하기 시작하면서 문제가 발생한다. 박첨지는 왕릉을 지키기 위해 왕릉 둘레에 담을 치는 것으로 전통을 지키려 시도해본다. 그런데 딸 금례가 미군을 따라나섰다가 혼혈아를 데리고 돌아온다. 전통으로 상징되는 왕릉을 지키려 했던 박첨지의 노력은 딸이 낳은 혼혈아로 무화되고 마는 것이다. 미군에게 속수무책으로 당하는 박 첨지는 서구문화의 유

---

**151** 천이두, 「토속적 상황 설정과 한국 소설」, 앞의 책, 35-36쪽.

입에 대응하는 우리의 태도를 대변한다.

천이두는 「왕릉과 주둔군」은 "고유한 우리의 것이 심각한 침해의 위협 아래 놓이게 되었을 때" 취하게 되는 "상반된 극단주의"를 보여주는 작품이라 평가한다. 그는 "이방의 군대가 얼씬도 하지 못하도록 왕릉(우리의 전통, 고유성) 둘레에 견고한 담을 쌓고, 그 안에 칩거하는 박첨지와 같은 쇼비니즘과, 오히려 그들과 덩달아 놀아나면서 경박한 방종에 몸을 맡기는 박첨지의 딸과 같은 정신적 창녀근성"으로 서구 문화에 대한 대응 방식을 분석한다. 이는 "외래 풍조에 맹목적으로 추종하는 경박한 시대 풍조의 한 상징적 실체"[152]인 것이다.

나아가 그는 외래 사조를 맹목적으로 추종했던 1950-60년대의 경향성 때문에 "고유한 우리의 아름다움"이 위기에 몰리게 되었다고 비판한다. 그리고 「왕릉과 주둔군」에 1950-60년대의 문학이 갖는 "일련의 정신적 창녀근성에 대한 신랄한 고발정신"이 반영돼 있다고 분석한다. 이런 이유로 이 작품이 "한국적인 아름다움을 위협하는 정신적 창녀근성에 대한 강렬한 반항으로서의 적극적 민족주의"를 표방한 작품이라고 평가한다.

「산울림」에는 "주류 밖으로 밀려난 '닫힌' 세계"인 외따로 떨어진 두메산골이 배경으로 설정돼 있다. 또한, 작중인물은 현 상황과 관련이 없는 어린이와 노인이 주요 인물로 등장한다. 그리고 수난의 당사자가 되는 세 마리의 개가 등장한다. 이들의 존재와 이들이 살고 있는 공간은 다분히 동화적인 분위기를 조성한다. 그런데 이 동화적인 공간에서 아이들은 개의 학살을 목격하는 아픔을 경험한다. 작품 속 아이들과 개는 동질적인 존재로 재현된다. 즉 개의 죽음은 아이들의 말살과 동일시되는 것이다. 동화적 세계

---

152 천이두, 「추억과 역사」, 앞의 책, 191쪽.

에서 벌어지는 폭력적 상황은 존재의 상실인 동시에 상실을 유발한 전쟁의 잔혹성에 대한 분노와 고발의식을 담고 있다.

천이두는 「산울림」의 작품 속 배경이 되는 "동화적 성격"을 한적·인정적 계열의 공통적인 특징이라고 설명한다. 그래서 「산울림」 또한 한국적 인정의 변주로 볼 수 있다고 말한다. 이와 같이 천이두는 「왕릉과 주둔군」, 「산울림」에서 전통을 고수하려는 "낡은 한국인"과 순수함이 보존된 "동화적 성격"을 추출하면서 하근찬의 문학을 "한적·인정[153]적 계열의 문학"이라고 규정한다.

이처럼 하근찬은 한국전쟁 또한 전쟁 피해담이 아닌 민족 공동체라는 정체성을 확립하려는 배경으로 채택한다. 하근찬이 전통문화를 발견하고 고수하려 했던 의지는 그의 초기작인 「왕릉과 주둔군」 뿐만 아니라, 그의 1970년대 작품인 「두 축하연」(1979)과 1980년대 작품인 「조상의 문집」(1984)에서도 확인할 수 있다. 「두 축하연」은 축하연에서 부른 노래(영어로 된 생일 축하곡과 일본 노래)가 발단이 된다. 이 작품에는 영어 노래를 한국 가사로 바꿔 부르자고 제안하는 인물에 대한 호감과 일본인 손님을 배려해 일본 노래를 부르는 이들에 대한 거리감이 동시에 재현된다. 작가는 이런 설정 속에서 민족의 고유성을 지키려는 인물들의 태도를 조망한다. 「조상의 문집」은 식민지를 배경으로 과거를 잊지 않고 전통문화를 지키려는 인물을 등장시킨다. 송 노인은 조상에게 물려받은 문집을 출판하고자 한다. 송 노인이 출판하려는 문집은 그가 유지하고자 하는 전근대적인 삶을 표상

---

**153** 천이두는 인정주의를 1930년대 문학의 특징으로 규정한다. 또한, "악에 대한 관용을, 좌절 앞에서는 체념을, 원수 앞에서는 타협을, 불행 앞에서는 낙천을 최상의 미덕"으로 간주하는 인정주의는 30년대 문학의 특징이면서 한계라고 지적한다. 그리고 이런 인정주의의 성격은 한국 사실주의가 가진 한계와도 연결된다고 설명한다. 그 이유는 "한국 사실주의의 기초가 되어 있는 안이한 평화주의, 소심한 타협주의 등이 한국적 인정주의의 기본 속성이기도 하기 때문"이라는 것이다. 천이두, 「한(恨)과 인정」, 『한국현대소설론』, 형설출판사, 1994, 141-142쪽.

한다. 이처럼 하근찬의 민족과 전통에 대한 관심은 1970년대에 이르러 본격화된다. 그는 민족을 하나로 묶기 위한 대안으로 전통문화를 전면에 내세우는 활동을 이어나간다.

이상에서 살펴본 것처럼 하근찬의 문학은 상실을 경험한 개인을 내세워 현실의 폭력성을 폭로하고 상처를 드러내는 방식을 취한다. 그리고 작가는 그 상처를 직면한 후 치유할 방법을 모색한다. 그는 참혹한 현실을 낙관적 태도로 전환하거나 한국적인 고유성을 발굴하고 지켜내는 방식으로 대안을 채택한다. 그의 작품이 민족이라는 고유성을 지켜내기 위한 방향으로 전환되면서 전통문화를 발굴하고 의식화하려는 움직임은 본격화된다. 이 과정에서 그의 초기 작품이 지녔던 전쟁의 잔혹성에 대한 고발은 다소 힘을 잃게 된다. 이는 천이두가 하근찬 문학의 한계로 인식한 지점과 맞닿는다.

천이두는 "한국적인 인정주의는 모든 것을 선의적으로 관용하려는 자세"를 견지한다고 말한다. 그런데 순수문학론을 이론적 근거로 한 한적·인정적 소설들의 한계는 서정시적인 세계에 집착하게 되면서 "소설문학이 추구해야할 이념적·명제적인 요소에서는 더욱더 거리가 멀어지"게 되었다고 진단한다. 그리고 "산문의 장르적 속성인 구체적 현실은 송두리째 탈락될 수밖에 없게 되었고, 사회적 정치적 현실에 대한 줄기차고 끈덕진 산문적 추구는 완전히 봉쇄당하게 되었다."라고 비판한다.

천이두는 하근찬의 작품을 분석함에 있어 후기 작품은 지나친 민족문학론의 적용 때문에 전통을 강조하는 쇼비니즘에 경도되어 있다고 비판하기도 한다.[154] 그리고 하근찬 문학에서 다른 작가들과의 차이점으로 그의 작

---

**154** 최상민은 하근찬이 1970년대 이후에 발표한 작품 「원선생의 수업」(1973), 「탈춤구경」(1976), 「남행로」(1977), 「산길을 달리는 오토바이」(1979), 「두 축하연」(1979), 「조상의 문집」(1984), 「화가 남궁씨의 수염」(1988)을 "공동의 정체성을 얻고, 체제에 대한 비판정신은 잃"게 되었다는 논지로 분석한다. 최상민, 앞의 논문, 63-71쪽.

품 전체를 관통하고 있는 낙관주의도 문제 삼는다. 「수난이대」[155]와 「흰 종이 수염」은 모두 민족적 비극이라 할 수 있다. 그러나 그의 작품에는 낙관주의 때문에 비극이 비극으로만 느껴지지 않는다는 것이다.

천이두가 비판한 하근찬의 낙관주의는 그의 주제의식과도 관련해 살펴볼 필요가 있다. 하근찬의 작품은 전쟁 장면이나 전투 장면을 재현하지 않는 대신 무고한 사람들이 겪는 수난으로 "전쟁의 피해"를 형상화한다. 역사에 연루되었다는 이유로 전쟁과 무관한 사람들이 전쟁 때문에 삶이 뒤바뀌고, 전쟁의 상처로 고통스러운 삶을 이어가야 한다. 작가는 전쟁으로 고통받는 이들을 형상화하고, 이들의 파괴된 삶을 통해 전쟁의 잔혹함과 폭력성을 집약적으로 전달한다. 또한 사회적으로 소외되고 주변화된 이들이 상실을 경험하는 과정을 포착해 공론화하고 의식화한다. 그가 훼손된 신체로 역사를 환기시키는 것은 일상적 경험마저 박탈당한 개인의 삶에 대한 공감이면서 저항인 것이다. 이와 함께 작가는 무고한 이들의 훼손된 삶은 원한의 토대가 될 수 있지만, 재생의 의지로 극복할 수 있다고 제안한다. 앞서 천이두가 비판한 것처럼 작품에 내재된 주제의식이 "절망을 디디고 넘어서려는 의지, 그 강인한 삶에의 집념"[156]에 집중되어 있다는 이유로 지나친 낙관주의로 비판받기도 한다. 그렇지만 다른 한편으로 그의 낙관주의는 자신만의 방식으로 상처를 치유하려는 시도이면서 고유성을 드러내는 창작 방

---

**155** 이 작품(「수난이대」)의 착상이 머리에 떠오른 것은 1956년 가을 어느 날 동해남부선의 삼등열차 속에서였다. 그 무렵 부산에서 대학을 다니고 있던 터이라, 나는 부산과 고향인 영천 사이를 기차로 자주 왕래했었다. (…중략…) 잡상인들이랑 대개가 상이군인들이었다. 팔이 하나 없거나 다리가 하나 떨어져 나갔거나 혹은 얼굴이 형편없이 뭉개져 버린 그런 상이군인들이 둘 또는 셋씩 패를 지어 다니며 물품을 강매했다. (…중략…) 그런데 한번은 그런 기차 안에서 나는 어떤 문예지에 실린 기행문 하나를 읽고 있었다. 누가 쓴 것인지는 기억에 남지 않으나, 아무튼 국내의 이름 있는 분이 유럽을 다녀 보고 와서 쓴 글이었다. 하근찬, 「상이군인에서 얻은 영감과 외나무다리의 결합」, 『소설, 나는 이렇게 썼다』, 평민사, 1999, 51쪽.

**156** 하근찬, 「수난이대, 산에 들에」, 앞의 책, 257쪽.

식이기도 하다.

## 4. 나가며

상처의 기억은 끊임없이 되돌아와 개인을 과거에 머물게 한다. 상처의 고통이 클수록 상처를 외면하고자 하는 의지 또한 강하게 작동한다. 하근찬의 작품이 창작된 시점에서 한국 전쟁과 식민지 시대의 상처는 억압의 대상일 수밖에 없다. 그러나 전쟁과 식민지 시대를 경험한 하근찬은 상처를 외면하지 않고, 망각하고자 하는 욕망에 균열을 가한다. 그는 전쟁과 무관한 사람들, 상처받지 않아도 되는 무고한 인물들과 오염되지 않은 공간 속 소년들을 역사의 현장에 배치시킴으로써 시대의 참담함을 부각시키고자 한다. 하근찬 문학은 전쟁과 식민지 기억의 참혹함을 개인적 삶의 기록으로만 서사화하지 않았기 때문에 민족 전체의 상처이자 고통으로 치환될 수 있었다.

6.25 그 자체가 남겨놓은 숱한 비극의 후유증이 이제 완전히 치유되었다거나, 망각의 심연 속에 파묻혀 버렸다고 하기에는 우리들은 아직도 여전히 6.25 안에 살고 있는 것이다. 현실적으로 6.25가 안고 있었던 여러 가지 비극적 조건들은 오늘에 있어서도 여전히 당면한 민족적 과제로서 하등의 해결의 실마리를 찾을 수 없는 채 우리 앞에 남아 있는 것이며 그것이 끼쳐 놓은 가혹한 치명적인 상처들은 잠시 그 격렬한 통증은 가셨다고 하나, 그 내면의 깊은 상처는 뿌리 깊은 병원체처럼 하등의 근본적인 치유의 단서를 찾을 수 없는 채 도처에서 수시로 우리들의 의식의 표면에 두드러지는 것이다. 그리하여 그것은 삼십년의 세월이 흐른 오늘에 이르기까지 때로는 아련

한 추억담의 형식으로, 때로는 절실한 민족적 비원으로, 때로는 해묵은 상처를 건드리는 뿌리 깊은 통증으로 빈번히 우리들의 문학적 시야에 부각되기도 하는 것이다.[157]

천이두가 언급한 것처럼 전쟁의 기억은 여전히 상흔으로 남아있다. 천이두는 이 글에서 하근찬 문학 중 상실의 기억과 치유의 의지가 만나는 지점에 주목했다. 그러나 역설적이게도 우리 사회에 상존해 있는 상실의 상처는 선택과 배제의 이유가 되어 왔다. 기득권을 장악한 정치 집단은 억압의 역사를 이유로 또 다른 배제의 폭력을 행사해왔다. 폭력적 상황에 장기간 노출된 다수의 개인은 배제의 공포로부터 자신을 지키는 방법으로 집단에 소속되는 것을 선택해 왔다. 민족이라는 상상의 공동체 속에 자신을 숨기는 것이 스스로의 안전을 지키는 방법이라 믿었던 것이다. 그러나 이 때문에 상처를 애도하고 치유할 방안을 모색할 기회는 정치적 차별화 속에서 방향을 잃고 말았다. 지금까지 우리는 식민지의 억압과 한국 전쟁의 공포에 포박된 채 상처의 기억만 전승해 온 것이다.

하근찬은 이와 같은 상황에서 현실에 대한 고발을 넘어 "고유한 한국적인 것의 옹호"에서 치유의 실마리를 찾고자 했다. 이 글에서는 천이두가 제시한 '문학과 역사'에 대한 인식 방식과 '민족 문학론적 관점', '인정'의 관점으로 하근찬 문학의 "고유성"을 탐문했다. 이 과정에서 하근찬 문학에 내재된 역사의식과 "민족적 주체 의식"에 대한 고민도 확인할 수 있었다. 하근찬은 시대적 억압을 극복하기 위해서 민족적 주체 의식의 필요성을 인식했고, '한국적 고유성'을 발굴하는 것에서 주체 의식을 공고히 할 가능성을

---

157 천이두, 「분단 현실과 한국 문학」, 앞의 책, 184쪽.

찾고자 했다.

천이두는 "민족문학으로서의 개성(고유성)과 세계 문학적 보편성(일반성)"의 필요성을 언급하면서 하근찬의 작품을 민족 문학론적 관점에서 읽어낸다. 즉 전통적인 것을 고수하는 방식이 민족 문학이 갖는 저력이라는 것을 하근찬의 작품을 통해 확인하는 것이다. 또한, 천이두는 전통을 고수하려는 "낡은 한국인"과 순수함이 보존된 "동화적 성격"이 하근찬의 문학을 "한적·인정적 계열의 문학"으로 규정짓게 한다고 말한다. 천이두는 하근찬이 지켜내려 했던 민족의 고유성이 전통 문화로 표상된다고 분석한 것이다.

그러나 천이두는 하근찬이 전통을 고수하려는 방향으로 창작 방식을 전환하면서 쇼비니즘에 빠지게 되었다고 비판하기도 한다. 또한 하근찬의 지나친 낙관주의도 문제 삼는다. 민족적 비극이라 할 수 있는 역사적 사건 때문에 되돌릴 수 없는 상처를 입게 된 이들이 실존하고 있음에도 이들의 고통이 낙관주의에 지워져버렸다는 것이다.

이상에서 살펴본 것처럼 하근찬의 문학은 상실을 경험한 개인을 내세워 현실의 폭력성을 폭로하고 상처를 드러내는 방식을 취한다. 그리고 작가는 그 상처를 직면하고 치유할 방법 또한 모색한다. 그가 극복의 방법으로 채택했던 낙관적 태도와 한국적인 고유성을 지켜내려는 의지는 자민족 중심주의로 비판받는 민족주의로 치환된다. 이 때문에 하근찬의 날선 비판의식이 무뎌졌다는 비판도 있다. 그러나 개개인의 시각으로 상처를 직면하고, 억압에 균열을 가하고자 했던 그의 저항의식은 하근찬 문학이 이뤄낸 문학적 성과라 할 것이다.

# 참고 문헌

오창은, 「분단 상처와 치유의 상상력」, 『우리말과 글』 52, 우리말글학회, 2011.

이정숙, 「전쟁을 기억하는 두 가지 방식-하근찬의 진쟁 서사 연구」, 『현대소설연구』 42, 한국현대소설학회, 2009.

천이두, 「민족문학의 반성과 전망 II 」 『한국소설의 관점』, 문학과지성사, 1980.

천이두, 「분단 현실과 한국 문학」, 『한국소설의 관점』, 문학과지성사, 1980.

천이두, 「추억과 역사」, 『한국소설의 관점』, 문학과지성사, 1980.

천이두, 「토속적 상황 설정과 한국 소설」, 『한국소설의 관점』, 문학과지성사, 1980.

천이두, 「전쟁에의 공분(公憤)과 평화의 찬가」, 『삶과 꿈 사이에서-천이두 에세이』, 청한문화사, 1989.

천이두, 「한(恨)과 인정」, 『한국현대소설론』, 형설출판사, 1994.

천이두, 「고발문학 이상의 것」, 『한국 소설의 흐름』, 국학자료원, 1998.

천이두, 「오늘에 있어서의 과거」, 『한국 소설의 흐름』, 국학자료원, 1998.

천이두, 「문학과 역사」, 『우리 시대의 문학』, 문학동네, 1998.

최상민, 「하근찬의 식민지 배경 소설 연구」, 고려대학교 대학원 석사학위 논문, 2015.

하근찬, 「전쟁의 아픔을 증언한 이야기들」, 『내 안에 내가 있다』, 엔터, 1997.

하근찬, 「상이군인에서 얻은 영감과 외나무다리의 결합」, 『소설, 나는 이렇게 썼다』, 평민사, 1999.

# 천이두의 소월 비평: 동경과 구원의 시학

박태건

## 1. 들어가며

하남 천이두 선생(이하 하남)의 4주기를 맞아 추모 학술대회가 열린 것을 뜻깊게 생각한다. 하남의 비평 인생은 '한에 대한 탐구'라 해도 과언이 아니다. 하남의 비평 초기부터 언급되는 한에 대한 문학적 미학적 관심은 후기에 들어 한국문화 전반으로 확대되었다. 하남은 소설로는 황순원을, 시로는 서정주를 주목하였다. 그런데 하남이 비평의 대상으로 선정한 첫 번째 작가는 시인 김소월(이하 소월)이다. 소월에 대한 하남의 주요 글은 「소월의 멋」(1960), 「임의 미학」(1974), 「전통과 소월시」(1983), 「한의 다층성과 다면성」(1993)을 들 수 있는데 대략 10년 단위로 언급한 셈이다.

이를 자세히 살펴보면 「소월의 멋」(1960)을 시작으로 「임의 미학」(1974)에서 소월의 시에 대해 집중적으로 다루고 있다. 「소월의 멋」은 『현대문학』 12월호 특집으로 기획된 원고인데, 하남이 동 잡지로 등단한 지 1년 만에 발표한 초기 비평에 해당한다. 하남은 1958년 11월 『현대문학』에 「인간 속성과 모랄」로 등단한 이후 1959년에 2편(4월, 11월) 1960년에 2편(11월, 12월)을 동 잡지에 발표했다. 「소월의 멋」은 하남의 발표한 5번째 글이자 특정 작가를 전면으로 비평한 첫 번째에 해당한다.

하남이 생각한 소월은 당대의 유행이었던 보헤미안적인 로맨티시스트의 즉흥성과 동경 의식에 심취하였지만 정한의 감상에 휩쓸리지 않고 구원의 시학으로 나아간 최초의 개성적인 시인이었다. 이를 실증하기 위해 하남은 기존의 소월 비평이 단편적이며, 이론적 체계성이 빈곤하다고 지적한다. 그는 '한의 계보'에서 소월의 위치를 실증적으로 자리매김하려 했다. 이를 위해 정음사에서 나온 『정본 소월 시집』에 수록된 154편과 이 시집에 누락된 9편의 시를 『소월시집』에서 찾아 어휘의 사용 빈도수와 이미저리를 정리하였다. 또한 전통 시 어법의 영향성을 파악하기 위해 전통 시가의 율조에 소월시의 형태를 대비하였고 다른 시조시인의 작품들과 비교 분석하였다.

한편 「소월의 멋」이 발표되기 전에 서정주는 「소월시에 있어서의 '정한'의 처리」(『현대문학』, 1959년 6월)라는 평론을 게재한 바 있다. 하남이 이 글을 읽었을 확률은 높다. 이때 소월과 '정한'의 관계에 대해 환기하여 이후 미당과 소월의 비평에 이 문제를 중점적으로 거론했을 것으로 생각된다. 또한 하남이 원고를 게재한 소월 특집 지면에는 서정주를 비롯하여 김춘수, 정태용, 유종호, 하희주, 원형갑 등도 글을 발표했다. 이중 하희주가 쓴 「전통의식과 한의 정서」와 김춘수의 「소월시의 행과 연」에서 제기된 논의는 이후 하남의 소월 비평에도 영향을 주었다.(『현대문학』, 1960년 12월) 이렇듯 하남은 소월 비평에 있어 기존 연구 성과를 바탕으로 자신만의 정한의 이론을 구축해냈으니 그 성과가 '한국 현대작가 작품론'이라는 부재가 붙은 개인 평론집 『종합에의 의지』(1974)의 발간이다. 이 책에 하남의 소월 비평의 꽃인 「임의 미학」이 수록되어 있다.

「임의 미학」(1974)은 하남이 전북대 교수로서 또한 중견 비평가로서 명성을 얻어가던 시기에 쓴 것이다. 1960년 초 하남은 황순원과 관련한 주목할 만한 글을 발표하면서 '한' 이론을 정립하였고, 1960년대 중반에는 왕성한 평론 활동으로 현대문학상을 수상하기도 했다. 「임의 미학」을 발표한 이듬해엔 전북대 사범대 교학과장이 되었으니, 이 글은 하남의 전성기에 쓴 역작이라 할 수 있다. 당시 하남은『종합에의 의지』에서 20여 명의 작가를 거론하였는데 가장 많은 글을 쓴 작가는 황순원(4회), 하근찬(2회) 순이었으며, 시인으로는 소월과 미당이 유일했다.

하남의 비평 활동이 가장 왕성했던 전성기에서 쓴 「임의 미학」(1974)은 소월에 대한 하남의 생각이 가장 잘 드러난 비평이라 할 수 있다. 그로부터 10여 년이 지나서 발표한 소월 비평인 「전통과 소월시」(1983)는 「임의 미학」의 내용과 크게 다르지 않다. 물론 그 기간 개인사적 고난의 시기였음을 감안하더라도 하남이 1978년 원광대 교수로 임명된 이후 5년의 시간이 경과했음에도 소월에 대한 새로운 의견을 개진하지 않은 것은 10년 전 발표했던 「임의 미학」을 뛰어넘을 만한 논의가 그간 없었으며, 스스로 그 내용에 동의했음을 의미한다. 이후 하남의 역작인『한의 구조 연구』에 게재한 「한의 다층성과 다면성」(1993)은 소월의 정한의 개념이 한국 문학에 자리매김하는 근거로 사용됐다는 점에서 확장한다. 「임의 미학」(1974)은 하남의 소월 비평의 핵심이라 할 만하다. 따라서 이 글은 하남의 소월 비평의 정수라 할만한 「임의 미학」(1974)을 중심으로 전개할 예정이다.

## 2. 동경의 시정과 현실의 이율배반

하남은 소월의 시가 '감정의 낭비요 서투른 리얼리스트'라는 세간의 평가에 일부 동조한다. 그러나 시간을 초월한 매력이 소월의 시에 있으며 그 매력이 소월의 시를 고전으로 남게 할 것이라고 단언하며 그 이유를 유토피아 지향이 있다고 생각했다.(천이두, 1960, 57쪽) 유토피아리즘은 1920년대 백조파를 위시로 한 당시 시인들의 특징이라 할 수 있다. 백조파의 일원이었던 소월에게서 동경의 시정이 자리하게 된 것은 당연한 일이다. 하남은 소월의 시어를 분석하여 가장 많이 쓰인 어휘가 〈가다〉(159회)인 반면 〈오다〉(109회)도 꽤 많이 쓰였음을 지적했다. 이상향으로 향하는 동경의 시정이 시어 〈가다〉의 빈번한 사용으로 확인한다.

그립다
말을 할까
하니 그리워

그냥 갈까
그래도
다시 더 한번……

김소월, 「가는 길」 1연과 2연

위의 시에서 〈가려는〉 지향의 의지를 보임과 동시에, 그 자리에 머물고 싶은 갈등의 모습이 보인다. 결국 대상에게 가지 못하는 마음이 '그래도'라는 접속사에 표현되면서 '다시'라는 지향과 다짐의 시어를 불러온다. 화자가 가려는 이상향은 어디일까? 「엄마야 누나야」에 등장하는 '강가의 조그만 초옥(草屋)'의 배경일까. 사실 '바람에 노래 부르는 갈잎'과 '반짝이는 금모래밭'의 실체는 '황량한 갈대숲과 스산한 모래밭' 일지도 모른다. 그러나 아무리 초라한 곳이라도 소월에게는 정든 곳이기에 돌아가야 할 꿈의 장소가 된다. 빈약한 초옥이라도 찬란하게 보이는 것이다. 이 마법은 환멸의 기억을 지우는 고향에의 향수다. 지금은 갈 수 없는 고향으로 가는 길, 그래서 더 커지는 그리움, 오늘에서 멀어지는 꿈이 더 아름답게 느껴지는 것과 같다.(천이두, 1960, 58-59쪽) 아래의 시 「왕십리」에도 화자에게 오가는 대상에 대한 마음이 표현되어 있다.

> 여드레 스무날엔
> 온다고 하고
> 초하루 삭망이면 간다고 했지
> 가도 가도 왕십리 비가 오네

김소월, 「왕십리」 2연

인용 시에는 〈오려는〉 마음과 〈가려는〉 상반된 마음이 하나의 주체 안에서 동시적으로 작용하고 있다. 하남은 '왕십리'를 원심력에 의한 지향과 구심력의 회기가 상극을 이루는 시라고 분석한다, 즉 '〈가면서도〉〈올〉 것을, 〈오면서도〉〈갈〉 것을 생각하는 소월의 시심은 주체의 분열과 불안을 나타낸다'는 것이다.(천이두, 1974, 20쪽) 소월의 시가 분열 의식을 보이는 것은 시인이 내면과 외면의 상호 모순적 요소를 극복하려는 데서 나타난다. 전통적 정서를 현대적 긴장으로 표현하려는 것이 소월의 특징이다. 소월의 동경은 '삼수갑산'으로 지칭되는 이상향을 의미한다. 산수갑산은 지리적인 개념이 아닌 심리적인 개념인 것이다. 소월에게 지금 그곳에 살고 있지 않은 모든 곳이다. 따라서 이상향을 지향하는 소월의 시심에서 삼수갑산은 존재하고 있다. 결코 채워지지 않는 소월의 시심은 '오면서' 떠나온 그곳을 동경하고, '가면서' 남겨둔 이곳을 동경한다. 그것은 영원히 도달하지 못하는 '저곳'의 세계이며, 곧 보헤미안의 유토피아적 지향이다. "이리하여 1920년대의 모든 보헤미안들이 동굴과 밀실과 꿈에서 그들의 왕국을 찾으려 한 것처럼 피안의 세계에서 (소월도) 그의 유토피아를 모색하는 것이다."(천이두, 1974, 21쪽)

엄마야 누나야 강변 살자

뜰에는 반짝이는 금모래빛

뒷문 밖에는 갈잎의 노래

엄마야 누나야 강변 살자

김소월, 「엄마야 누나야」 전문

위의 시에 나타난 강변 풍경은 익숙하나 낯설게 느껴진다. 그것은 소월
이 즐겨 낯익은 소재를 낯설게 표현하기 때문이다. 이 시에서도 강변의 낯
익은 소재는 미화되어 나타난다. '(금)모래밭'과 '갈대(의 노래)'는 실재가 아
닌 꿈의 베일이 들씌워 있는 환상으로 표현된다. 정작 현실의 강변은 '삭막
한 모래밭', '스산한 갈대'가 자욱하다. 대상과의 거리가 있기에 동경하게
되는 것이다. 이 점에서 소월의 후배인 석정의 '어머니, 그 먼 나라를 알으
십니까'에서 나타난 이국적 정조를 떠올릴 수 있다. 신석정은 '흰 물새 나는
고요한 호수', '들장미 열매 붉은 들길', '한가히 풀을 뜯는 흰 염소', '산국화
핀 하늘에 나는 서리 까마귀' 등 자연의 풍경을 즐겨 그려낸다. 일상의 풍경
이 이국적으로 느끼는 것은 그곳이 '아무도 살지 않는 그 먼 나라'의 풍경
이기 때문이다.

소월의 시에 나타난 자연은 동경의 대상이 아니다. 예컨대 '산유화'는 주
정적 심상으로서 기다림을 표현하기 위해 차용된 사물에 불과하다. 그래
서 어떤 자연물이라도 소월에는 같은 이미저리를 보여주는 객관적 상관물
로 작용한다. 소월에게 '자연에 대한 형이상학 관점이 없는 이유는 자연을
소재적 차원으로 취하기 때문이다.'(천이두, 1974, 24쪽) 이는 현실을 피해 자
연과 완벽한 조화를 완성하려 했던 도연명이나 워즈워드의 시작과는 출발
을 달리 하는 것이다. 이들은 자연과 일치를 꿈꾸기 때문에 주정적인 감상

을 직접적으로 드러내게 된다. 그러나 소월에게는 주정적 정서를 시적 소재인 자연물에 객체화하였다. 결과적으로 소월은 '감상의 타락을 극복하여' 또 다른 자연을 재현할 수 있게 되었다. 소월은 '원시적 감정은 완전히 자취를 감추고 구체적 표상으로서 산, 꽃, 새, 가을, 봄 등 자연 사물이 구체적 이미지로서 시의 표면에 부각되어 그 자체로서 조화를 갖춘 시적 공간을 창출할 수 있었던 것이다.'(천이두, 1974, 28쪽)

그런데 자연에 대한 소월의 동경이 '아름다운 신기루'의 한계를 사전에 의식했다는 혐의를 보인다는 점에서 이율배반과 모순이 발생한다. 소월의 수사법에서 역설과 반어가 많은 것도 이러한 외부와 내부의 충돌에서 비롯되었을 수 있다. 하남은 이에 대해 소월은 '너무나도 총명하고 타산적인 사람이어서 그 주정적 직정적인 표면의 감촉과는 달리, 그 소재의 선택에 있어서, 그 형상화의 노력과 운율의 배려에 있어서 노련하고 치밀한 계산이 곁들어 있는데, 그러한 계산은 타고난 천성 때문'에서 비롯되었을 것이라고 추정한다.(천이두, 1974, 21-24쪽) 여기서 예로든 타고난 천성이란 '상과'에 다닌 학적과 더불어 고리대금업을 한 배경을 제외하더라도 그의 스승인 김안서가 소월을 '이해타산적 인물'로 평가한 부분에도 심증을 둔다. 무엇보다 하남이 주목한 것은 소월이 시 쓰는 마음과 시 쓰는 태도를 다르게 보였다는 점이다.

우리의 영혼(靈魂)이 우리의 가장 이상적 미(美)의 옷을 입고 (…중략…) 혹은 동구(洞口) 양류(楊柳)에 춘광(春光)은 아릿답고 12곡방(曲坊)에 풍류(風流)는 번화(繁華)하면 풍표만점(風飄萬點)이 산란한 벽도화(碧桃花) 꽃잎만 저흘는 우물 속에서 즉흥의 두레박을 드놓기도 할 때에는 이 곧 이르는 바 시혼(詩魂)으로 그 순간에 우리에게 현현(顯現)되는 것입니다. 그러한 우리의 시혼은 물론 경우에 따라 대소심천(大小深淺)을 자재변환(自在變換)하는 것도 아닌 동시에, 시간과 공간을 초월한 존재입니다.

김소월, 「시혼」 부분

위의 글은 소월의 유일한 시론이다. 인용 글에서 하남은 '즉흥의 두레박'이란 표현에 강조점을 둔다. '즉흥의 두레박'은 자연적 감정의 직정적 발산이라는 시단의 풍조를 반영한 표현일 것이다. 하남은 소월이 시 쓰는 마음을 '즉흥적'이라고 표현한 것에 대해 모순을 발견한다. 소월의 시는 얼핏 보기에 즉흥시답지만, 자세히 살펴보면 면밀한 계산과 세심한 탁마가 이뤄졌다는 것이다. 그리고 이러한 시를 대하는 태도가 모던의 감상주의를 극복하고 소재를 전통의 그릇에 제약하여 담음으로써 탁월한 성취를 이뤘다고 평가했다. 하남은 그 원인을 ①생활인으로서는 타산적이었지만 시인으로서는 감성적이었다. ②근대교육을 받은 교양인이면서 전통을 추구했다. ③당시 유행하는 데카당티즘과 센티멘털 로맨티시즘에 천착한 눈물과 감상의 정조를 한으로 승화했다.(천이두, 1974: 15)는 점을 들었다. 소월은 로맨티시스트 그룹인 백조파의 일원답게 유토피아리즘에 기반한 동경적 자세를 견지하고 있다. 하남은 보들레르에 대한 T. S. 엘리엇의 평가를 소월에게 적용한다. 소월은 '로맨티시즘의 후예이면서 최초의 반 로맨티스트'라는 것이다. 이러한 모순이 김소월을 역설과 반어의 수사학의 시인으로 만들었을 것으로 생각된다. 소월은 백조파인 이상화, 박종화, 홍사용, 나도향의 시에 나타난 유토피아리즘에서 한발 나아가 현실과 별개의 세계를 상상함으로써 결과적으로 '시를 자연 발생적인 감정의 배설구로 이용한 모던보이들이 타락한 반면 소월은 처음부터 지적 절제를 전제하고 전통의 그릇에 제약함으로써 탁월한 성취를 이룰 수 있었'던 것이다.(천이두, 1974, 16-17쪽)

## 3. 임의 정체

하남은 「임의 미학」(1974)에서 발견한 임의 정체에 대해 전통적 시가에서 연원을 찾는다. 전통적 시가에서 '임'을 그리는 주체는 여성적 화자다. 반면 '임'은 군주, 남자를 의미한다. 임의 정체는 남성적이지만, 임을 그리는 여성을 통해 임의 정체가 그려진다. 소월의 시에 등장하는 화자는 여성이다. 여성적 화자는 '임(남성)'을 갈망하며 이별을 거부하지만, 결국 '임(남성)'은 가버리고 만다. 임을 따라가고 싶지만 가지 못하는 한계를 느끼는 데서 청상의 한이 노래가 되는 것이다. 예컨대 고려가요 '가시리'는 임을 따라가지 못하는 여성의 하소연이다. 소월의 시에는 임과 극복할 수 없는 거리를 인지한 '처절한 청상의 한'이 보편적 정서로 깔려 있으며, 그 정서는 결국 여성의 것이다. 즉 임의 정체는 여성의 한을 통해 선명하게 그려진다.

하남은 소월의 화자가 여성적으로 표현되는 이유를 세 가지 이유로 설명한다.(천이두, 1974, 32-35쪽) 첫째, 화자의 어조가 여성적 톤이다. 소월의 시에는 높임말이 많이 쓰이며 부드럽고 복종적이다. '예전엔 미처 몰랐어요'(「예전엔 미처 몰랐어요」), '우리 님의 맑은 노래는 언제나 제 가슴에 젖어 있어요'(「님의 노래」)에서 나타난 말투는 여성적 말투를 지닌다. 아내나 애인에게 가장 높임말을 쓰는 경우가 없으며 복종적인 톤에서 화자는 여성적이다.

둘째, 사랑의 주도권을 자신이 아닌 상대에게 부여함으로써 화자의 자세는 복종적, 인고적이다. '당신이 속으로 나무라면 무척 그리다가 잊었노라'(「먼 후일」)에서 기다림에 지쳐 안타까운 사랑을 단념과 망각으로 잠재우려는 인고의 자세는 여성적인 자세이다. 「진달래꽃」에서 복종적인 자세는 승화되어 표현된다. 자신을 버리고 떠나는 임을 원망하기보다 헌화를 통해 보내준다. 이것이 「정읍사」의 백제 여인의 마음이며, 「가시리」의 고려 여인의 마음이며, 「귀촉도」의 육날 메투리를 삼아주지 못한 한국 여인의 마음이다.

셋째, 소월의 임은 '현실 부재'이다. 화자에게 사랑의 행복한 추억은 과거의 사건이며 이미 끝나버린 사랑이다. '왜 아니 오시나요. / 영창에는 달빛, 매화꽃이 / 그림자는 산란히 휘젓는데'(「애모」)에서 화자가 청상의 사랑에 집착하는 것은 '모든 화려하고 행복한 기억은 과거가 되었'기 때문이다. 임의 현실 부재로 인해 겪는 '화자의 독수공방의 풍경은 전통적 시가에서도 흔히 볼 수 있는 낯익은 소재'다. 즉 님은 현실이 아닌 기억으로만 존재한다. 그래서 부재하는 임을 그리는 일은 추상적인 감상으로 흐를 수밖에 없다.

소월이 그려낸 '청상의 시공간'은 유토피아의 공간으로 진입하기 위한 지점이지만 화자가 아직은 도달하지 않은 'Not yet'의 공간이다. 그리하여 소월의 시에서 나타난 정한은 '설움으로서의 한'이며 한탄이 내면적으로 기울어진 한이다.' 하남은 소월의 시 「왕십리」를 통해 '센티멘털리즘을 개성의 몰각화를 통해 극복'했다고 평가한다. 비오는 공간에서 화자의 '한'은 현재화되며 시적인 시공간은 제한적으로 그려진다. 즉 비가 오는 시간은 과거로부터 흘러든 임의 부재가 소환되는 때다. 그래서 비가 오면 화자는 오도 가도 못하는 상태가 된다. 기억의 빗물이 모여 흐르는 시간은 금모래가 빛나는 '강변'과 붉은 꽃 핀 '바다'를 화자와 연결시키는 마법의 시간이기 때문이다. 비 내리는 시간을 시적 화자는 통과하면서 임의 부재를 단념과 망각을 반복한다.

소월의 시에 나타난 정한은 고대가요 「공무도하가」에서 '임이 강을 건너버렸다'는 탄식에서 이어지는 이별의 정한이다. 강을 건너버린 '백수광부'를 끝까지 쫓지 못하고 바라볼 수밖에 없는 비련의 주인공은 으레 여성으로 상정된다. 한국의 전통적인 정서상 임을 그리워하는 주체는 여성으로 자리매김 되는 것이다. 즉 여성은 임을 잡을 수 없는 수동적인 존재였기에 정한의 노래는 처음부터 예감된 비가였다. 그런데 비극적 감성이 예감되는 데도 불구하고 상상하는 여성적 화자의 발견은 유토피아리즘의 긍정적 탐색이라 할 수 있다.

하남은 임을 그리는 여성이 수동적이고 한계가 있는 존재로 그려지는 것에 대해서 임의 정체를 다음과 같이 규명한다. '임이 남성을 의미하며, 남성은 조국이나 민족 또는 절대적 존재를 지칭한다.'는 점에서 임은 사랑하는 여성을 남겨두고 떠나야 하는 남성, 혹은 조국으로 그려진다.(천이두, 1974, 31쪽) 임을 부르는 노래의 주체는 여성이라는 점에서 남성, 혹은 조국은 노래를 부르게 하는 소재인 셈이다. 노래를 부르게 하는 남성 혹은 조국은 친밀한 대상에게 느끼는 낯설고 두려운 감정, 즉 언캐니(uncanny)를 유발한다. 여성은 남성이 유발하는 언캐니를 극복하기 위한 정한의 표출 방법으로서 노래를 선택한다. 그렇다면 임의 정체는 여성으로 하여금 노래를 부르게 하기 위한 보조적 존재인 셈이다.

그리하여 최고의 가요인 「정읍사」 이후, 서정시는 속절없이 떠나는 〈임〉의 모습을 그리는 여성적 화자를 등장시킨다. 임은 ① 돌아선 뒷모습으로 ② 안타까이 기다리는 여성의 입을 빌려 ③ 멀리서 동경하게 하고 ④ 상처만 남겨주고 떠나간다. ⑤ 여성적 화자는 그 상처를 다스리며 망각해 보려하거나 ⑥ 마침내 영영 만날 수 없는, 유명을 달리한 임을 그리워한다.(천이두, 1974, 36쪽)

현실에서 임의 부재가 길어지면 그리움의 크기도 커진다. 이때 임을 그리워하며 부르는 노래의 울림도 커지게 된다. 하남은 이 울림의 곡진함을 정한의 깊이가 만든다고 생각했다. 즉 임과의 제한적인 분리에서 영원한 분리로 가까워질수록 노래의 감동이 커지게 되는 것이다. 그리하여 소월의 시에 나타난 이유로 임은 결코 돌아올 수 없는 존재이기 때문이라고 생각했다.

## 4. 구원으로서의 노래, 노래로서의 시학

한국 현대시에서 '한'의 계보는 소월에서 시작한다. 김동리는 「청산과의 거리」(1952)에서 '한을 그리움의 정한'이라고 하였고, 서정주(1972)는 소월의 한을 '정으로부터 오는 한'이라 하였다. 서정주는 한의 원인보다 '체념을 통한 길 닦음'이라는 처리 방식에 주목하였다. 또한 하남은 소월의 '임은 육체가 없는 피안의 임'이라는 말로 전통적 시가에 나타난 정한이 소월에게 연결되었음을 이야기한다. 즉 "생활의 피안에 꿈의 자리를 마련했다는 점은 그가 '천래(天來)의 가수'였다는 사실과 밀접한 관계가 있다."(천이두, 1960, 59쪽) 노래는 답답한 현실을 토로하여 감정을 달래는 치유의 효과가 있다. 전해지는 가장 오래된 치유의 노래는 시였다.

고대가요 「공무도하가」는 임의 부재에서 부르짖는 노래다. 임에게 가지 말라고 애원했으나(公無渡河) 임은 가버렸고(公竟渡河), 결코 돌아오지 못하는 상태(墮河而死)가 되었다. 그리워하는 임을 이제는 만날 수 없는 화자는 한탄하는(將奈公何) 수밖에 없는 것이다. 이러한 체념과 한탄의 감정이 설움으로 모아지면 어떤 형체를 띤 울혈(鬱血)처럼 느껴지게 된다.

꿇어앉아 울리는 향로의 향불
내 가슴에 조그만 설움의 덩이
초닷새 달 그늘에 빗물이 운다.
내 가슴에 조그만 설움의 덩이

김소월, 「설움의 덩이」 전문

위의 시에 나타난 '설움의 덩이'는 '풀 길 없는 맺힘의 감정'(오세영, 2000, 78쪽)이 재현되는 '청상의 시공간'이다. 청상이 발현되는 공간은 내면에 상상된 '설움의 덩이야말로 한국적 한의 한 중요한 속성이며, 한국 서정시의 주조를 이루고 있는 이른바 정한의 전형적 표상이다.'(천이두, 1993, 29쪽) 소월에게 설움은 '공무도하'처럼 '이곳'도 '그곳'도 아닌 '저곳'에서 현현된다. '저곳'은 대상과 좁혀지지 않은 거리로서의 표현이다. '저곳'에 대한 갈망이 정한을 발생시킨 것이다. 소월은 정한에 대한 논의의 시작이 김동리의 「청산과의 거리」로 보았다. 하남이 정한 정한의 계보는 이후 여러 논자들에 의해 반복되어 사용되었다. 김동리는 소월의 정서적 특질이 '정한(情恨)'이라고 한 점에 주목하며, 닿을 수 없는 거리 인식이 '한에 관한 논의의 시발'이 되었다는 점을 밝힌다. 하남의 탁월한 점은 정한이 '아무것으로도 영원히 메꿀 수 없는 그리움의 감정'이라는 김동리의 논의를 심화시켜서 '충족될 수도 대리 보상을 구할 수도 없는 영원한 상실감'이 정한의 실체라는 것을 밝힌 점이다. 소월에 있어서 정한은 '임에 대한 사랑의 표현이며, 좌절된 사랑에의 애절한 탄식'이다.(천이두, 1993, 55쪽)

소월의 말은 노래하기 위한 말이다. 노래하기 위하여, 풍류를 위하여 그는 뭐건 말하면 되었던 것이다. '바드득 이를 갈고 / 죽어 볼까요. / 창가에 아롱아롱 / 달이 비친다.'(원앙침 1연) 자연인의 발언이라면 '바드득 이를 가는' 죽음이면 꽤나 소름 끼칠 일이다. 허나 이게 현실의 대화가 아니라는 것은 다음 행의 '아롱아롱 비치는 달'로 뒷받침되고 있다. (…중략…) 이건 분명 정밀(靜謐) 속으로 자꾸 침잠해 가는 동양의 설움이다. 이건 오늘이 아니다. 어제다. 우리들이 수없는 세월 속을 엮어 내려온 귀 익은 전설이다. 경주와 정읍사와 황진이가 자라온 고장. 소월의 고장은 바로 여기다. 황진이는 독수

공방을 거문고의 가락으로 채웠다던가? 소월도 이 고장에서 의미의 과업을 휘두르질 않았다. 목청을 뽑았다. 일제하의 민족의 설움. 실의와 패배의 설움을 한으로 서린 가락으로 풀었다. (…중략…) 통곡을 안으로 사리어 담다가 기진하여 흐득이는 음. 그것은 분명 전대의 멋이다. 소월은 전대의 멋쟁이인 것이다.(천이두, 1960, 59-61쪽)

하남은 소월의 '시'가 '노래'가 된 것은 설움에서 비롯된 '말'이기 때문이라고 생각했다. 이 설움은 죽음처럼 불가항력적이며, 과거의 일처럼 돌이킬 수 없다. 그리고 설움의 노래를 불러 현실에서의 패배를 멋으로 풀어 온 것이 우리 민족의 전통이라는 것이다. 그리하여 설움의 공간을 멋으로 풀어내는 노래는 동경이 좌절되는 순간에 스스로 치유하는 탄식처럼 노래가 된다. 패배가 크면 클수록 노래의 절절함도 또한 커진다. 그것은 '한이 서린 가락'이 된다. 당시 유행하던 '자유시 경향이 산문적 의미를 선택한 반면 소월만이 음률의 세계로 뒷걸음친 것은 현실을 바라면 산문을, 꿈을 바라면 음률을 선택하자는 소월의 선택이며, 이렇게 음률을 찾다 보니 전시대와 포옹한 민요 형식에 도달했다.'는 것이다.(천이두, 1960, 62쪽) 소월이 민요를 선택한 과정을 추적하면서 소월이 민요 시인이 된 것은 선택의 결과라고 했다. 그리고 이후 발표한 글에서 소월의 민요의 특징에 주목한다. 그는 「소월 시에 있어서의 민요적 성격」이라는 글에서 '소월 시의 민요적 분위기는 표면적인 현상(소재, 시어, 표현, 율조)보다 본질적인 전통의 세계를 표용하는 데서 비롯된다'고 하였다. (천이두, 1974, 37-44쪽)

이상 하남이 소월 시의 민요성을 분석하여 내린 결론은 다음과 같다. 첫째, 소월이 접근한 정한의 세계는 서민 대중의 페이소스와 일치한다. 소월의 시가 널리 불리게 된 것은 구전이 용이한 음보율 만이 아니다. 소월시의 정서에 봉건적 가족제도에서 불우하게 살아온 여인과 유교적 지배구조에서 비롯된 대중의 설움이 정한으로 표현되고 있기 때문이다.

둘째, 생활 현실에 대한 풍자와 회화적 요소가 민요의 경지와 일치한다. '있을 때는 몰랐더니 / 없어지니까 네로구나'(「돈타령」), '칼날 위에 춤추는 인생이라고 / (…중략…) / 그 누가 미친 춤을 추라 했나요'(「고락」), '이 세상 산다는 것 나 도무지 모르겠네'(「생과 돈과 사」) 등의 시에서 서민의 입말이 그대로 드러난다. 서민의 삶의 고단함에 대해 철학적 엄숙성보다 통속적 상식으로 선명하게 드러내는 것이 민요가 가진 풍자적이고 회화적인 특징이다.

셋째, 소월시가 간직한 서사적 구전적 요소와 시어의 토속성과 지역색이 강한 지명들의 사용은 민요의 특징과 일치한다는 점이다. 앞에서 예로 든 「돈타령」을 비롯하여 「넝쿨타령」, 「가시나무」, 「팔베개 노래」 등에서 4.4조의 민요적 율조를 도입한 작품은 물론이거니와 소월의 시 대부분에서 나타난 정형율은 구전적 성격을 띠고 있다. 또한 '영변 약산', '삼수갑산', '왕십리', '천안삼거리', '영남 진주' '제물포' 등의 지명들은 민요의 소재에 즐겨 사용된다.

넷째, 토속적인 자연 사물을 즐겨 쓰는 것도 민요의 속성이다. 김영랑의 '모란'이나 이병기의 '난초'가 귀족적, 개성적인 소재라면 소월의 '진달래꽃'은 서민적이며 일반적인 꽃이다.

다섯째, 민요에는 시간이나 거리에 대한 수치가 막연하고 과장적으로 그려진다. '물로 사흘 배 사흘 먼 삼천리'(「삭주구성」), '오늘도 하룻길 칠팔십리 돌아서서 육십리는 가기도 했소'(「산」)처럼 막연한 시간과 거리의 개념이 민요에서도 '천년만년 살고지고', '한오백년 사자는데 웬 성환가'처럼 나타난다.

하남은 위와 같이 소월 시에 나타난 민요적 요소를 살펴본 뒤에 그럼에 소월시가 민요에 구애되지 않고 율조와 행, 연의 구분 배열을 통해 음조와 이미지의 변화를 꾀한 점을 높이 평가한다. 김안서의 기록에 의하면 「가는 길」은 "그립다 말을 할까 하니 그리워 / 그냥 갈까 그래도 다시 더 한번"이었다. 이것을 지금 알려진 것처럼 행을 나눠서 좀 더 역동적인 리듬감을 강화하는 쪽으로 고쳤다."(천이두, 1974, 43-44쪽)

하남의 의견을 바꿔 말하면 소월의 노래는 임의 부재로 인한 한계를 인식하고 내면의 슬픔을 구원의 시학으로 승화시키고자 부르는 '전략적 말하기', '토로의 방식'이라 할 수 있다. 떠난 임이 다시 돌아올 수 없다는 점에서 설움의 크기는 커지지만 결국 이 정한을 감당할 이는 남겨진 화자이다. 화자는 임이 없는 세상에서 부재로 인한 그리움의 형벌을 지니고 살아야 한다. 살기 위해선 자신의 처지를 노래로 부름으로써 객관화할 수 있게 된다. 혼잣말처럼 부르는 노래는 민요처럼 공유되면서 공감과 치유의 효과를 보이게 된다. 간절한 동경의 태도가 구원의 문을 여는 에너지로 치환되는 마법이 벌어진다. 한이 에너지로 치환되는 이 시적인 시간은 현실적 의미가 없이 영원히 이어지는 마법의 시간이 된다.

따라서 현실의 구원을 위해서 꿈에 도달하기 위해서는 노래는 절절하고 더 커져야 했다. 그리고 역설적으로 노래가 절절해지려면 한의 크기 또한 커야 했다. 하남은 「금잔디」를 예로 들며 '심심산천에 붙은 불은 / 가신 임 무덤가에 금잔디'에서 '금잔디'라는 완충지대가 '가신 임'과 화자 사이에 존재함으로써 '거리'에서 비롯된 임에 대한 동경과 좌절의 통곡이 더 커지는 효과를 소월이 의도했을 거라고 추측한다. 소월의 시에 음악성이 강하게 들어 있는 것도 좌절된 사랑에 대한 탄식이 쌓여 '병(울혈)'이 되기 전에 탄식을 표현하는 전통적인 방식이 노래이기 때문이다.

가수 이장희가 부른 노래 「불 꺼진 창」(1973)은 사랑이 끝난 사람의 감정을 노래한다. 노랫말은 '지금 나는 우울해~ / 누군지 행복할 거야 무척이나 행복할 거야 / 그녀를 만난 그 사내가 한없이 부럽기만 하네 / 불 꺼진 그대 창가에 오늘 난 서성대었네 / 서성대는 내 모습이 서러워 말없이 돌아서 왔네'(「불 꺼진 창」 부분)이다. 가지도 오지도 못하고 '서성대는' 화자의 모습은 '설움'을 빚어낸다. 다른 사내가 그녀와 누릴 행복은 화자의 불행이기도 하다. 그러나 자신의 사랑을 불 밝힐 여지가 없다는 점에서 설움은 깊어지고 결국 화자는 말없이 돌아오게 된다. 대중가요의 영원한 소재는 '언제고 불행한 사랑'인 것이다.「불 꺼진 창」이 2021년에도 향유된다는 것은 1920년대식 센티멘털 로맨티시즘이 여전히 소통된다는 의미다. 하남은 전통적인 비련의 연가를 분석한 결과 연가에는 "우리 자신의 설움과 회한을 찾게 되고, 겨레의 정서 속에 수없이 되풀이되면서 닦이고 다듬어진 그것들을 찾게 된다."(천이두, 1974, 29쪽)

시를 노랫말로 하여 대중가요로 만든 사례는 많다. 대중가요 노랫말을 문화사적 맥락으로 분석하여 '당대 대중의 정서가 문학적으로 구현된 양상'(김중신, 2016, 175쪽)로 해석하기도 한다. 특히 김소월의 시가 대중가요로 만들어진 것은 여전히 소월의 정서가 시대를 초월해서 공감대를 형성하고 있다는 것을 의미한다. 소월의 시「진달래꽃」을 비롯하여「먼 후일」,「초혼」,「못 잊어」,「그리워」,「접동새」,「옛이야기」,「산유화」,「부모」,「엄마야 누나야」,「개여울」,「밤」,「나는 세상모르고 살았노라」,「예전에 미처 몰랐어요」 등 수많은 동요와 성악곡, 유행가가 있다. 특히「개여울」,「못 잊어」,「산유화」,「초혼」은 한국 서정시의 원형이라 불린다.

다음은 유행가「님은 먼 곳에」(1969)의 가사다. 김추자가 처음 불렀고 이후 조관우 등 많은 가수들이 따라 불렀다. 동명의 영화도 제작되었다. 가사 내용은 사랑을 고백하지 못하고 망설이다가 상대가 떠난 후에야 후회한다는 내용이다.

사랑한다고 말할걸 그랬지 / 님이 아니면 못 산다 할 것을 / 사랑한다고
말할걸 그랬지 / 망설이다가 가버린 사람 / 마음 주고 눈물 주고 꿈도 주고
/ 멀어져 갔네 / 님은 먼 곳에 / 영원히 먼 곳에 망설이다가 / 님은 먼 곳에

유현, 「님은 먼 곳에」, 1969

위의 노래에서 님은 소월의 노래한 '정한의 님'이다. 화자가 사랑을 고백
할 수 있는 것은 역설적으로 먼 곳으로 님이 떠났기 때문이다. 임은 부재의
인물이다. 이별의 탄식과 부재의 절망이 사랑의 감정을 극대화한다. 그런데
위 노래에서 주목할 부분은 '영원히 먼 곳에 망설이다가'이다. 떠난 님이 돌
아올 것을 희구하는 노래가 아니라, 회귀 불가능성을 얘기하고 있기 때문
이다. 즉 거리적으로 떨어져 있는 님은 시간적으로 만날 수 없어야 한다는
전제를 품고 있는 것이다. 여전히 소월의 후예들은 이러한 님의 부재를 슬
퍼하면서도 그와의 해후를 불가능성으로 상정한다. 그래서 나이가 들면서
트로트에 귀가 트이는 것도 민요로 귀결되는 정서의 동화 때문이다. 소월
의 민요가락은 '우연에서 출발하지만 끝내 하나의 필연으로 포착된다'. 소
월이 대중가요의 소박함과 감정의 낭비를 극복할 수 있었던 것은 스스로의
감정을 제약하는 자의식 덕분이었다. 이러한 자의식으로 충반한 소월의 후
예 중에는 소월의 시를 적극적으로 재해석한 이도 있다. 다음은 2000년대
가수 마야가 부른 「진달래꽃」의 노랫말의 일부다.

(…상략) 나 보기가 역겨워 가실 때에는 / 죽어도 아니 눈물 흘리오리다 //
날 떠나 행복한지 이젠 그대 아닌지 / 그대 바라보며 살아온 내가 / 그녀 뒤
에 가렸는지 / 사랑 그 아픔이 너무 커 / 숨을 쉴 수가 없어 / 그대 행복하길
빌어 줄게요 / 내 영혼으로 빌어 줄게요 // 나 보기가 역겨워 가실 때에는 /

죽어도 아니 눈물 흘리오리다 (하략…)

마야, 「진달래꽃」 부분, 2003

위의 노랫말은 김소월의 시의 특징인 반어와 역설을 새로운 감수성으로 개사했다. 시적 역설은 표면적 진술과 내적 의미 사이에 구조적 모순을 통해 전달하고자 하는 내용을 강조한다. 간접 화법은 화법상 권력이 약한 이들이 의미를 강조하기 쓴다. 그런데 마야의 노랫말은 동명의 노래를 빠른 템포의 록음악으로 편곡하면서 가사 또한 바꾸게 된다. '이별의 정한'이 '이별의 아픔을 적극적으로 극복'하겠다는 의지의 표명으로 바뀐 것이다. '그'로 해석된 임의 대상이 '그녀'로 바뀐 것도 한 특징이다. 발랄한 신세대의 정서가 여기에 반응하면서 대중적인 인기를 얻게 되었다. 대중들은 마야의 노래를 따라 부르며 이별을 씩씩하게 감내한다.(최미숙, 2014, 120쪽) 매체 환경의 변화에 따라 감각적이고 즉물적인 것을 선호하는 수용자들이 늘어나게 되었다. 한국시의 젊은 수용자들은 전통의 정서를 재해석한다. 「불 꺼진 창」을 향유하는 집단과 마야의 「진달래꽃」을 향유하는 집단 사이에는 소통의 단절이 발생할 개연성이 있는 것이다. 소월에서 정한을 발견하고 "시간을 초월한 어떤 매력이 그 속에 분명 있다. 소월은 분명 하나의 고전으로 우리 앞에 서 있는 것이다."(천이두, 1960, 58쪽)라고 자신했던 하남이 지금의 소월 수용 양태를 본다면 어떻게 받아들일지 궁금하다.

## 5. 나가며

이 글에서는 하남의 「임의 미학」을 중심으로 소월에 대한 견해를 살펴보았다. 하남은 소월 시의 주제를 동경과 구원으로 보았다. 소월은 유토피아에 대한 동경을 지향하다 현실의 한계를 느끼고 탄식에 잠기는 시적 주체를 구원하는 방법으로 '민요적 가락'을 받아들였다는 것이다. 즉 소월의 노래는 동경하는 대상에 다가가지 못하는 '한의 분출'의 형식으로 노래를 택하였으며, 민족 고유의 정한의 삭임으로 표출된 소월의 노래는 구원의 시학으로 나아갔다고 할 수 있다.

하남은 소월을 전통을 따르되 전통을 창신하였다고 생각했다. 소월의 시에서 발견된 정한은 한국적 한의 하위 개념으로 하남의 역작인 『한의 구조 연구』에 수렴되었다. 하남은 작품을 판단할 때 감정의 절제와 리얼리티의 획득을 중요시 여겼다. 그런 점에서 소월이 자연물들의 시적 소재에 동화되기보다 객관적 상관물로 그려낸 점은 높이 평가했다. 하남은 소월이 이성의 징검다리로 역사적으로 면면히 흘러 온 감정의 개울을 건넌 '최초의 근대 시인'이라고 생각했다. 이러한 생각은 비평에 입문했던 초기에서 발견한 정한과 임의 부재, 민요적 성격, 감정의 절제 노력 등 핵심 논의가 세월을 거치며 정교하게 다듬어진 결과다. 하남의 소월 비평 중 후기에 속한 「전통과 소월시」(1983)는 기존에 발표한 「임의 미학」(1974)을 보완하여 학술지에 발표한 글이고 「한의 다층성과 다면성」(1993)은 정한론(情恨論)의 사례로 소월을 언급한 것이어서 소월에 대한 하남의 시각은 70년대에 어느 정도 정리되었다고 볼 수 있다.

하남의 소월 비평의 특징은 실제 작품을 바탕으로 구체성을 수반한 논의였다. 하남은 소월이 갑오경장 이후 최초의 본격 시인이며, '보헤미안적 로맨티시스트라는 즉흥성을 극복하고 의식적인 시작을 수행한 것'과 '민요에만 구애되지 않고 전통을 계승'하는 문제와 '외래 문학을 혈육화' 하는 이중 과제를 훌륭히 수행한 것을 높이 평가했다.(천이두, 1974, 45쪽)

이 글의 논의 과정에서 필자의 부족함으로 「임의 미학」(1974), 「전통과 소월시」(1983)의 내용을 비교 검토하는 것은 다음의 과제로 미룬다. 이 두 편의 글은 거의 같아 보이지만 상세히 살펴보면 새로운 단어가 아닌 새로운 문장과 문단이 덧붙여져 있기도 하고, 빠져있기도 한다. 이렇게 문장이 삭제되거나 덧붙여져 있는 부분을 살펴보며 하남의 소월 연구가 10년이라는 시간과 시간 사이에, 의식과 의식의 사이에 변화된 추이를 살펴볼 수 있을 것이다.

개인적인 인상으로 글을 마친다. 필자는 학부시절 하남의 강의를 수강하였으며 대학신문사 주간으로 있을 때는 학생기자로서 가까이 지냈다. 하남은 매순간 강의에 최선을 다했으며 글쓰기에는 지독한 염결성을 보였다. 자신의 게으름과 부정에는 엄격했지만 가족과 문인들에게는 한없이 따스했던 하남에 대한 글을 쓰면서 필자의 부족함이 거듭 느껴졌다. 학문과 예술에 대한 열정이 남달랐던 하남이 작고함으로써 문학 비평의 시대가 저물고 새 시대가 열렸다. 김소월을 통해 정한이 반영된 구원의 시학을 발견한 하남 비평의 성과가 보다 세심하게 연구되는 계기가 되길 바란다.

**참고 문헌**

천이두, 「소월의 멋」, 『현대문학』 12월호, 현대문학사, 1960.
천이두, 「임의 미학」, 『종합에의 의지: 한국현대작가작품론』, 일지사, 1974.
천이두, 「전통과 소월시」, 『한국언어문학』, 한국언어문학회, 1983.
천이두, 「한의 다층성과 다면성」, 『한의 구조 연구』, 문학과지성사, 1993.
김동리, 「청산과의 거리」, 『문학과 인간』, 청춘사, 1952.
김중신, 「그룹 '들국화' 노랫말의 시학적 의미」, 『문학교육학』 50호, 한국문학교육학회, 2016.
서정주, 「소월시에 있어서의 '정한'의 처리」, 『현대문학』 6월호, 현대문학사, 1959.
서정주, 「김소월과 그의 시」, 『서정주전집 2』, 일지사, 1972.
오세영, 『김소월, 그 삶과 문학』, 서울대출판부, 2000.
최미숙, 「문학수업에서의 질문과 대답」, 『화법연구』 26호, 한국화법학회, 2014.

추도사

# 천이두 선생을 추억하며*

염무웅

문학평론가 천이두(千二斗) 선생이 지난 7월 8일 별세했다는 소식을 뒤늦게야 알게 되었다. 바깥출입이 줄어든 데다 7월 들어 정기구독 신문을 하나로 줄이고 본즉, 아무래도 세상과 더 멀어지는 듯하다.

그래도 그렇지…… 천이두 선생처럼 60년 가까이 문단을 지켜온 어른의 타계에 중앙문단이 이렇게 조용할 수 있단 말인가. 인터넷에 찾아보니, 전라북도의 지역신문들 이외에 소위 중앙지로서는 오직 『세계일보』만이 천선생의 부음(訃音)을 짤막하게 기사로 다루고 있다.

우리나라 언론에 문제가 많다는 것은 누구나 실감하는 바인데, 천이두 선생 별세를 깔아뭉개는 것도 우리 언론의 병리(病理)의 일단을 보여주는 사례 아닐까. 대부분의 현역기자들이 그날그날의 일에 치여서 자기 나름의 전문성을 키울 시간을 갖지 못한 채 응급처치 하듯 기사를 써내는 것 같다. 게다가 젊은 기자들은 많은 경우, 나의 오해이기를 바라지만, 넓게 인문학적 소양을 쌓아야 할 대학시절에 고시공부 하듯 암기에만 몰두해서(과연 언론고시라는 말도 있지 않은가!) '유식한 맹목'이 되어 있다는 느낌이다. 하기는 판·검사들은 더한 것 같다만…….

내가 천이두 선생을 처음 만난 것은 1960년대 중엽 출판사 신구문화사(新丘文化社) 편집부에 근무할 때였다. 당시 나는 열여덟 권짜리 『현대한국

---

* 이 글은 『지옥에 이르지 않기 위하여』(2021, 창비)에 수록된 것을 다시 수록했음.

문학전집』의 편집 실무를 책임지고 있었는데, 수록작품 뒤에 붙이는 해설을 여러 평론가들에게 부탁하는 일로 천이두 선생과 연결되었다. 말하자면 필자와 편집자로 만난 것이었다.

문단에 데뷔한 지 두어 해쯤 된 올챙이 평론가에다 출판사 편집 직원에 불과한 처지임에도 나는 말하자면 기고만장 건방진 상태였다. 그렇게 된 까닭이 실은 향기롭지 못하다. 출판사 편집부에 직원으로 있으면 당연히 필자들의 원고를 일착으로 접하게 마련이다. 지금은 다들 컴퓨터에서 작업해서 파일로 전송하는 게 관례가 돼 있지만, 당시엔 으레 필자들이 직접 원고를 들고 왔다. 그런데 그 원고 상태가 각양각색이었다. 유명한 교수나 평론가인데도 웬일인지 글이 수준 이하인 수가 많았다. 실망이 클 수밖에 없었다. 다행히 천이두 선생은 문학적 지향이 나하고는 좀 다르다고 느껴졌음에도 믿고 청탁할 수 있는 많지 않은 평론가들 중의 하나였다. 따라서 점점 가까워지게 되었다.

그 무렵 어느 날 서울에 온 천 선생은 나에게 진지하게 중매를 서겠다고 제안했다. 그렇지 않아도 시골 부모님으로부터 산보라는 독촉을 받던 터라 나는 반은 장난삼아 좋다고 해서 소개를 받았다. 그 여성은 천이두의 스승(그분도 평론가)의 딸로 나보다 한두 살 많은 미술학도였다. 척 보니 나처럼 소심한 '학삐리'가 감당하기에는 과분했고, 그보다도 나는 아직 결혼할 형편이 아니었다. 만난 그날, 나는 기탄없이 웃고 떠드는 실례를 저지름으로써 배우자 아닌 친구로서 지낼 수 있다는 태도를 보였고, 그날 이후 그 여성은 내게 다시는 소식을 전하지 않았다.(부끄럽지만 이건 처음 털어놓는 얘기다.)

1970년대에는 『창작과비평』의 편집자로 필자인 천이두 선생을 드문드문 만났다. 그러다가 1980년 봄 내가 대구로 옮긴 뒤에는 아주 뜸해졌는데,

1989년인가 영남대신문사 주간으로 있을 때 역시 원광대신문사 주간으로 계시던 천 선생을 '전국대학신문사 주간협의회'인가 하는 모임에서 만나 1박2일을 함께 보냈다. 그때 그는 문학 얘기는 거의 하지 않고 판소리나 민요·창(唱) 같은 것을 화제로 삼았다. 내가 판소리에 관심을 보이자 얼마 후 「쑥대머리」를 비롯한 여러 곡을 카세트테이프로 만들어 보내주셨다.

천이두 선생은 평생 전주를 터전으로 시골에서 사셨지만, 사람도 글도 서울-지방의 구분을 넘어서는 보편성을 지닌 분이었다. 신동엽, 하근찬, 최승범과 같은 분들과 동년배로서 6.25 전후 이념적 극단의 시대를 같은 고장에서 함께 겪었음에도 그는 언제나 좌우의 편향이 거의 없는 온건한 중도주의 노선을 걸었다. 동시대의 온갖 끔찍한 일들을 생각하면 부득이한 선택이라고 해야겠지만, 그래도 젊은 나에게는 그것이 좀 불만스럽게 느껴졌다. 그러나 나는 그에게 그런 불만을 직설적으로 말한 적이 없었고, 천 선생도 자신과 다른 나의 성향에 대해 시종 모른 척으로 일관하셨다.

천이두 선생의 명복을 빈다.

# 연보 및 저술 목록

## 연보

| | |
|---|---|
| 1929. 9. 24.(음) | 남원군 운봉면 덕산리 출생(호적상 1930년 1월 5일 출생) |
| | 부 천장문 모 김영순의 4남 2녀 막내 |
| | 봉두(상근, 판순, 상진, 순희, 상균, 상철) 12년 연상, 군함도 징용 |
| | 점두(상신) |
| | 우희(최춘호) |
| | 점만(상수, 이록, 동조, 상국, 수근) |
| | 우복(최성애, 최현창, 최성숙) |
| | 이두(연희, 선희, 상묵, 상윤) |
| 1932 | 남원읍 조산동으로 이주 |
| 1944 | 남원용성초등학교 졸업(35회) |
| 1946 | 부친 사망 |
| 1950 | 남원농업중학교(5년제) 입학, 수료 |
| 1954 | 혼인(부인은 2살 연하의 고창 출신 이옥순 여사) |
| | 병역 마침 |
| 1955 | 전북대 문리대 국어국문학과 졸업(문학사) |
| 1955.9.–1961.4. | 남성고 교사로 재직 |
| 1957 | 전북대 대학원 국어국문학과 졸업(문학석사) |
| 1958 | 『현대문학』에 「인간속성과 모랄」을 발표하며 비평 활동 시작 |
| 1961 | 전북대 전임시간강사 임용 |
| 1964 | 전북대 조교수 발령 |
| 1965 | 현대문학상 수상 |
| 1969 | 전북대신문사 편집국장 |
| 1971 | 문인협회 탈퇴 |

| | |
|---|---|
| 1972-1973 | 전북대신문사 주간 |
| 1972 | 전북대 부교수 승진 |
| 1973.12.22. | 한국기원으로부터 아마추어 공인 3단 인증서 받음 |
| 1975 | 전라북도문화상 수상 |
| | '판소리연구회' 창립에 주도적 역할 |
| 1976 | 전북대 해직. 문교부로부터 '교수자격인정서' 받음 |
| | 만경여자종합고등학교 교사로 2년간 재직 |
| 1978.3. | 원광대 사범대학 국어교육과 부교수 임용 |
| 1982-1983 | 원광대 원광대학신문 주간 |
| 1983 | 월탄문학상 수상 |
| 1986-1987 | 교환교수로 1차 도일(교토불교대학) |
| 1989-1990 | 원광대 신문사 주간 |
| 1992.3.11. | 일본 교토불교대학에서 박사 학위 받음 |
| 1994 | 모악문학상 수상 |
| 1995-2001 | 『전북문화저널』 발행인(4대) |
| 1996 | 춘향문화대상 수상 |
| | 전북작가회의 상임고문 추대 |
| 1999 | PEN 문학상 수상 |
| 1999-2000 | 교환교수로 2차 도일(교토 동지사대학) |
| 2001-2002 | 세계소리축제 초대 조직위원장 |
| 2004 | 부인의 대장암 발병 사실 인지 |
| 2011.1.2.(음) | 부인 별세 |
| 2017.7.7.(음) | 작고 |

## 저서

1969년  한국현대소설론 / 형설출판사
1974년  종합에의 의지 / 일지사
1975년  한국현대소설론 증보판 / 형설출판사
1980년  한국소설의 관점 / 문학과지성사
1982년  문학과 시대 / 문학과지성사
1983년  한국소설의 관점 증보판 / 문학과지성사
1985년  한국문학과 한 / 이우출판사
1986년  (평전) 판소리 명창 임방울 / 현대문학사
1989년  삶과 꿈 사이에서 / 청한
1993년  한의 구조 연구 / 문학과지성사
1994년  (평전) 천하명창 임방울 / 현대문학
1998년  한국소설의 흐름 / 국학자료원
1998년  우리 시대의 문학 / 문학동네
1998년  (소설) 명창 임방울 / 한길사

## 번역서

1980년  장군 1-5권 / 제임스 클라벨 원작 / 일월서각
1981년  봉선화 / 나카가미 겐지 원작/ 한겨레출판
1982년  침묵하는 공화국 / 사르트르 원작 / 일월서각
1982년  곰사령관 각하 / 시체드린 원작/ 일월서각
1982년  서안사변 / 장야광생 원작 / 일월서각
1985년  중국여성의 성과 예술 / 岸邊成雄 원작/ 일월서각
1992년  중국여성사회사 / 岸邊成雄 원작 / 일월서각

## 작품 발표 목록

| 연도 | 월 | 구분 | 제목 | 발표지(출판사) |
|------|------|------|------|------|
| 1958 | 11 | 평론 | 인간 속성과 모랄(황순원론) | 현대문학 47호 |
| 1959 | 4 | 평론 | 고독과 산문 | 현대문학 52호 |
| | 6 | 공저 | 현대문학추천작품 전집 2(평론 편)<br>- 「고독과 산문」 재수록 | 현대문학사 |
| | 11 | 평론 | 르네상스와 산문정신 | 현대문학 59호 |
| 1960 | 11 | 평론 | 안테우스의 자유 | 현대문학 71호 |
| | 12 | 평론 | 소월의 멋 | 현대문학 72호 |
| 1961 | 11-12 | 평론 | 『나무들 비탈에 서다』의 기점 1-2 | 현대문학 73-74호 |
| 1963 | 1 | 해설 | 모파상 『여자의 일생』(세계문학강좌 3권) | 어문각 |
| | 4 | 수필 | 춘일엽신(春日葉信) | 현대문학 100호 |
| | 10-11 | 평론 | 피해자의 미학과 이방인의 미학 | 현대문학 106-107호 |
| | 12 | 논문 | 정한의 전통과 소월시 | 한국언어문학 2집 |
| 1964 | 3 | 평론 | 한국소설의 이율배반 | 현대문학 111호 |
| | 5 | 문제<br>작평 | 몽타쥬 수법-기타 | 문학춘추 2호 |
| | 7 | 수필 | 장수불로의 미덕 | 현대문학 115호 |
| | 8 | 문제<br>작평 | 아웃사이더-독자(獨自)의 미학 | 문학춘추 5호 |
| | 10 | 평론 | 장편소설에의 향수 | 세대 15호 |
| | 11 | 평론 | 패기적, 직선적 미학-김동인론 | 문학춘추 8호 |
| | | 평론 | 사회참여와 문학 | 새교실 101호 |
| | 12 | 평론 | 작품과 작가 | 새교실 102호 |
| | | 평론 | 시간의 의미 | 문학춘추 9호 |

| 연도 | 월 | 구분 | 제목 | 발표지(출판사) |
|---|---|---|---|---|
| 1965 | 1 | 평론 | 청상의 이미지-오작녀-황순원의 경우 | 문학춘추 10호 |
| | 2 | 평론 | 이호철론-묵계와 배신 | 문학춘추 11호 |
| | 4 | 평론 | 공백으로부터의 재건-8.15 이후 한국소설 | 현대문학 124호 |
| | 7 | 수필 | 완행열차와 3등 인생 | 새교실 109호 |
| | 10-11 | 평론 | 한국단편소설론 1-2 | 현대문학 130-131호 |
| | 11 | 평론 | 한국현대문학전집 2권-유주현론, 강신재론 수록 | 신구문화사 |
| | | 평론 | 한국현대문학전집 6권-이범선론 수록 | 신구문화사 |
| | | 평론 | 한국현대문학전집 8권-이호철론 수록 | 신구문화사 |
| 1966 | 2 | 평론 | 주체의식의 창조적 양상 | 문학춘추 19호 |
| | 4 | 평론 | 한국현대문학전집 10권-박경수론 수록 | 신구문화사 |
| | | 평론 | 한국현대문학전집 12권-선우휘론(권력의 메카니즘과 인간의 자유) 수록 | 신구문화사 |
| | 4 | 월평 | 풍성한 수확 | 세대 33호 |
| | 5 | 월평 | 신인들의 표정 | 세대 34호 |
| | | 평론 | 비평의 이상 | 문학 1호 |
| | 6 | 평론 | 신변소설론 | 문학 2호 |
| | 7 | 월평 | 특이한 작품과 평범한 작품 | 현대문학 139호 |
| | 8 | 월평 | 한국의 두 가지 소설 | 현대문학 140호 |
| | 9 | 월평 | 소재와 의미 | 현대문학 141호 |
| | 10 | 평론 | 문학에 있어서의 두 가지 속성 | 새교실 124호 |
| | | 평론 | 현실과 소설 | 창작과비평 4호 |
| | 11 | 평론 | 한적, 인정적 소설론 1 | 문학 7호 |
| | 12 | 연평 | 방향 전환의 해(66년도 소설 총평) | 문학 8호 |

| 연도 | 월 | 구분 | 제목 | 발표지(출판사) |
|---|---|---|---|---|
| 1967 | 1 | 평론 | 한국현대문학전집 13권-하근찬론(동화와 살륙) 수록 | 신구문화사 |
| | | 평론 | 한국현대문학전집 14권-최상규론(인간과 대지의 유대紐帶) 수록 | 신구문화사 |
| | | 평론 | 한국현대문학전집 14권-김동립론(메커니즘 그 병리적 양상) 수록 | 신구문화사 |
| | | 평론 | 한국현대문학전집 15권-한남철론(허구와 생명) 수록 | 신구문화사 |
| | | 평론 | 한국현대문학전집 16권-최인훈론(나와 남들과의 관계) 수록 | 신구문화사 |
| | | 평론 | 한국현대문학전집 17권-서정인론(나 그리고 그 바리에이션) 수록 | 신구문화사 |
| | 2. 26. | 평론 | 거인적인 구도의 시-유치환의 유작 3편 / 송영 「투계」 조화 안된 현실과 우화 | 경향신문 |
| | 8 | 평론 | 한적, 인정적 소설론 2 | 현대문학 152호 |
| 1968 | 1 | 평론 | 한국현대작가론 | 현대문학 157호 |
| | 4 | 월평 | 작중상황과 그 초점 | 현대문학 160호 |
| | 5 | 월평 | 에고적 측면과 초에고적 측면 | 현대문학 161호 |
| | 6 | 월평 | 신인의 진지성과 안이성 | 현대문학 162호 |
| | 11 | 월평 | 박상륭의 「열명길」 | 월간문학 창간호 |
| | 11-12 | 평론 | 내성적 자의식적 소설론 1-2 | 현대문학 167-168호 |
| | 12 | 평론 | 토속세계의 설정과 그 한계 | 사상계 188호 |
| 1969 | 2 | 월평 | 이호철에 있어서의 현실 | 월간문학 4호 |
| | 3 | 월평 | 나약한 소시민의 초상 | 월간문학 5호 |
| | 7 | 저서 | 한국현대소설론 | 형설출판사 |
| | 8 | 평론 | 양과 질의 문제-서정인과 방영웅 | 월간문학 10호 |

| 연도 | 월 | 구분 | 제목 | 발표지(출판사) |
|---|---|---|---|---|
| | 11 | 평론 | 풍속과 윤리 | 문학과지성 3호 |
| | 12 | 평론 | 60년대 문학의 문학사적 위치 | 월간문학 14호 |
| 1970 | 1 | 월평 | 박홍원의 「바람」 | 현대문학 181호 |
| | 2 | 월평 | 시와 삶 | 현대문학 182호 |
| | | 월평 | 소재와 그 의미의 전개 | 월간문학 16호 |
| | 3 | 월평 | 인습과 비전 | 현대문학 183호 |
| | | 월평 | 문장과 의미 | 월간문학 17호 |
| | | 평론 | 한국단편문학대계 10권-이문희론(감성적 화술) | 삼성출판사 |
| | | 평론 | 한국단편문학대계 10권-송병수론(선의 행동) | 삼성출판사 |
| | | 평론 | 한국대표문학전집 6권-황순원론(시와 산문) | 삼중당 |
| | 7 | 월평 | 60년대 작가들의 생태 | 현대문학 187호 |
| | 8 | 월평 | 풍속도와 역사의식 | 현대문학 188호 |
| | 9 | 월평 | 소재, 테마, 표현 | 현대문학 189호 |
| | | 서평 | 계승과 반역 | 문학과지성 6호 |
| | | 평론 | 문화현상과 퍼스펙티브 | 예술계 2호 |
| | 11 | 수필 | 젊은이의 자살 | 월간중앙 32호 |
| 1971 | 2 | 월평 | 박순녀의 소설 2편 | 월간문학 28호 |
| | 4 | 월평 | 최인호의 소설 | 현대문학 196호 |
| | 5 | 월평 | 일상성과 비일상성 | 현대문학 197호 |
| | 6 | 월평 | 소재와 테마의 확대 | 현대문학 198호 |
| | 10 | 월평 | 40대 작가들의 추억담 | 현대문학 202호 |
| | 11 | 월평 | 우화와 현실 | 현대문학 203호 |

| 연도 | 월 | 구분 | 제목 | 발표지(출판사) |
|---|---|---|---|---|
| | | 평론 | 시의 외로움은 해소될 수 없는가 | 시문학 4호 |
| | 12 | 월평 | 어정쩡한 기정 사실 | 현대문학 204호 |
| 1972 | 1 | 평론 | 한국적 한의 시대적 반영 | 신동아 89호 |
| | | 서평 | 향토적 소박성 | 월간문학 38호 |
| | 2 | 평론 | 교훈과 유희-한국소설의 현황 | 월간문학 39호 |
| | 3. 10. | 월평 | 일상의 늪에 대한 도전 | 동아일보 |
| | 4. 10. | 월평 | 신인들의 다양한 태동 | 동앙일보 |
| | 5. 10. | 월평 | 최인호, 유재용, 이문구 | 동아일보 |
| | 6. 10. | 월평 | 방황과 좌절 | 동아일보 |
| | 7. 6. | 월평 | 농촌문학과 상징문학 | 동아일보 |
| | 8. 9. | 월평 | 고향과 타향의 상충 | 동아일보 |
| | 3 | 서평 | 양식(良識)과 관조 | 월간문학 40호 |
| | 6-9 | 평론 | 지옥과 열반(서정주론) 1-4 | 시문학 11-14호 |
| | 12 | 논문 | 시인에 있어서의 idiom考 | 한국언어문학 10집 |
| 1973 | 1 | 평론 | 우화와 현실 | 현대문학 217호 |
| | 2 | 서평 | 에고의 분신들 | 문학과지성 12호 |
| | 4 | 월평 | 오늘에 있어서의 과거 | 현대문학 220호 |
| | 5 | 월평 | 주제와 주제의식 | 현대문학 221호 |
| | 5 | 수필 | 수줍음과 부끄러움(하근찬 작가와 상호데생) | 현대문학 221호 |
| | 6 | 월평 | 죽음의 문제, 기타 | 현대문학 222호 |
| | 8 | 평론 | 종합에의 의지 | 현대문학 224호 |
| | 9 | 연평 | 72년 연평 소설개관 | 한국예술 8권 |
| | 10 | 월평 | 생생한 현장감 | 현대문학 226호 |

| 연도 | 월 | 구분 | 제목 | 발표지(출판사) |
|---|---|---|---|---|
| | 11 | 월평 | 고독한 천재의 초상 | 현대문학 227호 |
| | 11 | 평론 | 반윤리의 윤리 | 문학과지성 |
| | 11 | 평론 | 전통의 계승과 그 극복 | 월간문학 57호 |
| | 12 | 월평 | 유년시절에의 추억 | 현대문학 228호 |
| | 12 | 평론 | 프로메테우스의 언어들(채만식론) | 문학사상 15호 |
| | 12 | 평론 | 부정과 긍정 황순원 「日月」의 문제점 (황순원 문학전집 2권) | 삼중당 |
| | 12 | 평론 | 서정과 위트(황순원 문학전집 7권) | 삼중당 |
| 1974 | 2 | 수필 | 판소리 | 시문학 31호 |
| | 2 | 수필 | 청어와 금강산 | 신동아 114호 |
| | 2 | 평론 | 현대소설의 막다른 골목 | 월간문학 60호 |
| | 2 | 논설 | 한국적 지성의 형성 | 전북대신문 |
| | 9 | 평론 | 내 것과 남의 것(개화기 문학론) | 월간문학 67호 |
| | 9. 20. | 평론 | 고독한 집념(조정래론)『黃土』해설 | 현대문학사 |
| | 겨울 | 서평 | 집념과 좌절 | 창작과비평 34호 |
| | 11 | 평론 | 역사적 접근과 공시적 접근 | 문학과지성 18호 |
| | 11 | 저서 | 종합에의 의지 | 일지사 |
| 1975 | 1 | 수필 | 바둑판 그 둘레 | 현대문학 181호 |
| | 5? | 수필 | 1주일 연재-지방문화와 지방주의 | 전북일보 |
| | 5 | 공저 | 미당 서정주 연구-서정주론 | 동아출판사 |
| | 6 | 수필 | 응원의 심리학 | 신동아 130호 |
| | 여름 | 서평 | 정통과 이단(박경리, 박상륭) | 문학과지성 20호 |
| | 7 | 월평 | 작가적 시야의 문제 | 월간문학 77호 |
| | 1학기 | 수필 | 한국적 지성의 현황과 그 극복 | 전북대신문 |

| 연도 | 월 | 구분 | 제목 | 발표지(출판사) |
|------|-----|------|------|----------------|
| | 1학기 | 수필 | 제비 | 전북대신문 |
| | 6. 26. | 수필 | 한국남성의 머리 | 전북대신문 |
| | 1학기 | 수필 | 훈수 | 전북대신문 |
| | 10 | 공저 | 한국문학단편대계 16권-60년대 작가론 | 문성당 |
| | 10 | 평론 | 작가와 이념 | 소설문예 2호 |
| | 겨울 | 평론 | 민족문학의 당면 과제 | 문학과지성 22호 |
| | 12 | 논문 | 동리문학의 구조-『등신불』을 중심으로 | 언어문학2집 |
| | 12 | 공저 | 민족문학대계 1권-정을병론 | 동아출판사 |
| | 12 | 공저 | 민족문학대계 3권-이광수론 | 동아출판사 |
| 1976 | 2 | 공저 | 문학이란 무엇인가-민족문학의 당면 과제 | 문학과지성사 |
| | 3 | 평론 | 자기 확인의 문학(천승세론) | 창작과비평 40호 |
| | 5 | 서평 | 원숙과 패기(최정희 : 찬란한 대낮, 황순원 : 탈, 서기원 : 여자의 다리) | 문학과지성 24호 |
| | 6 | 월평 | 오늘에 있어서의 과거의 의미 | 한국문학 32호 |
| | 6 | 월평 | 신선한 흔들림 | 월간문학 88호 |
| | 7 | 월평 | 자기풍자의 문학 | 한국문학 33호 |
| | 7 | 월평 | 신인 부재의 作壇 | 월간문학 89호 |
| | 9 | 평론 | 김동인전집-오만의 미학(김동인론) | 삼중당 |
| | 10 | 평론 | 산문의 길(한문영론)-창작집 『열풍의 계절』 해설 | 범우사 |
| | 11 | 평론 | 밀실과 광장(최인훈론) | 문학과지성 26호 |
| 1977 | 1 | 월평 | 과거와 현실 | 현대문학 265호 |
| | 1 | 월평 | 1월 월평 | 소설문예 |
| | 2 | 월평 | 고발문학 이상의 것 | 현대문학 266호 |

| 연도 | 월 | 구분 | 제목 | 발표지(출판사) |
|---|---|---|---|---|
| | 2 | 월평 | 2월 월평 | 소설문예 |
| | 3 | 월평 | 두 가지 소설의 방법 | 현대문학 267호 |
| | 9 | 서평 | 박경수 『화려한 귀성』, 최일남 『탈영』, 전병순 『강원도 달비장수』 | 창작과비평 45호 |
| | 9 | 평론 | 번뇌와 佛恩-김웅 영산회상론 | 현대문학 273호 |
| | 9 | 평론 | 여리고 단단한 세계-박병순론 | 시조문학 |
| | 겨울 | 서평 | 斜視와 正視-김주영, 김춘복 | 문학과지성 30호 |
| | 12 | 평론 | 국어의 발전과 문학의 기능 | 월간문학 106호 |
| | 12 | 평론 | 차분한 관조자의 시선-홍석영론, 한국 단편문학대계 16권 | 삼성출판사 |
| | | 평론 | 밑바닥 인생들의 애수-안장환론, 한국 단편문학대계 17권 | 삼성출판사 |
| | | 평론 | 풍자의 묘미-김병로론, 한국단편문학 대계 19권 | 삼성출판사 |
| 1978 | 1 | 월평 | 오늘의 6.25, 기타 | 현대문학 277호 |
| | 2 | 월평 | 소설의 세 가지 방법 | 현대문학 278호 |
| | 2. 23. | 평론 | 문학활동의 장수불로 | 서울신문 |
| | 3 | 월평 | 두 50년대 작가의 근황 | 현대문학 279호 |
| | 3 | 평론 | 추억과 역사-하근찬 이문구론 | 세계의문학 7호 |
| | 4. 11. | 평론 | 70년대 한국소설의 현황 | 원대신문 |
| | 5 | 평론 | 건강한 생명력의 회복-황석영론, 문제 작가선집 4권 | 어문각 |
| | 6 | 평론 | 소외된 군상들의 생태 | 월간문학 112호 |
| | 7 | 평론 | 한국적 미학과 현대적 윤리(황순원론), 한국현대문학전집 15권 | 삼성출판사 |
| | 7 | 평론 | 대질의 미학(강신재론)-한국현대문학 전집 20권 | 삼성출판사 |

| 연도 | 월 | 구분 | 제목 | 발표지(출판사) |
|---|---|---|---|---|
| | 9 | 평론 | 삶의 현장(백우암론) | 창작과비평 49호 |
| | 9-10 | 평론 | 허구와 현실 1, 2(김동리론) | 현대문학 285-286호 |
| | 9 | 평론 | 다시 「소외된 군상들의 생태」에 관하여 | 월간문학 115호 |
| | 11 | 평론 | 따뜻한 관조의 미학(오영수론)-한국현대문학전집 23권 | 삼성출판사 |
| | 11 | 평론 | 추억과 현실과 환상(최인훈론) | 문학과지성 34호 |
| | 11 | 평론 | 비극의 현장(김원일 『노을』론) | 문학과지성 34호 |
| | 11 | 평론 | 삶에의 성찰-김신운 『땅끝에서 며칠을』 | 고려원 |
| | 12 | 서평 | 관계와 단절의 동일성(이운룡론) | 시와의식 겨울호 |
| | 12 | 수필 | 담배 | 전북문예 2집 |
| 1979 | 1 | 월평 | 개인의 비극과 민족의 비극 | 현대문학 289호 |
| | 1 | 평론 | 풍속과 윤리-현대문제평론 23인선 재수록 | 한진출판사 |
| | 2 | 월평 | 온건한 관조자의 시선 | 현대문학 290호 |
| | 2 | 평론 | 허구와 현실-동리문학이 한국문학에 미친 영향 | 중앙대 문예창작과 |
| | 3 | 평론 | 동굴의 미학과 광장의 신학-김동리의 『을화』론 | 세계문학 11호 |
| | 3 | 평론 | 우화와 현실-한국현대문학전집 59권 (평론선집 1) 재수록 | 삼성출판사 |
| | 3 | 평론 | 토속성과 원시성-한승원론, 한국현대문학전집 46권 | 삼성출판사 |
| | 4 | 심사평 | 현대문학 시인문학상 심사평(평론부분) | 현대문학 292호 |
| | 4 | 월평 | 신화, 풍자, 서정 | 한국문학 66호 |
| | 5 | 월평 | 소설과 분위기 | 한국문학 67호 |
| | 5 | 월평 | 문학의 외향성과 내향성 | 문학사상 78호 |

| 연도 | 월 | 구분 | 제목 | 발표지(출판사) |
|---|---|---|---|---|
| | 5 | 평론 | 안테우스의 자유(장용학론)-현대작가론 재수록 | 형설출판사 |
| | 6 | 평론 | 비극의 현장성과 후유증 | 월간문학 124호 |
| | 6. 30. | 평론 | 내조 속에서 개성 관찰-손영목의 「분기점」 | 부산일보 |
| | 7. 25. | 평론 | 나약한 지식인의 갈등-이청준의 「빈방」 | 부산일보 |
| | 9 | 평론 | 최인훈론(밀실과 광장, 추억과 환상)-우리시대작가연구총서 최인훈편 재수록 | 은애출판사 |
| | 9 | 평론 | 계승과 반역(이청준론)-우리시대작가연구총서 이청준편 재수록 | 은애출판사 |
| | 겨울 | 수필 | 여행 | 원광문화(원대교지) |
| 1980 | 1. 30. | 월평 | 죽음의 모습(이주홍, 김병노, 송기원) | 동아일보 |
| | 1 | 해설 | 파괴적 허무주의에의 도전(강용준론) | 동평사 |
| | 2 | 평론 | 呪縛으로부터의 탈출-강용준론 | 현대문학 302호 |
| | 2 | 평론 | 윤흥길론(윤흥길 『순은의 넋』 해설로 추정) | |
| | 3 | 서평 | 세 가지 작가적 자세-최일남, 송기숙, 이동하 | 문학과지성 39호 |
| | 3. 11. | 월평 | 토의, 우화, 묘사-이문열, 김태영, 김규태, 정연희 | 동아일보 |
| | 3. 15. | 저서 | 한국소설의 관점 | 문학과지성 |
| | 5 | 평론 | 다냥(當陽)하면서도 짙푸른 심연(정양 『까마귀떼』 발문) | 은애출판사 |
| | 5 | 월평 | 악마와 천사-전상국, 이호철, 이청준 | 동아일보 |
| | 5. 31. | 수필 | 금과 은 | 전북신문 |
| | 6 | 서평 | 제재와 방법(윤정규, 최인훈, 전상국) | 창작과비평 56호 |
| | 7 | 월평 | 아련한 서정성, 기타 | 현대문학 307호 |

| 연도 | 월 | 구분 | 제목 | 발표지(출판사) |
|------|-----|------|------|----------------|
| | 7. 13. | 평론 | 존재로서의 고독-「서울 1964년 겨울」 | 주간조선 597호 |
| | 7-8 | 서평 | 죄와 구원의 문제-유재용 | 월간독서 7,8월 합병호 |
| | 8 | 월평 | 풍속 묘사의 두 가지 예-최민아, 방영웅 | 현대문학 308호 |
| | 9 | 월평 | 자전적 작품, 기타(최정희, 최해군, 서동훈) | 현대문학 309호 |
| | 9. 14. | 평론 | 원시적 생명력에의 회귀-조해일의 「뿔」 | 주간조선 606호 |
| | 11. 9. | 평론 | 고독의 확인과 극복-황순원 「일월」 | 주간조선 614호 |
| | 12. 14. | 평론 | 내것과 남의 것의 부딪침(하근찬 「왕릉과 주둔군」) | 주간조선 619호 |
| 1981 | 1. 25. | 논문 | 음산하고 비참한 조선의 얼굴(현진건의 「고향」론), 한국문학연구총서 7권 | 새문사 |
| | 2. 8. | 평론 | 소외자의 윤리(황석영의 「삼포가는 길」) | 주간조선 626호 |
| | 3. 8. | 평론 | 고대와 현대의 만남(김동리의 「등신불」) | 주간조선 630호 |
| | 4. 26. | 평론 | 일상의 늪에의 도전(이동하의 「돌」) | 주간조선 637호 |
| | ? | 논문 | 사실주의 문학의 정립(염상섭 「전화」론) | 새문사 |
| | ? | 평론 | 자연과의 역설적 만남(박두진 「수석열전」) | 범조사 |
| | 5. 24. | 평론 | 비극의 근원적 탐색(윤흥길 「장마」) | 주간조선 641호 |
| | 6 | 평론 | 한국소설의 정통과 이단(이상, 김유정, 김말봉), 한국단편문학전집 5권 | 금성출판사 |
| | 6 | 평론 | 사실주의의 계승과 반역(황순원, 김정한, 최정희, 박영준)-한국단편문학전집 7권 | 금성출판사 |
| | 7 | 평론 | 비문법적 소설의 미학(이문희의 「산바람」) | 현대문학 319호 |
| | 8 | 평론 | 시적 이미지의 미학(황순원의 「소나기」) | 문장사 |
| | 8 | 평론 | 하나의 무한점(서정주의 「동천」) | 문장사 |

| 연도 | 월 | 구분 | 제목 | 발표지(출판사) |
|---|---|---|---|---|
| | 9. 24. | 평론 | 현대와 인간과 문학(예술원 세미나 원고) | 예술원 |
| | ? | 평론 | 내행성과 외행성(박태순론) | 어문각 |
| | 10 | 평론 | 역사의 의미(최일남의 『거룩한 응달』) | 세계문학 21호 |
| | 10 | 평론 | 다산성의 두 얼굴(한승원 「그 바다 끓어넘치며」론), 한국대표문학전집 | 삼중당 |
| | 10 | 심사평 | 평론 추천 심사평-오하근 | 현대문학 322호 |
| | 12 | 평론 | 한국비평의 네 가지 문제점-80년도 비평 개관 | 한국예술 16호 |
| | 12 | 수필 | 편지 | 이리예총 창간호 |
| 1982 | 1. 1. | 기고 | 문학과 윤리 | 원광대신문 |
| | 1. 1. | 기고 | 명인에의 길 | 전북신문 |
| | 1. 1. | 기고 | 소외와 참여 | 전북대신문 |
| | 2 | 수필 | 아기 | 남원문학 4집 |
| | 2 | 시 | 아기 | 표현 5집 |
| | 2 | 수필 | 아기(재수록으로 추정) | 밀물 |
| | 2 | 평론 | 문학과 사회 | 현대문학 326호 |
| | 4 | 논문 | 계몽주의 문학(초기의 이광수 소설) | 한국문학연구입문 |
| | 5 | 재수록 | 문학과사회(『문예비평론』, 한국문학평론가협회 편) | 서문당 |
| | 6 | 시 | 남대문 | 노령 15호 |
| | 6 | 월평 | 비승비속의 윤리(김성동의 『황야』) | 한국문학 105호 |
| | 7 | 월평 | 월평 | 한국문학 106호 |
| | 8 | 월평 | 월평 | 한국문학 107호 |
| | 8. 20. | 서평 | 한국문학비평선집 1권 | 주간조선 706호 |
| | 9. 17. | 저서 | 문학과 시대 | 문학과지성사 |

| 연도 | 월 | 구분 | 제목 | 발표지(출판사) |
|------|-----|------|------|----------------|
| | 9. 30. | 월평 | 정연희 『빙류』, 문순태 『어머니의 땅』 | 서울신문 |
| | 10. 27. | 월평 | 전상국 『좁은 길』, 권광욱 『탄피』 | 서울신문 |
| | 11. 24 | 평론 | 대중문학의 사회적 기능(한국문학평론 가협회 세미나 재수록) | 원대신문 |
| | 11. 30. | 월평 | 한승원 『포구』, 최명희 『몌별』, 양귀자 『들풀』 | 서울신문 |
| | 12. ? | 월평 | 최현식 『고형』, 유재용 『사시』, 김인배 『물목』 | 서울신문 |
| | 12. | 평론 | 전체소설로서의 국면들(황순원 『신들 의 주사위』) | 현대문학 336호 |
| 1983 | 1 | 평론 | 비극의 다층적 점검(조정래 4부작 『인 간』 시리즈) | 소설문학 86호 |
| | 2 | 평론 | 밝음의 미학(황순원 『인간접목』론) | 광장 114호 |
| | 2 | 평론 | 건강한 삶에의 의지(이성부 『우리들의 양식』) | 문학세계사 |
| | 6 | 평론 | 소외와 참여의 군상들 | 월간 한국인 |
| | 6 | 평론 | 70년대 한국소설의 흐름 | 월간 한국인 |
| | 7 | 수필 | 베루뎅이와 바리공주 | 현대문학 343호 |
| | 7 | 논문 | 한국 근대소설의 형성 과정 고찰-『무 정』을 중심으로 | 국어연구 3집 |
| | 9. 2. | 수필 | 아기의 말범 | 서울신문 |
| | 9. 9. | 수필 | 가을 | 서울신문 |
| | 9. 17. | 수필 | 아기의 첫나들이 | 서울신문 |
| | 9 | 수필 | 가을 강 | 서울신문 |
| | 9 | 수필 | 보름달 | 서울신문 |
| | 9 | 서평 | 중용적 강단 비평의 성과-신동욱 『우 리시대의 작가와 모순의 미학』 | 문예중앙 가을호 |

| 연도 | 월 | 구분 | 제목 | 발표지(출판사) |
|------|-----|------|------|----------------|
| | 10 | 평론 | 분단시대의 한국소설 | 현대문학 346호 |
| | 12 | 수필 | 문학의 안팎(에세이 연재-1985년 10월까지) | 월간문학 178호 |
| | 12 | 수필 | 인도의 강물 | 여성동아 |
| 1984 | 1 | 월평 | 일상의 흐름에서의 눈뜸 | 현대문학 349호 |
| | 1 | 수필 | 귀명창 | 월간문학 179호 |
| | 1-12 | 수필 | 문학의 안팎(명창 임방울) 연재 | 월간문학 |
| | 10 | 평론 | 집념의 문학(조정래론)-『현대의 한국문학』11권 | 범한출판사 |
| | 10 | 평론 | 이원적 구조의 미학(이청준론)-『현대의 한국문학』22권 | 범한출판사 |
| | 10 | 평론 | 호기심의 미학(김승옥론)-『현대의 한국문학』26권 | 범한출판사 |
| | 11 | 평론 | 전쟁과 사랑의 생태(손소희의 『그 우기의 해와 달』론) | 현대문학 359호 |
| | 12 | 평론 | 한의 미학적, 윤리적 위상-그 개념 정립을 위한 시론 | 한국문학 |
| | 12 | 평론 | 한과 판소리 | 문학사상 |
| | 12 | 평론 | 현대문학에 있어서의 민족주의에 대한 논의 | 한국정신문화연구원 |
| 1985 | 1-10 | 수필 | 문학의 안팎(명창 임방울) 연재 계속 | 월간문학 |
| | 1 | 평론 | 어둠 속에서의 눈뜸(50년대 문학의 재조명) | 현대문학 361호 |
| | 1. 7. | 수필 | 우리나라의 길 | 전북신문 |
| | 2. 4. | 수필 | 요순시대의 꿈 | 전북신문 |
| | 3. 4. | 수필 | 까치와 까마귀 | 전북신문 |
| | 8. 25 | 저서 | 한국문학과 한 | 이우출판사 |

| 연도 | 월 | 구분 | 제목 | 발표지(출판사) |
|---|---|---|---|---|
| | 8 | 재수록 | 민족문학의 당면과제-『해방 40년의 문학 4-비평』 재수록 | 민음사 |
| | 8 | 월평 | 문학에 있어서의 선과 악 | 한국문학 143호 |
| | 9 | 월평 | 역사의식과 개인 | 한국문학 144호 |
| | 9 | 논문 | 판소리와 임방울 | 전통문화 156호 |
| | 12. 25. | 서평 | 문학의 본질적 가치와 정신사의 맥락-『해방 40년의 문학』 | 세계의문학 38호 |
| 1986 | 10 | 저서 | 평전 『판소리 명창 임방울』 | 현대문학사 |
| | 10 | 일문기고 | 한이란 무엇인가 | 일본 불교대학보 36호 |
| 1987 | 2 | 일문기고 | 한국적 한의 구조 | 삼천리 39호 |
| | 2 | 일문기고 | 판소리와 한국적 한의 구조 | 경도신문 |
| | 2 | 일문논문 | 판소리의 윤곽 | 鷹陵 112호 |
| | 3 | 수필 | 꽃-권두수필 | 한국문학 |
| | 6 | 논문 | 한국적 한의 역설적 구조 연구 | 원광대논문집 21-1집 |
| | 11 | 평론 | 신화와 문명 비평 | 현대문학 395호 |
| 1988 | 3 | 수필 | 괴대죽 | 소리와장단 6호 |
| | 4 | 수필 | 통권 400호 발행의 기적 | 현대문학 400호 |
| | 6. 22. | 기고 | 해금 시대와 문학사의 재정비 | 원대신문 573호 |
| | 7 | 평론 | 화해의 시대의 두 가지 문학의 문제 | 한국문학 177호 |
| | 7 | 평론 | 갈등과 화해 | 표현 15호 |
| | 7 | 해설 | 전쟁에의 공분과 평화의 찬가(하근찬론)-『하근찬 대표작품선』 해설 | 한겨레출판 |

| 연도 | 월 | 구분 | 제목 | 발표지(출판사) |
|---|---|---|---|---|
| 1989 | 10 | 논문 | 한국적 한의 구조와 기능에 대하여 | 국어국문학연구 13집 |
| | 1 | 평론 | 동학혁명과 한국문학-신화적 모티프로서의 전봉준 | 표현 16호 |
| | 5 | 논문 | 한국적 한의 일원적 구조와 그 가치 생성의 기능에 관한 고찰-특히, 한의 용례를 중심으로 | 한국언어문학 27집 |
| | 5 | 논문 | 시김새와 이면에 대하여-한국적 한의 일원적 구조와 관련하여 | 민족음악학보 2집 |
| | 10. 15. | 저서 | 수필집 『삶과 꿈 사이에서』 | 청한문화사 |
| 1990 | 1 | 평론 | 해금작가들의 문학 개관-문학적 분단의 극복을 전망하면서 | 표현 18호 |
| | 2. 7. | 기고 | '한풀이'의 풀이-한의 다층성 | 전북일보 |
| | 3. 7. | 기고 | 한의 풀이와 삭임 | 전북일보 |
| | 10 | 논문 | 한국적 한의 구조와 기능에 대하여 | 국어국문학연구 13집 |
| | 10 | 재수록 | 「지옥과 열반」-박상률 역 『불교문학평론선』에 재수록 | 민족사 |
| | 11 | 논문 | 한국적 한과 일본 모노노아와레의 비교 연구 | 문학평론논총 |
| 1991 | 6 | 논문 | 한국적 한의 불교적 속성에 관한 연구-한종만 박사 화갑기념 『한국사상사』에 수록 | 원광대 출판국 |
| | 9 | 평론 | 일상적 상황과 비일상적 상황(한문영론) | 계몽사 |
| | 9 | 평론 | 허구와 현실 사이(한용환론)-『우리시대의 한국문학』 12 | 계몽사 |
| 1992 | 1 | 연재 | 「한과 그 안팎」 14회 연재(1월호-1993년 2월호) | 현대문학 443-457호 |
| | 1 | 수필 | 감동을 준 한 권의 책-이광수 『무정』 | 금호문화 79호 |
| | 2 | 수필 | 해와 달 | 월간 에세이 58호 |

| 연도 | 월 | 구분 | 제목 | 발표지(출판사) |
|---|---|---|---|---|
| | 2 | 논문 | 창조적 비평에의 길(조연현론) | 한국문학연구15집 |
| | 7. 22. | 평론 | 문학적 진실과 역사적 진실 | 원광대신문 |
| | 9. 30. | 논문 | 판소리의 주조로서의 한국적 한의 삭임의 기능에 관한 연구 | 민족음악학보 6집 |
| 1993 | 6 | 평론 | 만남의 미학(박일규론) | 현대문학 462호 |
| | | 논문 | 한국적 한의 화해 지향성 | 성곡학술논총 |
| | 10 | 저서 | 한의 구조 연구 | 문학과지성사 |
| | 12 | 창극 대본 | 천하명창 임방울(「국악의 해」 창극대본 공모 가작 당선) | 국립창극단 |
| 1994 | 1. 20. | 축시 | 『우리의 소망, 우리의 가락으로』(국악의 해 기념 국악대축제 축시, 세종문화회관) | |
| | | 서문 | 소리꾼의 예술과 사랑-『성창순 자서전』 서문 | 언어문화사 |
| | 4. 19. | 재수록 | 지옥과 열반-『우리시대의 한국문학』 35권 | 계몽사 |
| | 5. 10. | 저서 | 천하명창 임방울 | 현대문학사 |
| | 6. 24. | 평론 | 문학 속의 서울-8.15에서 50년대까지 (서울 정도 600년 기념 한국문학평론가협회 세미나 주제 발표) | |
| | 8 | 수필 | 국악의 해에 즈음하여 | 문화저널 75호 |
| | 8 | 월평 | 한의 궤적들-박경리 『토지』 | 경향신문 |
| | 10 | 평론 | 한의 여러 궤적들-박경리의 『토지』 | 현대문학 478호 |
| | 10. 10. | 해설 | 구도의 궤적(하희주론)-하희주 시집 『자화상』 | |
| | 9. 29. -10.12. | 공연 | 창극 「명창 임방울」(대본 천이두, 연출 김정옥, 작창 장월중선) | 국립중앙극장 |
| | 10. 22. | 공연 | 창극 「명창 임방울」(대본 천이두, 연출 김정옥, 작창 장월중선) | 전주학생회관 |

| 연도 | 월 | 구분 | 제목 | 발표지(출판사) |
|------|-----|------|------|----------------|
| | | 수필 | 덜렁제와 동편제와 전라감영 | 행복의샘 |
| | 12 | 창극 대본 | 창극 대본 『천하명창 임방울』 전재 | 동리연구 2호 |
| 1995 | 2 | 논문 | 성장소설의 계보와 실상-판소리의 주조로서의 한과 관련하여 | 민족음악학보 9집 |
| | 5 | 평론 | 화해 지향성의 문학(윤흥길론)-윤흥길 『장마』의 작품론 | 동아출판사 |
| | 5. 26. | 기고 | 민주정치와 책임 | 전북일보 |
| | 6 | 칼럼 | 한국적 인정주의의 역설 | 문화저널 |
| | 8 | 평론 | 고대와 현대의 변증법(김동리론) | 현대문학 488호 |
| | 12 | 수필 | 삶의 전환점에서 | 현대문학 492호 |
| | 12 | 공연 | 천하명창 임방울 광주 공연(남도창극단) | |
| 1996 | 2 | 창극 대본 | 『춘향가』(남원시립국악단 춘향제 공연작) | |
| 1997 | 4 | 논문 | 춘향가 중의 몽중가 소고 | 판소리학회 |
| | 10 | 평론 | 그리움 그리고 그 너머(박재삼론) | 펜과문학 44호 |
| | | 논문 | 문화예술에 표상된 전북인상 | 전북학 |
| | | 평론 | 빈자리의 빛과 그림자(김시철론) | 서평문화 27집 |
| | | 평론 | 남성편향의 문학(선우휘론)-『한국예술총집-문학편 4』 | 예술원 |
| 1998 | | 평론 | 한의 여러 얼굴-질마재 신화를 중심으로 | 문예연구 |
| 1999 | 12 | 일문 논문 | 한국의 판소리와 일본의 가타리모노 | 동지사대 논문집 |
| | 12 | 논문 | 한의 여러 모습들-최명희의 『혼불』에 대하여 | 현대문학 이론연구 12집 |
| 2000 | 8 | 평론 | 거듭나기의 자취-이호철 『남녘사람 북녘사람』론 | 펜과문학 여름호 |

| 연도 | 월 | 구분 | 제목 | 발표지(출판사) |
|---|---|---|---|---|
| | 11 | 평론 | 단호하면서도 따뜻한 모습-석재 조연현 이야기 | 시문학 352호 |
| | 11 | 평론 | 황순원론 | 문학동네 겨울호(25호) |
| | 12 | 평론 | 따뜻한 관조의 미학(오영수론) | 작가연구 10호 |
| | 12 | 논문 | 동편제 판소리 연구-임방울과 강도근 | 전북학 2000년호 |
| | 12 | 수필 | 만남과 헤어짐 | 춘향문화선양회 |
| 2001 | 2 | 평론 | 서정주론 | 현대문학 |
| | 3 | 평론 | 영원한 떠돌이의 혼(서정주론) | 시와시학 봄호 |
| | 7 | 논문 | 한의 여러 모습(최명희의 혼불론) | 전라문화연구소 |
| 2002 | 가을 | 칼럼 | 시와 시인 | 시와시학 봄호 |
| | 겨울 | 평론 | 여인의 삶과 한에 서린 민족혼(『혼불』론) | 실천문학 겨울호 |
| 2003 | 9 | 서평 | 지성과 용기-한승헌 『역사의 길목에서』 | 문화저널 9월호 |
| 2005 | 2 | 수필 | 나의 문학의 보루요 보금자리 현대문학 | 현대문학 |

# 천이두 다시 읽기

1판 1쇄 찍은 날 2022년 1월 21일
1판 1쇄 펴낸 날 2022년 1월 28일

**엮은이** 김병용·문신
**펴낸이** 김완준

**펴낸곳** 모악

**출판등록** 2016년 1월 21일 제2016-000004호
**주소** 전북 전주시 덕진구 기린대로 418 전북일보사 6층 (우)54931
**전화** 063-276-8601
**팩스** 063-276-8602
**이메일** moakbooks@daum.net

ISBN 979-11-88071-45-6 03800

* 이 책의 내용을 재사용하려면 모악의 서면 동의를 받아야 합니다.
* 이 책은 전북작가회의가 한국문화예술위원회의 '2021 작고문인 선양 사업' 지원을 받아
  제작되었습니다.

값 15,000원